U0093737

現代版
世界名著

簡·愛
Jane Eyre

【英】夏·勃朗特
宋兆霖譯

【選書推薦】

豐富現代人心靈的饗宴
——「風雲時代」推出的文學經典名著

南方朔

多年來，我一直鼓吹要讀經典，尤其是文學經典。

因爲，經典之所以爲經典，乃是它濃縮著傑出作者的心靈、智慧與識見，可以讓人在閱讀裡深度反芻，並呼喚出每個人內心裡更優質的成份。經典是我們心靈的饗宴與邂逅，它永遠會讓人豐收。

文學經典的閱讀樂趣

正因爲經典重要，因而它一路相望，早已成爲每個國族、甚或全世界的文化傳承。在西方，愈是頂級的大學學府，就愈重視經典閱讀的課程安排，目的即是要讓未來的菁英階層，不只具有專業的知識技能，更要有「全人」（Universal Man）的格局和品質。由美國常春藤盟校所開列出來的經典書單，實在值得我們借鏡，做爲我們改革通識教育的參考。

因此，對經典的親炙與閱覽，不只是狹義的閱讀行爲而已，更應該是人格養成的一種教育和社會行爲。有遠見的出版人、編輯人不妨透過經典的濃縮重編，讓人們在生命成長的任何一個階段，都可略窺其堂奧，而後循序漸進，由親切怡人的經典，而走向博大深邃的著作，享盡閱讀的樂趣，並在閱讀中見證心靈的成長。

使人「重新發展愛情」

況且，閱讀文學經典、世界名著，還能滋潤現代人的心靈，使人對愛情與人性重新有一番體悟。

用「重新發展愛情」來說現在人們的心靈處境，真是再也貼切不過了。近代的人際關係早已發生鉅變，其中最大的變化即是性別間不再有任何的神秘，於是愛情與性的非崇高化遂成了一種新的難局。當愛情不再神秘，一切的愛情也就勢不可免的成爲精打細算的操縱遊戲。人們不再相信人際關係的持久性，而彷彿像刺蝟般，無論太近或太遠都覺得不對勁。刺蝟般的愛情使得它遠離親密而更像是戰爭。古代那漫長但又充滿滋味的愛情過程早已消失。當愛情與性更加唾手可得，它的折舊與翻臉也就更加快速。愛情愈來愈像是商品的週期，也更加像吃興奮劑一樣在亢奮和低潮間震盪。

這就是愛情難局之所在，它使許多人將愛情與性分開，也讓許多人愈來愈逃避感情。當身體的接觸已不再是愛情的憑證，愛情的立腳點遂更加脆弱可疑。現在的世界上已難想像偉大的戀情，反倒常見各種愛情上的怨偶與悍夫悍婦不斷出現。愛情有時候竟然會變成「致命的吸引力」！

打開生命的窗子

因此，今日的愛情已漸漸失掉了它的位置。當古老愛情的神話瓦解，愛情世界上的善男信女就注定要在愛情戰爭裡擔驚受怕。愛情的起源是自戀，而後在自戀中打開生命的窗子；而今日的愛情則是人在自戀裡將自己關閉，並讓愛情遊戲更像是座叢林。情慾奔騰而愛情寂寥，失掉位置的愛情必須被「重新發明」，必須藉著不斷的驚喜和共感來維繫它易滅的燭焰。在這個愛情被急切渴望的時代，但願愛情真的能帶給人平安，而非怨懟與騷亂。

而「重新發明」愛情的最佳途徑，在我看來，就是隨時抽時間，閱讀自己喜歡、且已獲公認的文學經典！

選書以親切怡人爲主

在台灣，經典名著的閱讀有著固定的需求，一代代的少年和青年，都以熱切的願望進入這個領域，因此，許多西方的文學經典名著，早已有了許多不同的版本。而今，好朋友「風雲時代出版公司」也開始走進這個領域，開始出版西方文學名著。由第一批廿本名著的書目，可以看出它由於剛開始，因而選書以親切怡人、適於年青人閱讀者爲主。這批書目涵托了《雙城記》、《月亮寶石》、《格列佛遊記》、《魯賓遜漂流記》、《騎鵝歷險記》、《綠野仙蹤》、《簡愛》、《咆哮山莊》、《小王子、灰姑娘》、《小婦人》、《達・文西寓言》、《愛麗絲夢遊仙境》、《金銀島》、《狐》、《最後一課》、《少年維特的煩惱》、《吹牛大王歷險記》、《最後的莫希干人》、《間諜》、《快樂王子》。書目裡，雖然有些早已膾炙人口，但也有多本，如《月亮寶石》、《騎鵝歷險記》、《吹牛大王歷險記》、《最後的莫希干人》、《間諜》、《快樂王子》等，似乎仍是首譯，可以彌補台灣在文學名著翻譯上始終有所缺漏的遺憾。

我一向認爲出版業能關心名著經典，是一種功德。出版名著經典，乃是標準的「薄利事業」，經營維艱，但它卻是在文化這個領域撒佈可供後來者繼續成長的土壤。而除了經營艱難外，出版名著經典，也是極大的考驗。名著經典浩若瀚海，深淺繁易之間也等級極多，因而出版者需長期耕耘，鍥而不捨，始能規模逐漸完整。「風雲時代」的這套廿本，只是個開始，衷心期望更多個廿本，能相繼出現。

我讀過，我又讀了

近代義大利名作家卡爾維諾（Italo Calvino）曾經說過：經典名著乃是那種人們不會說「我讀過」，而是說「我又讀了」的著作。名著之所以爲經典，乃是它的高稠密度和內含的巨大信息量。因而，每次去讀它，都會讀出新的東西、新的精神。經典名著乃是一口鐘，當人們輕輕的敲，它就回報以小小的聲音；當人們用力的敲，它就用大聲來回應。經典名著從不吝惜給與，而是要看人們如何對它提出索求。

因此，讓我們泡杯好茶，弄一個舒適自在的位子，坐下，拿起書，走進那個歷代傑出作家所建造出來的經典世界吧！

【專文導讀】

既是微觀也是宏觀的獨特境界

宋兆霖

西元一八四六年，在英國北部一個偏僻的小山村裏，一座牧師住宅二樓的窗前，坐著一個身材矮小、相貌平常的少女。在這座兩層石屋的窗外，是一片了無生氣的教堂墓地，墓地盡頭是一望無際的長滿石楠的荒原。窗前的少女正在奮筆疾書，用她的悲苦和怨憤、激情和想像，構建著一個既是內心也是外界、既是微觀也是宏觀的獨特境界，敘述著一個樸實無華、真實感人的故事，塑造著一個生而不幸、歷盡艱辛、敢於奮力抗爭和頑強追求的倔強少女。

一年後的一八四七年十月，少女寫的這本書問世了。自那以後，迄今一百五十多年來，社會在發展，生活在變化，價值標準在改變，文學潮流在更迭，審美情趣在轉移，而夏綠蒂・勃朗特寫的這部《簡・愛》卻從未受到過冷落，依然在世界各國盛行不衰，始終受到廣大讀者的熱烈喜愛，成爲世界文學寶庫中的一本不朽之作。

它被翻譯成幾十種文字，出版了幾百種版本，發行了上億冊書籍，發表了上千種研究專著和文章，這實在是一個令人驚嘆的文學現象。很顯然，《簡・愛》所以能經久盛行不衰，簡・愛所以能一直活在人們中間，無疑有它的獨到之處，必然有她的魅力所在。

世界文學寶庫中的不朽傑作

夏綠蒂・勃朗特（Charlotte Bronte,1816～1855）於一八一六年四月二十一日，出生在英國約克郡的一山區小鎮桑頓，她是鄉村牧師帕特里克・勃朗特的第三個孩子。一八二〇年四月，隨著父親工作的調動，全家八口遷至約克郡凱利鎮附近的偏僻山村哈沃斯。三年後，八歲的夏綠蒂和大姐瑪麗亞、二姐伊麗莎白、大妹艾米莉，相繼被送進一所專收神職人員女兒的慈善學校——柯恩橋學校。第二年，瑪麗亞和伊麗莎白都染上了肺結核，相繼離開了人間。另兩個女兒被急忙接回家中。

此後的五年中，姐妹兄弟四人就在姨媽和父親的教養下學習、生活，在哈沃斯這個與世隔絕的小天地裏，相親相愛，勤奮學習各種知識，但他們最愛好的還是寫作：寫詩，寫小說，寫劇本，還把自己的「作品」手抄成冊，裝訂成「書」。

一八三一年初，夏綠蒂到伍勒小姐學校學習，後又在該校任教，一八三八年才離開伍勒小姐學校回家休養。此後的五年中，她曾經到過有錢人家擔任家庭教師，可是生性孤傲的夏綠蒂很難適應這個和僕人相差無幾的職務，最後決定放棄這一職業。

一八四五年秋，夏綠蒂偶然發現了艾米莉的一本詩稿，決定用筆名出版一本三姐妹的詩集《柯勒、埃刊斯、阿克頓・貝爾詩集》。這本詩集的出版，大大增強了姊妹三人的信心，鼓舞了她們的創作熱情，促使她們最終選擇了文學事業，走上了文學創作的道路。她們很快就各自交出了一部長篇小說，夏綠蒂的《教師》，艾米莉的《咆哮山莊》和安妮的《艾格尼斯・格雷》。

妹妹的兩部書稿都被出版商接受了，夏綠蒂的《教師》卻遭到了退稿的命運。可是夏綠蒂並沒有灰心，用全部熱情，日以繼夜地奮筆疾書，於一年後的一八四七年八月，寫成了第二部長篇小說《簡・愛》，並立即爲出版商所接受，稿件寄出後不到兩個月，《簡・愛》即率先出版，震動了文壇，獲得了極大成功。

同年十二月，《簡・愛》再版，艾米莉的《咆哮山莊》和安妮的《艾格尼斯・格雷》也同時問世。姐妹三人幾乎在同時出版了三部一舉成名的長篇小說，這在世界文壇上是絕無僅有的事。《簡・愛》和《咆哮山莊》都成了世界文學寶庫中的不朽傑作，安妮的《艾格尼斯・格雷》也在英國文學史上取得了一定的地位。

三姐妹文學創作上的成功，給勃朗特一家帶來極大的鼓舞。然而，更大的打擊又開始落到她們的頭上，在短短的八個月內，死神竟連續對這一家人伸出了無情的手，弟弟、艾米莉和安妮都相繼離開了人間，原來是一家八口，如今只留下夏綠蒂和年老多病的父親。在此後的整整五年中，孤苦伶仃的夏綠蒂繼續在文學創作的道路上跋涉向前，先後又出版了長篇小說《雪莉》和《維萊特》，並於一八五三年十一月開始創作長篇小說《艾瑪》。可是，當她獨坐窗前舉筆寫作時，室內是老父的呻吟，屋外是呼號的山風，遠方是蒼涼的荒原，眼前是親人的墳塋，其心境之悲苦不言而喻，真讓人不忍思量。

一八五四年的六月二十九日，三十八歲的夏綠蒂終於克服固執的老父的反對，和阿・貝・尼科爾斯牧師結了婚。遲來的愛情給她帶來了慰藉和歡樂，但婚後的幸福生活竟那麼短暫，六個月後的一天，夏綠蒂和丈夫到離家數英哩的荒原深處觀看山澗瀑布，歸途中遇雨受寒，此後便一病不起。一八五五年三月三十一日，三十九歲的夏綠蒂不幸離開了人間，還帶去了一個尚未出世的嬰兒。

浪漫主義和現實主義的交融和結合

《簡・愛》是夏綠蒂的成名作，也是她的代表作。它透過一個孤女坎坷不平的人生道路，成功地塑造了一個不安於現狀、不甘受辱、自尊自愛、自立自強、敢於抗爭、敢於追求的女性形象。它反映了一個平凡心靈的坦誠傾訴、呼號和責難，一個小人物對成為一個大人物的渴望、追求和憧憬。

在今天看來，這樣一個故事，這樣一個主人翁，也許並無太多新穎獨特之處。可是，在一百五十多年前，在維多利亞時代的英國，社會上貴族富豪躊躇滿志，神父教士「神恩」浩蕩，等級森嚴，習俗累累，金錢第一，男權至上，文學作品中，則紳士淑女濟濟一堂，歡宴舞會連篇累牘。突然間，在那眾多美麗英俊的男女主角中，鑽出了一個無財無貌的小女人，觀念新穎獨特，個性堅毅倔強，居然還敢批評宗教事業，嘲笑社會風習，藐視地位財力，主張男女平等，而且感情真摯，直率坦誠。難怪《簡・愛》一經問世，社會上就引起轟動，文學界就爭相評論了。讚許者大呼「獨特」「新穎」「真實」「感人」，詆毀者大罵「低級」「粗野」「反基督教」。

然而，一百五十多年來，《簡・愛》之所以能經久盛行不衰，簡・愛之所以能一直活在人們中間，也許還在於這本書的主旨是告訴人們：一個小人物，依靠自己的正直品德和聰明才智，只要堅忍不拔地艱苦奮鬥，勇往直前，是有可能衝破重重險阻，達到自己的目的的。

而且，簡・愛這個小人物真實可信，是個有血有肉的凡人，她有凡人的優點，也有凡人的缺點。書中寫的也不是什麼重大題材，只是個人的生活、工作、愛情、婚姻、家庭之類的凡人瑣事，訴說的也只是個人的喜怒哀樂和生活中的酸甜苦辣。但是這種凡人的真情實感，最能引起永遠是佔最大多數的瑣事纏身的凡人的共鳴。何況，凡人的日常生活和心態，本身就是人性最基本的層次，從中完全可以發掘和昇華成具有普遍意義的人生命題。

獨到的刻畫和景物的描寫

《簡・愛》是一部複雜的作品，其複雜性也表現在藝術技巧和創作手法上的雙重性。作者的傑出之處，就在於能將兩者交融和結合成爲一個和諧的整體，互增互補，達到獨特創新。

《簡・愛》真實地再現了小人物簡・愛三十年的坎坷遭遇和勇敢追求，細膩地敘述了女主角艱難的生存狀態和複雜的心理活動，反對對人性的壓抑和摧殘，讚揚了婦女獨立自主、自尊自強的精神，是一部現實主義的作品。作品還充分表現了作者的主觀理想，抒發了個人熱烈的感情，在情節的構建、人物的刻畫、心理的揭示和景物的描繪方面，都有著極爲豐富的想像力。正是這種浪漫主義的藝術技巧和現實主義的題旨手法的交融和結合，使本書更加生動感人，更能引起人們的共鳴和聯想。

夏綠蒂是第一個用小說披露個人情懷的小說家。《簡・愛》雖然有著曲折感人的情節，但更側重於寫女主角豐富複雜的心路歷程，再現她的精神世界。作者在書中所用的內心獨白、心理分析、自我解剖、內心交談，直至超現實的夢幻預兆、心靈感應等潛意識活動，都在於展示女主角的內心世界、靈魂軌跡、心靈矛盾和內心衝突。

《簡・愛》著重描寫的雖然是女主角內心世界的追求，但作者採用的這種展示內心和展示處境相結合的自敘形式，使我們同時看到女主角的內心世界和她置身的現實世界。我們從人物的內心世界裏，能清楚地看到現實世界的影子，從現實世界的描繪裏，也能看到它在人物內心引起的回響。而且心理、言行交替，現實、想像並用，這就大大地增加了人物的立體感和真實感，加強了作品的深度和廣度，使作品有了更大的生活容量、心理容量、審美容量和思想容量。

《簡・愛》從題旨到手法都是一部嚴肅小說，但作者也運用了一些通俗小說和情節劇的手法，設置了懸念巧合，佈下了險象疑團，渲染了神秘恐怖。正因爲如此，使《簡・愛》得以喜聞樂見，雅俗共賞，有啓示，也有快感。何況，雅俗界限本屬遊移，當代中外作家早就在竭力穿透這條界限，至於當今的影視作品，就更加重視兩者的結合了。

此外，《簡・愛》在女主角性格的刻畫和景物的描寫方面，也有其獨到之處。從女主角的個性看，存在著明顯的雙重性，既有浪漫氣質，又有嚴謹作風；既有情感迸發，又有道德自律；既有自我發展，又有自我限制；既有抗議，又有順從；既是火，又是冰……兩者雖然矛盾，但作者使它們合於一體，從而使人物有了真正的生命，更加栩栩如生，更加真實可信。

作者筆下的景物，不管是沼澤、風暴、雲景、星空，還是小鳥、古樹、家具、帆船，都不是單純的背景點綴，而是心理意識的外化物化和形象表現，它們是感情，是心境，是歡樂，是悲傷，是怨憤，是恐懼，是渴望，是追求，是作品的意蘊和內涵中不可缺少的有機組成部分。

《簡・愛》是一部豐富而複雜的作品。正因爲如此，一百五十多年來，它成了眾多學者考察研究的對象，也成了人們爭辯討論的話題。人們紛紛運用社會主義、現實主義、現代主義、心理現實主義、後現代主義、女性主義、佛洛伊德主義等等觀點，對之進行解讀和闡釋，考察和研究，不斷發掘出它潛藏的意蘊和內涵，微妙的技巧和手法。

《簡・愛》已經在全世界盛行了一百五十多年，看來，它還將繼續盛行不衰，新的讀者還會源源不斷，評論家也還會繼續對它進行評述和研究，新的文章還會陸續問世。這一切，當年那個坐在窗前奮筆疾書的小女人，恐怕是料想不到的。

目錄 CONTENTS

一　蓋茨海德府

那天，再出去散步是不可能了。沒錯，早上我們還在光禿禿的灌木林中漫步了一個小時，可是打從吃午飯起（只要沒有客人，里德太太總是很早吃午飯），就颳起了冬日凜冽的寒風，隨之而來的是陰沈的烏雲和透骨的冷雨，這一來，自然也就沒法再到戶外去活動了。

這倒讓我很高興，我一向不喜歡遠出散步，尤其是在寒冷的下午。我覺得，在陰冷的黃昏時分回家實在可怕，手指腳趾凍僵了不說，還要挨保姆貝茜的責罵，弄得心裏挺不痛快的。再說，自己覺得身體又比里德家的伊麗莎、約翰和喬安娜都纖弱，也感到低人一等。

我剛才提到的伊麗莎、約翰和喬安娜，這時都在客廳裏，正團團圍在他們的媽媽身邊。里德太太斜靠在爐邊的一張沙發上，這幾個寶貝兒女簇擁著（這會兒既沒爭吵，也沒哭鬧），看上去非常快活。我嘛，她是不讓我和他們這樣聚在一起的。

客廳隔壁是一間小小的早餐室。我溜進那間屋子。那兒有個書架。我很快就找了一本書，特意挑了一本有很多插圖的。我爬上窗座①，縮起雙腳，像土耳其人那樣盤腿坐著，把波紋厚呢的紅窗簾拉得差不多合攏，於是，我就像被供奉在這神龕似的雙倍隱蔽的地方。

「嘿！憂鬱小姐！」約翰・里德的聲音在叫喚。接著，他突然停下不作聲了，顯然發現房間裏沒有人。

「見鬼，她上哪兒去了？」他接著說，「麗茜②！喬琪③！（他在叫他的姐妹）瓊④不在這兒。告訴媽媽，她跑到外面雨地裏去了——這個壞東西！」

「幸虧我拉上了窗簾。」我心裏想，同時急切地希望他不會發現我藏身的地方。靠約翰・里德自己是一定發現不了的，他這人眼睛不尖，頭腦也欠靈光。

可是伊麗莎剛往門裏一探頭，就馬上說道：「她在窗座上呢。準是的，傑克⑤。」

我趕緊跑了出來，我一想到會讓這個傑克給硬拖出來，就嚇得發抖。

「你有什麼事嗎？」我侷促不安地問道。

「應該說『你有什麼事嗎，里德少爺？』」這就是他的回答。「我要妳過來。」說著，他在一把扶手椅上坐下，做了個手勢，示意要我過去站在他面前。

約翰・里德是個十四歲的學生，比我大四歲，我才十歲。

我已經對約翰順從慣了，於是便走到他椅子的跟前。約翰突然狠狠地給了我一拳。我一個踉蹌，從他椅子跟前倒退了一、兩步才站穩身子。

「妳躲在窗簾後面幹什麼？」他問。

「我在看書。」

「把書拿來。」

我回到窗口，把書拿了過來。

「妳沒資格動我們家的書。我媽說了，妳是個靠別人養活的人。妳沒錢，妳爸一分錢也沒給妳留下。妳該去討飯，不該在這兒跟我們這種上等人的孩子一起過活，跟我們吃一樣的飯菜，穿我媽花錢買來的衣服。今天，我要好好教訓教訓妳，妳竟敢亂翻我的書架。這些書全是我的。這整幢房子都是我的，或者說，過不了幾年都是我的。滾！站到門口去，別挨著鏡子和窗子。」

我照著做了，起初還不明白他這是什麼用意，可是一當我看到他舉起那本書掂了掂，站起身來，看樣子要朝我扔過來時，我驚叫一聲，本能地往旁邊一閃，但已經來不及了，他扔了過來，打在我的身上，我跌倒在地，頭撞在門上磕破了，磕破的地方淌出了血，疼得厲害。這時，我的恐懼已經超過了極限，另一種的心理緊接著佔了上風。

「你這個狠毒的壞孩子！」我說，「你簡直像個殺人犯……你是個管奴隸的監工……你像那些羅馬暴君！」

「什麼！」他嚷了起來，「妳竟敢對我說這樣的話？伊麗莎，喬安娜，妳們聽見沒有？我還能不去告訴媽媽？不過我先要……」

他朝我直撲過來。我感到他揪住了我的頭髮，抓住了我的肩膀，我已經在跟一個無法無天的亡命之徒肉搏了。

我看他真是個暴君，殺人犯。我覺出有幾滴血從我頭上一直順著脖子流下。這些感覺一時壓倒了我的恐懼，我發瘋似的和他對打起來。我的雙手究竟幹了些什麼，我自己也不大清楚，只聽到他罵我「耗子！耗子！」還大聲地吼叫著。

幫手就在他身旁，伊麗莎和喬安娜急忙跑去叫已經上樓的里德太太，這會兒她已趕到現場，後面還跟著貝茜和侍女阿博特。我們被拉開了。只聽得她們在說：「哎呀！哎呀！這樣撒潑，竟敢打起約翰少爺來了！」

「誰見過這樣的壞脾氣！」里德太太又補了一句：「把她拖到紅房子裏去關起來。」立刻就有四隻手抓住了我，把我拖上樓去。

①設在房屋窗龕裏的座位。
②伊麗莎的暱稱。
③喬安娜的暱稱。
④簡的別稱。
⑤約翰的暱稱。

二　紅房子

我一路反抗著，這在我是從來沒有過的，可是這麼一來，大大增加了貝茜和阿博特小姐對我的反感。事實上，我確實有點失常，或者像法國人常說的那樣，有點兒不能自制了。我意識到，一時的反抗已難免會使我遭受種種別出心裁的懲罰，因此，我像所有反抗的奴隸一樣，在絕望中決定豁出去了。

「抓住她的胳臂，阿博特小姐。她簡直像隻瘋貓。」

「真不害臊！真不害臊！」侍女嚷嚷道，「多嚇人的舉動哪，愛小姐，居然動手打一位年輕紳士，打起妳恩人的兒子，妳的小主人來了！」

「主人！他怎麼是我的主人？難道我是僕人？」

「不，妳還比不上僕人哩！妳白吃白住不幹活，光靠別人來養活。得啦，坐下，好好想想妳那臭脾氣。」

這時，她們已把我拖進里德太太指定的那個房間，把我按在一張凳子上。我猛地像彈簧似的蹦起來，她們的兩雙手立即抓住了我。

「妳得放明白點，小妞，妳受著里德太太的恩惠，是她在養活妳；她要是把妳攆出去，妳就只好進貧民院了。」

里德先生去世已經九年，他就是在這間臥室裡嚥下最後一口氣的；他的靈堂也設在這兒，殯儀館的人就是從這兒抬走他的棺材的，從那天起，這房子就有了一種哀傷的神聖感，使得人不常到這兒來了。

因爲挨了打，又曾跌倒在地，我的頭仍非常疼痛，傷口還在流血。約翰粗暴地打了我，沒有人責備他，而我爲了讓他以後不再幹出這種沒有理性的暴行，卻受到了眾人的責難。

「不公平！——不公平啊！」我的理智告訴我說。

在痛苦的刺激下，我的心智早熟了，一時變得堅強有力。我是真的想死嗎？難道蓋茨海德教堂聖壇下的墓穴真的那麼誘人？聽說里德先生就葬在那樣的墓穴裏。

這一念頭又引得我想起他來，我越想越害怕。我已經記不得他了，不過我知道他是我的親舅舅——我母親的哥哥——是他在我父母雙亡成了孤兒後收養了我，在他臨終時，還要求里德太太答應一定要像對親生兒女那樣把我撫養成人。里德太太也許認爲自己已經遵守了這一諾言。我覺得，就她生性能做到的範圍來講，確實也是如此。我畢竟不是她家的人，她丈夫死後，我和她更無關係，我只是一個礙手礙腳的外人，怎麼能讓她真正喜歡呢？

我腦子裏突然閃過一個奇怪的念頭。據說，要是有人違背了死去的人的遺願，死去的人在墳墓裏也不會安寧，他們會重返人間，懲罰違背誓言的人，爲受到虐待的人報仇。我想，里德先生的靈魂一定在爲他外甥女受到虐待而著惱，說不定會離開他的住處——不管是在教堂的墓穴裏，還是在不可知的陰曹地府——來到這屋子裏，突然出現在我的面前。

我的心怦怦直跳，腦袋發熱，耳朵裏充滿嗡嗡聲，我認爲這是翅膀的撲動聲；這時，彷彿有什麼東西靠近我的身旁，我感到壓抑，感到透不過氣來，我再也受不了啦；我起身衝到門邊，不顧一切地使勁搖動門上的鎖。

「哦，舅媽，可憐可憐我，饒了我吧！我受不了啦——用別的辦法懲罰我吧！這會要了我的命的，要是……」

「閉嘴！妳這樣胡鬧真讓人討厭！」毫無疑問，她心裏也準是這麼想的。在她眼裏，我是個早熟的演員，她真的把我看成是個滿腔惡意、心靈卑鄙、陰險狡詐的角色了。

這時，我傷心到了極點，痛哭不止，里德太太見了很不耐煩，待貝茜和阿博特一走，就二話不說，猛地把我往屋裏一推，鎖上了門，不再跟我多費口舌。

我聽到她匆匆地離去了。她走後不久，我想我大概就昏過去了，這場風波以我的失去知覺而告終。

三　病中

接著，我記得，我感到自己彷彿剛從一場噩夢中醒了過來，只見眼前亮著一片紅光，紅光中畫有一道道又粗又濃的黑槓。我還聽見有人在說話，聲音憋聲憋氣的，彷彿被疾風或激流掩蓋住似的。激動，不安，還有壓倒一切的恐懼感，弄得我神志恍惚。

不一會兒，我察覺到有人在擺弄我，把我扶了起來，讓我靠在他身上坐著，以前從來沒有人這樣溫存體貼地抱過我扶過我。我把頭靠在一個枕頭上，或者是一條胳臂上，覺得很舒服。又過了五分鐘，迷糊昏亂的陰雲消散了。我非常清楚地覺出，我正躺在自己的床上，那片紅光是兒童室裏的爐火。

這時已是晚上，桌上點著一枝蠟燭，貝茜端著臉盆站在床腳邊，還有位先生坐在我枕頭旁的椅子上，正俯身朝我望著。

當我知道屋子裏有了一個陌生人，一個不是蓋茨海德府的人，和里德太太也沒有任何關係，心裏感到說不出的寬慰，深信自己會受到保護，安全有了保障。

我轉眼不再去看貝茜（雖說相比之下，她的在場遠不如別人——如阿博特——那樣讓我討厭），開始仔細打量起那位先生的臉來。我認出了他，他是勞埃德先生，是個藥劑師。遇到僕人生病時，里德太太有時候請他來過。她自己和孩子們生病的話，她就請一位醫生。

「瞧，我是誰？」他問道。

我說出了他的名字，同時向他伸出手去。

他握住我的手，笑著說：「妳用不著多久就會好的。」隨後，他扶我躺下，並吩咐貝茜，要她多加小心，夜裏別讓我受到驚擾。他還交代了幾句，還說明天再來，然後就走了。

這天上午，勞埃德先生又來了。

「怎麼，已經起來了！」他一進兒童室就說：「哦，保姆，她怎麼樣？」

貝茜回答說我很好。

「那她應該顯得快活些。到這兒來，簡小姐。妳叫簡，對嗎？」

「是的，先生，我叫簡•愛。」

「哦，妳在哭，簡•愛小姐，妳能告訴我爲什麼哭嗎？是哪兒疼？」

「我給關在一間有鬼的屋子裏了，一直關到天黑。」

我看到勞埃德先生一面微笑，一面皺了皺眉頭：「有鬼！咳，妳到底還是個孩子！妳怕鬼？」

「我怕里德先生的鬼魂，他就是死在那間屋子裏的，還在那裏停過靈。不管是貝茜還是別的什麼人，晚上只要能不去那兒總是不去的。可是，他們把我一個人關在那間屋子裏，連枝蠟燭也不點，真是狠心——太狠心了，這件事，我想我一輩子也忘不了。」

「妳願意進學校嗎？」

我又想了想。我不大清楚學校是什麼。貝茜有時倒說起過，好像那兒的年輕小姐都得套著足枷，繫上脊椎矯正板坐著，一個個行爲都得非常規矩，舉止也要十分文雅。

約翰・里德恨透了他的學校，大罵他的老師。不過，約翰的好惡不能做爲我的標準，而且，儘管貝茜說的學校紀律（在來蓋茨海德府之前，貝茜曾在另一家人家做過，這些話是她從那家人家的小姐那兒聽來的）聽起來有點嚇人。

「我當然願意進學校。」我細想了一番後，說出了這樣的結論。

「嗯，好吧。誰知道會出什麼事？」勞埃德先生說著站起身來。「這孩子是該換換空氣和環境了，」他又自言自語地補充說：「神經不怎麼好啊。」

這時貝茜回來了，同時還傳來了馬車沿石子路駛近的轔轔聲。

「是妳家太太吧，保姆？」勞埃德先生問道：「我想在走之前跟她談一談。」

貝茜請他去早餐間，說著就帶他出去了。從後來發生的事情看，我猜這位藥劑師在隨後跟里德太太的談話中，準是大膽地提出了送我去學校的建議，這一建議無疑馬上就被接受了。因爲有一天晚上，阿博特和貝茜一起在兒童室裏做針線活時，談起了這件事。當時我已經上床睡覺，她們以爲我已經睡著了。

阿博特說：「我敢說，太太正巴不得能擺脫掉這個壞脾氣的討厭孩子哩。這孩子好像老在盯著每一個人，想要在暗地裏搞什麼陰謀似的。」

就在這一次，我從阿博特小姐對貝茜說的話中，第一次知道我父親是個窮牧師，我母親不顧親友們的反對，和他結了婚，親友們都認爲這樁婚事有失她的身分。我外祖父對她的違逆行爲大爲惱怒，和她斷絕了關係，一分錢的遺產也沒有留給她。我母親跟我父親結婚一年以後，父親擔任副牧師的那個大工業城市流行斑疹傷寒，我父親在訪問窮人時染上了這種病，我母親也從他那兒受到了傳染，在不到一個月的時間裏，兩人都相繼去世了。

貝茜聽了這番話，嘆了口氣，說道：「阿博特，苦命的簡小姐也真夠可憐的啊。」

「是啊，」阿博特回答說，「要是她是個漂亮可愛的孩子，那她的孤苦伶仃也能讓人同情，可她偏偏是這麼一個鬼丫頭，實在沒法讓人喜歡。」

四　勃洛克赫斯特先生

自從跟勞埃德先生作了交談，以及聽了前面說的貝茜和阿博特的議論後，我有了足夠的信心，可以指望我的生活出現轉機。一場變化似乎近在眼前——我默默地盼望著，等待著。可是它卻遲遲不來。幾天過去了，幾個星期過去了，我已經恢復了健康，但是我朝思暮想的事卻誰也沒有再提起。

里德太太有時用一種嚴厲的眼光打量我，但很少和我說話。自我生病以後，她在我和她的孩子之間，畫了一條比以前更加分明的界線。她指定我一個人睡在一個小房間裏，罰我獨自一人吃飯，還命令我整天待在兒童室裏，而我的表兄表姐們卻經常待在客廳裏。

有關送我進學校的事，她一句都沒有提起，不過，我還是出自本能地相信，她絕不會容我和她在同一座房子裏久住下去了，因爲現在她一見到我，目光中就流露出一種比以前更加無法克制的深惡痛絕的神情。

伊麗莎和喬安娜顯然是奉命行事，儘可能少跟我說話。約翰一看到我，就伸舌頭鼓腮幫裝鬼臉，有一次還想要教訓我，由於以前那種惹得我壞脾氣大發的暴怒和拚死反抗的心情又激勵了我，我立刻轉身和他針鋒相對，他一看覺得還是罷手爲妙，便逃開了，一邊逃一邊咒罵，還發誓說我打破了他的鼻子。

說實話，我倒真的是對準了他那突出的部分，想使盡手勁狠狠地揍他一拳。看到他被我的這一架勢或者是我的神色嚇破了膽的模樣，我真想乘勝追擊，可惜他已逃到他媽媽的身邊了。我聽見他哭哭啼啼地在訴說「那個可惡的簡・愛」怎樣像隻瘋貓似的朝他撲上去，但他卻被厲聲喝住了。

「別跟我說起她，約翰。我對你說過，叫你不要走近她，她不值得去理睬。我不願意看到你和你的姐妹跟她來往。」

聽到這裏，我從樓梯欄杆上撲出身子，不假思索地猛地大聲嚷道：「他們才不配跟我來往哩。」

里德太太是個相當胖的女人，可是她一聽到這樣無法無天的奇怪宣告，馬上俐落地奔上樓來，像一陣旋風似的把我拖進兒童室，一下把我按倒在我的小床床沿上，厲聲恫嚇我說，看我這一天還敢不敢從床上爬起來，敢不敢再說一個字。

「要是里德舅舅還活著，他會跟妳怎麼說呢？」我幾乎是無意間這麼問道。我說的「幾乎是無意間」，是因爲我的舌頭似乎沒有得到我的意志同意，就吐出了這句話，是不由自主地脫口說出來的。

「什麼？」里德太太小聲說，她那平時冷漠鎮靜的灰眼睛，被一種近於恐懼的神情弄得惶然不安了。她放開抓住我胳臂的手，兩眼朝我直瞪著，彷彿弄不清我究竟是個孩子還是魔鬼似的。這一下我可沒有退路了。

「里德舅舅就在天上，不管妳想什麼做什麼，他全能看見，我爸我媽他們也看得見。他們知道妳怎樣把我整天關著，還巴不得我死掉。」

里德太太很快就回過神來，她抓住我死命搖晃著，左右開弓狠打我的耳光，然後一句話沒說就走了。

一月十五那天，上午九點光景，貝茜奔上樓梯來到兒童室，吩咐我馬上下樓去，有人在早餐室裏等著我。

「會有誰找我呢？」我一邊暗自納悶，一邊用雙手去擰那很緊的門把，擰了幾次都沒能擰開。「除了里德舅媽外，我還會在屋子裏見到誰呢？——一個男人還是一個女人？」門把轉動了一下，門開了。

我走進門去，恭恭敬敬行了個屈膝禮，抬頭一看，只見——一根黑柱子！至少，猛一看，那個穿一身黑衣服，直挺挺地站在壁爐前地氈上的筆直的細長個子，確實給我這樣的感覺。而頂端那張冷酷的臉，就像是一個雕成的面具，當作柱頭安在那柱子上。

里德太太還是坐在壁爐旁她常坐的那個位子上。她招手要我走上前去，我照著做了。她用下面這句話把我介紹給那個石像似的陌生人：「這就是我向你提出申請的小姑娘。」

他（因為這是個男人）朝我站著的地方慢慢轉過頭來，兩隻愛好探究的灰眼睛在一對濃眉下閃著光芒，他打量了我一番後，用低沈的嗓音嚴肅地說道：「她個子這麼小，多大了？」

「十歲。」

「有這麼大嗎？」他的答話中流露出懷疑，說著，又繼續打量了我幾分鐘，然後問我說：「妳叫什麼，小姑娘？」

「簡・愛，先生。」

「勃洛克赫斯特先生，我想我在三個星期前給你的信中已經說過，這個小女孩的性情脾氣，和我希望的不大一樣。要是你肯把她收進洛伍德學校，讓那些學監和教師對她嚴加看管，特別是提防她愛騙人這一最壞的缺點，我會很高興的。」

「沒問題，沒問題，太太，那我這就告辭了。我要過一、兩個星期才能回勃洛克赫斯特府，因爲我那位當副主教的好朋友絕不會放我早走的。我會給譚波兒小姐去個信，讓她知道又有一個女孩要送去，這樣收她進校就不會有什麼問題了，再見。」

「再見，勃洛克赫斯特先生，代我問候勃洛克赫斯特太太和大小姐，問候奧古斯塔和西奧多，還有布勞頓・勃洛克赫斯特少爺。」

「好的，太太。小姑娘，這兒有本書叫《兒童必讀》，做完祈禱就讀讀它，尤其是寫『瑪莎・吉——一個慣於說謊和欺騙的淘氣孩子暴死經過』的那一部分。」

勃洛克赫斯特先生說著，往我手裏塞了一本有封皮的小冊子，接著打鈴吩咐給他備馬，然後就動身走了。

現在只剩下里德太太和我兩個人。我們沈默了幾分鐘。

「出去，回兒童室去。」她命令說。準是我的目光或者別的什麼冒犯了她。她雖然竭力克制，但口氣還是極爲惱怒。我站起身來，朝門口走去，可我又走了回來。我穿過整個房間，走到窗口，一直走到她的跟前。

我一定要說，我一直遭到無情的虐待，我要反擊。可是怎麼反擊呢？我有什麼力量向我的仇敵反擊呢？我絞盡腦汁，終於想出了這樣幾句直截了當的話來：「我不會騙人。我要是會騙人，就會說我愛妳了，可是我要說，我不愛妳。除了約翰・里德，世界上我最恨的就是妳了。至於這本有關撒謊者的書，妳還是拿去給妳的女兒喬安娜吧，因爲愛撒謊的是她，不是我。」

「妳還有什麼要說的？」她問道，說話的口氣，不像平常對待一個孩子，倒像是對待一個成年的仇人。

「我很高興，妳幸好不是我的親人。我這一輩子絕不會再叫妳一聲舅媽，我長大後也絕不會來看妳。要是有人問我喜不喜歡妳，問我妳待我怎麼樣，我就說，我一想起妳就覺得噁心，妳待我殘酷到極點。」

「妳怎麼敢說這樣的話，簡・愛？」

「我怎麼敢，里德太太？我怎麼敢？因爲這是事實。別人都以爲妳是個好女人，其實妳壞透了，心腸毒得很。妳才騙人哩！」

還沒等我把話說完，我心裏就開始感到愈來愈舒暢，愈來愈歡騰，有了一種前所未有的自由感和勝利感，彷彿掙脫了無形的枷鎖，終於掙扎著進入了一個夢想不到的自由境界。

「妳跟勃洛克赫斯特先生說我脾氣壞，愛騙人，我要讓洛伍德所有的人都知道，妳是什麼樣的人，妳幹了些什麼。」

「簡，這些事妳還不懂，小孩子有缺點就得改正。」

「我可沒有騙人的缺點！」我氣哼哼地大聲嚷了起來。

「可是妳性子暴躁，簡，這妳總得承認。好了，現在回兒童室去吧。」

「還是馬上送我進學校吧，里德太太，我討厭住在這兒。」

「我是得早點送她進學校了。」里德太太低聲咕噥說，收起手裏的活兒，突然走出屋去。

五　來到洛伍德

一月十九日早晨，時鐘剛敲五點，貝茜就舉著一枝蠟燭走進我的小房間。她發現我已經起床，而且衣服都快穿好了。就在這一天，我要乘坐早上六點經過大院門口的馬車，離開蓋茨海德府。只有貝茜一個人起來，她在兒童室裏生好了火，現在正在給我準備早餐。

想到要外出旅行，心情激動時，很少有孩子能吃得下飯的，我也一樣。貝茜硬要我喝幾湯匙她給我準備的熱牛奶，吃點麵包，可是她白費了力氣，只好用紙包了幾片餅乾，放進我的提袋。然後她幫我穿上大衣，戴上帽子，她自己也裹上一條披巾，就和我一起離開兒童室。

經過里德太太臥室時，她問道：「妳要進去跟太太道個別嗎？」

「不了，貝茜。昨天晚上妳下樓吃晚飯時，她到我床前來過，要我早上不用去驚醒她，也不用去驚醒我表哥表姐了，她還要我記住，她始終是我最好的朋友，她要我對別人也這麼說，還要我感激她。」

「那妳怎麼說呢，小姐？」

「什麼也沒說。我用被子蒙住臉，轉身朝向牆壁，沒有理她。」

「這就不對了，簡小姐。」

「這完全對，貝茜，妳那位太太從來就不是我的朋友，她一直是我的仇人。」

「哦，簡小姐！可別這麼說！」

「再見了，蓋茨海德！」我們穿過大廳從前門出去時，我大聲說了一句。

馬車到了，在大門口停了下來。它套著四匹馬，頂座上坐滿了旅客。管車人和車伕大聲催促著快上車。我的箱子裝到了車上，我摟著貝茜的脖子連連吻著，被人給拉開了。

「千萬要照顧好她啊！」管車人把我抱上車時，貝茜大聲喊著。

「行，行！」管車人回答說。

車門砰的一聲關上了，有人喊了一聲「好啦」，我們就出發了。就這樣，我告別了貝茜，離開了蓋茨海德府，被匆匆帶往一個陌生的，在我當時看來還是個遙遠而又神秘的地方。

一路上的情況，我已記得不多了，只知道那一天在我看來長得出奇，我們像是走了好幾百里的路。

下午天氣變得潮濕，有點霧濛濛的。暮色漸濃時，我們駛進了一個黑鴉鴉滿是樹木的山谷，當夜色籠罩住這周圍的景色後很久，我聽到狂風在樹林間呼嘯。

在這種聲音的催眠下，我終於睡著了。可是沒睡多久，車子突然停下，把我驚醒了。車門開了，一個僕人模樣的女人站在車門邊。我借著燈光，看清了她的臉容和衣著。

「車上有個叫簡・愛的小姑娘嗎？」她問道。

我應了聲「有」，接著就被抱下了馬車，我的箱子也給遞了下來，然後馬車又立刻上路了。

因爲坐得太久，我的身子都僵硬了，腦袋也給車子的聲音和顛簸弄得暈暈乎乎。待到恢復正常後，我朝四周打量了一下，但見周圍一片黑暗，風雨交加。不過，我還是隱約分辨出我面前有一堵牆，牆上有扇門開著。我跟著我的新嚮導走進門內。我們一進去，她就隨手關上門，上好鎖。

現在能看清了，這兒有一幢或者幾幢房子——因爲房子鋪展得很遠——房子有很多窗子，有的窗子裏還有燈光，我們走上一條寬寬的石子路，濺著水往前走。走進一扇門後，那女僕又領著我經過一條走廊，最後走進一間生著火的房裏，她讓我一個人待在那兒。

我站在那兒，在火上烤了烤我凍麻的手指，然後朝四周打量了一下。這是一間客廳，沒有蓋茨海德府的客廳那麼寬敞，也沒有那麼富麗堂皇，但也夠舒適的了。我正在爲搞清牆上一幅畫的內容而大傷腦筋，有個人舉著一枝蠟燭走了進來，後面還緊跟著另外一個人。

走在前面的是位高個兒女士，黑頭髮，黑眼睛，有個蒼白的寬闊前額。她的半個身子都裹在一條大披巾裏，面容嚴肅，舉止端莊。

「這孩子太小，不該讓她一個人來。」說著，她把蠟燭放到桌子上。她仔細端詳了我一、兩分鐘，又接著說：「最好還是馬上讓她上床睡覺，她看來累壞了。」

「妳累嗎？」她把手放在我肩上，問道。

「有一點，小姐。」

「也餓了吧，準是的。睡覺前先讓她吃點飯，米勒小姐。妳這是第一次離開父母進學校嗎，我的小姑娘？」

我告訴她我沒有父母。她問我他們去世已有多久，又問我多大了，叫什麼名字，會不會讀書寫字，會不會做點針線活兒。然後，她用食指輕輕摸摸我的臉頰說，她希望我做個好孩子，便打發我跟米勒小姐走了。

我們來到一間又寬又長的屋子裏。屋子兩頭各擺著兩張很大的木板桌子，每張桌子上都點著一對蠟燭。一群年齡不等的姑娘，從九歲、十歲到二十歲的都有，坐在桌子周圍的凳子上。米勒小姐示意叫我坐在靠近門口的一張凳子上，然後走到這間長屋子的上頭，喊道：「各班班長，去把晚飯托盤端來！」

那幾個高個姑娘走了出去，一會兒就回來了，每人端著一個大托盤，裏面放著一份份分好的飯食，只是我不知道到底是什麼。每個盤子的中央還放著一壺水和一個大杯子。一份份食物挨個兒遞了過去。杯子是公用的，誰想喝就喝。

輪到我的時候，我喝了幾口水，因爲我正感到口渴，但沒有去動那食物，興奮和疲勞弄得我什麼也吃不下。不過，現在我看清了，那是一張薄薄的燕麥餅，給分成了許多塊。

吃完飯，米勒小姐唸了祈禱文，各班的姑娘便兩人一排地排隊上樓了。這會兒我已疲乏不堪，連臥室是個什麼樣子也沒留心去看，只知道和教室差不多，也很長。

那一夜過得很快，我太疲倦了，連夢都沒有做。我只醒過來一次，耳邊只聽得狂風怒號，下著傾盆大雨，而且還覺出米勒小姐已經在我旁邊睡下。待我再一次睜開眼睛時，正響著響亮的鐘聲。姑娘們都已起來，正在穿衣服。

天還沒有破曉，屋子裏點著一、兩枝燈草芯蠟燭。我也只好很不情願地起了床。天冷得厲害，我打著哆嗦，好不容易才穿好衣服。等到有臉盆空時，去洗了臉。臉盆並不是很快就能等到的，因為六個姑娘合用一個，它就擱在屋子中間的臉盆架上。

鐘聲又響了，大夥便兩人一排地排隊下樓，走進燭光昏暗的陰冷教室。進去後，米勒小姐唸了祈禱文，接著，她大聲喊道：「分班！」

一天的功課現在開始了。先是背誦這天的短禱文，接著唸了幾段經文，然後，又慢聲唸了《聖經》中的幾個章節，這樣持續了一個小時，做完這些功課，天已大亮。這時，那不知疲倦的鐘又敲響了第四遍。各個班又排好隊，到另一間屋子裏去吃早飯。眼看就要有東西吃，我高興極了！前一天才吃了那麼一丁點兒東西，這會兒我簡直餓壞了。

我餓極了，這會兒已經有點頭暈眼花，也就顧不上滋味如何，便狼吞虎嚥地把我那份粥吞下了一、兩匙。可是當劇烈的飢餓感稍有緩和，我便發覺，我手裏端的這盆東西實在令人作嘔。燒糊的粥簡直跟漿糊一樣難吃，就連飢腸轆轆時，也會給它弄得大倒胃口。

教室裏的時鐘敲了九下，米勒小姐離開圍著她的那圈人，站到教室中央，叫道：「安靜！坐到自己的座位上去！」

洛伍德的學監譚波兒小姐在一張桌子旁坐了下來，面前的桌子上放著兩個地球儀。她把第一班的學生都叫到身邊，開始給她們上地理課，另外幾個班也被其他教師叫去背誦歷史、語法等等，每堂課的時間都按鐘點規定，最後時鐘終於敲響了十二點。學監站了起來。

「我還有句話要和同學們講一講。」她說。

下課時的喧鬧聲已經開始響起，但她一講話，大家立刻靜了下來。她接著說道：「今天早上的早飯妳們吃不下去，現在一定都餓了。我已經吩咐了，給大家供應一份麵包加乾酪做點心。」

教師們都用一種驚異的神情望著她。

「這件事情由我負責。」她又補充了一句，口氣像是向她們解釋，說罷就走出了教室。

學校大門的上面有一塊石匾，上面刻有這樣的文字：

洛伍德義塾——這一部分於西元ｘｘｘｘ年，由本郡勃洛克赫斯特府內奧米・勃洛克赫斯特重建。「你們的光也當這樣照在人前，叫他們看見你們的好行爲，便將榮耀歸給你們在天上的父。」

——《馬太福音》第五章第十六節

我一遍又一遍地讀著這段文字，總覺得它有某種含義，但是我不能完全理解其中的意思。我正在揣摩「義塾」這兩個字的意思，就在這時，緊靠背後響起一聲咳嗽，我不由得轉過頭去。只見一個姑娘坐在附近的石凳上，正在埋頭看書，看得似乎出了神。

我冒昧地打擾了她：「妳能不能告訴我，門上面那塊石匾上的字是什麼意思？什麼叫洛伍德義塾？」

「這是所半慈善性質的學校，妳，我，所有其他人，都是慈善學校的孩子。我想，妳是個孤兒吧。是不是妳爸或者妳媽去世了？」

「在我還不記事時，他們就都去世了。」

「是啊，這兒的姑娘不是失去爸或媽，就是父母雙亡，所以這兒叫義塾，是養育孤兒的。」

「內奧米・勃洛克赫斯特是誰呢？」

「就是石匾說的，是建造這部分新房子的那位女士，這兒的一切都由她兒子監督和管理。」

「爲什麼？」

「因爲他是這個機構的司庫和總監。」

「這麼說，這房子不屬於那個戴錶的、說要給我們吃麵包和乾酪的高個子女士了？」

「屬於譚波兒小姐？噢，不是！我倒希望是她的哩。她做的一切都得向勃洛克赫斯特先生負責。我們所有的食物和衣著，都是由勃洛克赫斯特先生買的。」

然而就在這時候，召集吃飯的鐘聲響了，大家重又回到屋子裏。

吃過飯，我們立即來到教室裏，重新開始上課，一直上到五點鐘。

下午五點過後不久，我們又吃了一餐，是一小杯咖啡和半片黑麵包。我狼吞虎嚥地吃下麵包，喝下咖啡，吃得津津有味。可是，我真希望能再來這麼一份——我還是餓得慌。

飯後是半小時的娛樂，接著是學習，然後就是那一杯水和那塊燕麥餅，最後是祈禱，上床。這就是我在洛伍德過的第一天。

六 海倫・彭斯

第二天仍和前一天那樣開始，在燈草芯蠟燭的亮光下起床，穿衣。只是這天早上，我們不得不免去洗臉這個儀式，因爲水罐裏的水凍住了。

這一天，我給編進第四班，還給我規定了正式的功課和作業。在這之前，我一直只是洛伍德各項活動的一個旁觀者，今後，我也要成爲其中的一名演員了。

一個章節從頭到尾唸了兩遍，然後合上書本，開始對姑娘們進行考問。這一課包括了查理一世王朝的部分內容，以及各種有關船舶噸稅和造艦稅的問題，大多數人看來都回答不上來。可是，不管什麼大小難題，到了彭斯那兒立刻就迎刃而解了，她好像把整堂課的內容都記在腦子裏了，對每一個問題她都能對答如流。

我一直指望斯凱契德小姐會對彭斯的用功加以誇獎，可是她非但沒有這樣做，反而突然嚷了起來：「瞧妳這骯髒討厭的姑娘！今天早上，妳一定連指甲都沒有洗！」

彭斯沒有回答。我對她的沈默感到奇怪。

「她爲什麼不解釋，」我心裏想，「因爲水結了冰，她既沒法洗指甲，也沒法洗臉。」

就在這時，這位女士下了一道命令，命令的內容我沒聽清，只見彭斯立刻離開教室，走進隔壁放書的一間小裏屋，不一會兒又回來了，手裏拿著一束一頭紮在一起的樹枝。她恭恭敬敬地行了一個屈膝禮，把這個不祥的刑具呈給斯凱契德小姐，然後不等令下，就默默地解開圍裙。

那位教師立刻用這束樹枝朝她頸背上狠狠抽了十幾下。彭斯的眼裏沒有湧出一滴眼淚。她那張若有所思的臉上，卻神色如常，沒有一點變化。

「倔脾氣的姑娘！」斯凱契德小姐嚷道，「妳那邋遢習慣怎麼也改不了啦。把笤帚拿走！」

彭斯遵命照辦了。當她從藏書室裏出來時，我仔細朝她打量著。她正把自己的手絹放回口袋，瘦削的臉頰上還有一絲淚痕在閃閃發光。

那天傍晚時，我看到彭斯正跪在高高的鐵絲爐柵旁，借著餘燼的微光，默不作聲、全神貫注地在看書，忘掉了周圍的一切。

「妳姓彭斯，名字叫什麼呢？」我在她身旁坐了下來，問道。

「海倫。」

「妳是從很遠的地方來的嗎？」

「我從更靠北面的地方來，差不多快到蘇格蘭的邊界了。」

「妳還回去嗎？」

「希望能回去。不過，將來的事誰也說不準。」

「妳一定想離開洛伍德吧？」

「不，我爲什麼想離開呢？我是給送到洛伍德來受教育的，不達到目的就離開沒有好處。」

「可是那個老師，斯凱契德小姐，對妳這麼兇。」

「兇？哪兒的話！她是嚴格。她討厭的是我的缺點。」

「可要是我換了妳，我會討厭她，對她反抗。她要是拿那個鞭子打我，我就從她手裏奪過來，當著她的面把它折斷。」

「妳也許不會那麼做。可要是妳真那麼做了，勃洛克赫斯特先生準會把妳從學校開除出去，那就會讓妳的親戚非常痛心。寧可忍受一下除了自己之外誰都感受不到的痛楚，這總比冒失行事，讓所有和妳有關的人都受連累好得多。」

「可是，在滿是人的屋子中間罰站，挨打，終歸是丟臉的呀。再說，妳是這麼大的姑娘了，我比妳小得多，還受不了呢。」

「可是既然妳躲不了，那就只好忍著點了。命中註定要妳忍受的事，妳儘說受不了，那是軟弱和愚蠢的。」

我聽了她這番話非常詫異，這套忍耐的學說，我領悟不了，她對懲罰她的人表示的寬容，我更是沒法理解和贊同。

「譚波兒小姐也像斯凱契德小姐那樣，對妳很兇嗎？」

一提到譚波兒小姐的名字，她那嚴肅的臉上掠過了一絲溫柔的微笑。

「譚波兒小姐非常善良，她不忍心嚴厲對待任何人，哪怕是學校裏表現最差的學生。她看到我的錯處，就溫和地給我指出，要是我做了點值得稱讚的事，就大加讚揚。」

就在這時，一個班長——是個粗魯的大姑娘——來到她的跟前，大聲嚷道：「海倫·彭斯，妳要是不馬上去整理好妳的抽屜，疊好妳的針線活，我就去告訴斯凱契德小姐，讓她來看看！」

海倫的遐想給驅散了，她嘆了一口氣，站起身來，既沒有回答，也沒有耽擱，就照班長說的去做了。

七　勃洛克赫斯特先生來訪

一天下午（那時候，我已經在洛伍德待了三個星期了），我正手裏捧著塊石板坐在那兒，絞盡腦汁地在做一道很長的除法算術題，偶爾心不在焉地抬眼望了望窗口，突然瞥見有個人影一閃而過。

我幾乎憑著本能立刻認出了那個瘦長身形。兩分鐘後，全校上下，包括教師在內，全都肅然起立。我不用抬頭看，也知道她們在隆重歡迎誰。

這時，有人大步流星地走過教室，不一會兒，曾在蓋茨海德府的爐邊地氈上不祥地瞪著我的那根黑柱子，就已經矗立在同樣站了起來的譚波兒小姐的身邊。這時，我斜眼偷看了一下這根建築構件。是的，我沒猜錯，正是勃洛克赫斯特先生。

對他的出現，我自有理由感到害怕。里德太太有關我的性情等等惡意中傷的暗示，勃洛克赫斯特先生答應把我的壞脾氣告知譚波兒小姐和其他教師的諾言，這一切我都記得一清二楚。我一直害怕他來兌現這個諾言——我每天都在提防這個「隨時會來的人」。他只要介紹一下我以往的生活言談，就會讓我永遠揹上壞孩子的名聲。現在，他真的來了。他站在譚波兒小姐身旁，正在向她低聲耳語。我正好坐在教室的前面，他說的話我大部分都能聽見。這些話的內容解除了我眼前的憂慮。

「譚波兒小姐，我想我在洛頓買的線會有用處，我覺得這種線用來縫布衫正合適，我還特地挑了些跟它相配的針。妳跟史密斯小姐說一聲，我忘了記下買織補針的事了，不過，下星期我會叫人送幾包來。叫她無論如何一次最多只能給每個學生發一枚，多了她們就會不當一回事，給弄丟了。噢，還有，小姐！我希望那些羊毛襪子要照管得好一點！上次我來這兒，曾到菜園子裏去查看過晾在繩子上的衣服，看到有許多黑襪子都沒有補好，從那些破洞的大小看，我肯定她們沒有經常好好縫補。」

「您的指示我們一定照辦，先生。」譚波兒小姐說。

「還有，小姐，」他又接著說，「洗衣服的女人告訴我，有些姑娘一星期換兩次領飾，這太多了，按規定只能換一次。」

「我想，這件事我可以解釋一下，先生。上星期四，有幾個朋友請艾格尼斯・約翰斯頓和凱瑟琳・約翰斯頓去洛頓參加茶會，所以我准許她們換上乾淨的領飾去的。」

勃洛克赫斯特先生點了點頭。

「好吧，偶然一次也就算了，不過，請不要讓這樣的事經常發生。另外，還有一件事也讓我吃驚，我跟總管結賬的時候，發現上兩個星期裏，竟然給女孩子們吃了兩次麵包加乾酪的點心。這是怎麼回事？我查了一下規章，上面沒有提到有這樣的點心。這是誰新添的章程？是誰批准的？」

「這事得由我負責，先生，」譚波兒小姐回答說，「早飯做壞了，學生們沒法吃，我不敢讓她們一直餓到吃中飯。」

「小姐，請允許我佔用妳一點時間。妳知道我培養這些女孩子的計劃，並不是要讓她們養成奢侈嬌縱的習慣，而是要她們吃苦、忍耐、克己。即使有了什麼不合胃口的小事發生，像做壞了一頓飯，一種菜沒有燒熟或燒過頭了什麼的，那也不該用更美味的食品來彌補失去的這點享受，這樣既嬌縱了肉體，也放棄了這所學校的宗旨。應該利用這種事，鼓勵學生勇於忍受一時的艱苦，使她們受到精神上的薰陶。唉，小姐，妳用麵包乾酪代替燒糊了的粥，送進這班孩子的嘴裏，妳確實可以餵飽她們骯髒的軀殼，可是妳卻沒有想到，妳讓她們的不朽的靈魂挨了餓！」

這時，勃洛克赫斯特先生正倒背著手站在壁爐跟前，威風凜凜地檢閱著全校人員。突然，他的眼睛眨巴了一下，彷彿遇上什麼刺眼或使他驚恐的東西似的。他轉過頭去，用比先前更急促的語調說：「譚波兒小姐，譚波兒小姐，那個……那個鬈髮的女孩是誰？紅頭髮的，小姐，滿……滿頭頭髮都鬈著的那個？」說完，他伸出手杖，指著那個可怕的對象，抬起的手在瑟瑟發抖。

「那是朱莉婭・塞弗恩。」譚波兒小姐非常平靜地回答說。

「朱莉婭・塞弗恩，小姐！她，或者還有別的什麼人，爲什麼還留著捲過的頭髮？怎麼在一個福音慈善機構裏，她竟敢違反這兒的清規戒律，公然迎合世俗潮流，留起這麼一頭鬈髮？」

「朱莉婭的頭髮天生就是鬈的。」譚波兒小姐更加平靜地回答說。

「天生！是呀，可是我們不能順著天性。我希望這些女孩都能成為受上帝恩寵的孩子。而且，為什麼要留這麼多頭髮？我已經一再叮囑過，我希望頭髮梳得平整服貼，簡單樸素。譚波兒小姐，那個女孩的長頭髮要全部剪掉，我明天就派個理髮匠來。我看到還有一些女孩的頭髮也太累贅了——那個高個子女孩，叫她轉過身去。叫第一班的全體起立，把臉對著牆。」

他朝這些活聖牌①的背面仔細察看了五分多鐘，接著宣布了判決詞，這句話就像敲響了喪鐘：「頭頂上的這些髮髻全部都得剪掉！」

正說到這兒，勃洛克赫斯特先生的話給打斷了。另有三位客人走進了教室，全是女客。她們真該早一點來才好，那就可以聆聽到他那一篇有關衣著的宏論了，因為她們都穿著絲絨、綢緞、毛皮，一個個打扮得花枝招展。

三位女客中年輕的兩位（十六、七歲的年輕漂亮姑娘）頭戴當時流行的灰色海狸帽，上面還插著鴕鳥毛，在這華麗雅致的帽沿下面，垂著捲得很精緻的濃密的淺色鬈髮。上了年紀的那位太太，裹著一條昂貴的鑲貂皮的絲絨披巾，還戴著法國的額前假鬈髮。

這幾位女客是勃洛克赫斯特太太和兩位勃洛克赫斯特小姐，譚波兒小姐恭恭敬敬地接待了她們，並且引她們到教室前面的上座就座。看來，她們是跟她們那位擔任聖職的親屬一塊兒坐馬車來的。

在這以前，我一邊留心聽勃洛克赫斯特先生和譚波兒小姐說話，一邊始終沒忘記小心保護自身的安全。我想這不難做到，只要不讓他看到我就行了。爲此，我坐在凳子上，身子儘量往後縮，還裝出好像忙著在做算術似的，故意把石板捧高遮住了臉。

本來，我是可以逃脫他的注意的，可是不知怎麼的，我那塊搗蛋的石板突然從我手中滑了下去，砰的一聲掉在地上，惹得所有的目光立刻都落到我的身上。我知道這一下完了，急忙彎下腰去拾起那摔成兩半的石板，一邊重新集中精力，等待最壞的事情出現。這最壞的事情終於來了。

「這冒失的女孩！」勃洛克赫斯特先生說，緊接著又補了一句：「我認出來了，是那個新學生。」還沒等我來得及喘口氣，他馬上又說：「我可不能忘了，關於她，我還有一、兩句話要說哩。」然後他大聲喝道——那聲音在我聽來有多大啊！「叫那個打破石板的孩子上前面來！」

我靠自己已經動彈不了——我已經嚇癱了。可是坐在我兩邊的兩個大姑娘把我拉了起來，推向那個可怕的法官。

接著，譚波兒小姐溫和地把我扶到他的跟前，我聽到她還悄聲安慰我說：「別怕，簡，我知道這是偶然的過失，妳不會受罰的。」

這親切的耳語像刀子一樣直刺我的心。

「再過一會兒，她就會把我看成一個僞君子，瞧不起我了。」我想。心裏有了這樣的想法，一種反對里德——勃洛克赫斯特合夥公司的憤怒衝動，便在我的脈膊裏跳躍了起來。

我可不是海倫・彭斯。

「把那張凳子拿過來。」勃洛克赫斯特先生指著一張很高的凳子說，有個班長正好剛從那張凳子上站起來。凳子給端過來了。

「把這孩子放上去。」勃洛克赫斯特先生清了一下嗓子。「妳們瞧，她年紀還小，妳們可以看到，她有著跟普通孩子一樣的外貌。上帝慈悲，賜給她跟我們大家一樣的外貌，沒有一點殘缺表明她是個特殊的人。誰能想到，魔鬼已經在她身上找到一個奴僕和代理人？可是我要痛心地說，事實正是這樣。」

他停住了——這時，我漸漸控制住了自己顫抖的神經，心想反正這場磨難已無法逃避，只能堅強地去承受了。

「我親愛的孩子們，」這個黑色大理石般的牧師用悲愴動人的語氣說，「這是一件讓人痛心難過的事。我有責任警告妳們，這個本該成爲上帝的羔羊的小姑娘，是個上帝遺棄的小孩，不是真正的羔羊，而顯然是個外來的闖入者。妳們要小心提防著她，不要學她的樣。必要的話，不要跟她做伴，不讓她跟妳們一起玩耍，不許她和妳們說話。各位教師，妳們一定要看住她，注意她的一舉一動，要好好掂量她說的話，認真考查她的行爲，要懲罰她的肉體以拯救她的靈魂——當然，這是說如果她的靈魂還能拯救的話。因爲這個女孩是個……說謊者！」

他又停了下來，這回停了足足有十分鐘。這時，我的神志已完全清醒。只見勃洛克赫斯特家的三個女眷全都掏出手帕來擦拭眼睛，上了年紀的那個搖晃著身子，兩個年輕的則低聲說：

「多可怕啊！」

勃洛克赫斯特先生又接著說：「我這是從她的女恩人，從那位虔誠慈善的太太那兒聽來的，這位太太在她父母雙亡後收養了她，把她當作親生女兒一樣來撫養，而這個壞女孩，竟用這麼惡劣可怕的忘恩負義來報答她的仁慈和慷慨，終於使得她那位絕好的女恩人不得不把她跟自己的孩子隔離開，免得讓她的壞榜樣玷污了他們的純潔。女恩人把她送到這兒來治病。所以，各位教師，學監，我請求妳們要好好治她。」

說了這句出色的結束語後，勃洛克赫斯特先生整一整緊身長大衣上端的鈕扣，對他的家眷低聲說了幾句，她們站起身來，向譚波兒小姐欠身行了一個禮，然後，這幾位大人物便威風凜凜地走出教室。走到門口時，我的這位法官又回過來說：「讓她在凳子上再站半個小時，今天剩下來的時間裏，誰也不許和她說話。」

於是，我就給高高地陳列在那兒。我曾說過，如果要罰我站在教室中央，我是受不了這種恥辱的，可如今我竟站在一個恥辱台上示眾。我心中的感受，是無法用語言來描述的。然而，正當我百感交集，感到呼吸受阻、喉嚨縮緊的時候，有個姑娘走上前來，從我跟前走過，在經過我的面前時，她朝我抬起了眼睛，那對眸子裏閃出多麼奇特的光芒啊！海倫·彭斯只問了史密斯小姐，一個有關活計上的小問題，因爲問題瑣碎，結果挨了罵；她回到自己的座位上去，再一次經過我的面前時，衝著我微微一笑。

這是怎樣的一笑啊！直到今天，我還記得一清二楚。我懂得，這是大智大勇的流露。

①一種鑄有宗教人物或圖案的硬幣狀金屬牌。

八　譚波兒小姐

半個小時還沒到，鐘敲五點，學校已下課，大家都到飯廳吃茶點去了。這時候我才敢下來。天色已經十分昏暗，我悄悄退到一個角落裏，在地板上坐了下來。一直支撐著我的那股魔力開始消失，出現了反作用。不一會兒，難以抗拒的悲痛攫住了我，我頹然撲倒在地上。

「永遠沒有了。」我想，一心盼著死掉算了。我正泣不成聲地訴說著這一心願時，有人走過來了。我驚跳了起來──朝我走近的又是海倫・彭斯。即將熄滅的爐火剛好還能照見她在這間空蕩蕩的長屋子中走來。她給我端來了咖啡和麵包。

「海倫，妳爲什麼還跟一個人人都看作是撒謊者的姑娘待在一起呢？」

「人人？簡，妳說什麼呀！總共只有八十個人聽到他這樣說妳，可世界上有幾萬萬人哩。」

「幾萬萬人跟我有什麼關係？我認識的這八十個人都瞧不起我了。」

「簡，妳錯了，也許全校沒有一個人鄙視妳或者不喜歡妳，我敢肯定，許多人還很同情妳哩。」

「聽了勃洛克赫斯特先生那些話，她們怎麼還會同情我呢？」

「勃洛克赫斯特先生又不是上帝，他甚至也不是個受人尊敬的大人物。這兒的人並不喜歡他，他也從來沒有做點什麼來讓人喜歡。再說，簡……」她停住不說了。

「怎麼啦，海倫？」我說道，把自己的手放到她的手裏。她輕輕搓揉著我的手指，讓它們暖和過來，接著又說：「哪怕全世界的人都恨妳，都相信妳壞，只要妳自己問心無愧，相信自己是無辜的，妳就不會沒有朋友。」

我把頭靠在海倫的肩上，用胳臂摟住她的腰，她把我拉近身邊，我們倆默默地依偎著。我們這樣坐了沒多久，又進來了一個人。我們一眼就認出了，來的是譚波兒小姐。

「我是特意來找妳的，簡•愛，」她說，「我要妳上我屋裏去。既然海倫•彭斯跟妳在一起，那她也一塊兒來吧。」

我們去了。學監領著我們穿過幾條複雜的走廊，爬上一道樓梯，才來到她的房間。房間裏生著熊熊的爐火，顯得非常舒適。譚波兒小姐讓海倫•彭斯坐在壁爐邊的一把矮扶手椅上，她自己也在另一把椅子上坐了下來。她把我叫到身旁，「都過去了嗎？」她低頭瞧著我的臉，問道，「有沒有把妳的悲傷全都哭掉？」

「我怕我永遠哭不掉了。」

「爲什麼？」

「因爲我是冤枉的。現在妳，小姐，還有別的人，都會以爲我很壞了。」

「妳自己證明妳是個怎樣的人，我們就會把妳看成是個怎樣的人的，我的孩子。繼續做個好姑娘吧，妳會讓我們滿意的。」

「妳會的。」她用胳臂摟著我說，「現在告訴我，勃洛克赫斯特先生說的妳那位女恩人是誰？」

「里德太太，我的舅媽。我舅舅去世了，他把我託付給她撫養。」

「那麼，她不是自願收養妳的？」

「是的，小姐。爲了不得不這樣做，她還非常惱火哩。只是我常聽到人們說，我舅舅臨終時要她許過諾，要她答應永遠撫養我。」

「好吧。還有，簡，妳知道，或者至少我要讓妳知道，當一個人受到控告時，總是允許他爲自己辯護的。現在人家指責妳撒謊，那妳就在我面前儘量爲自己辯護吧。把妳記得的情況如實說出來。不要添油加醋，也不要誇大事實。」

我從心底裏下了決心，這次我一定要說得恰如其分，盡量做到準確無誤。我考慮了幾分鐘，以便把我要說的話理清頭緒，然後對她說了我悲慘童年的全部經歷。

在講述過程中，我提到勞埃德先生在我昏倒後曾來看過我，因爲對我來說，我怎麼也忘不了紅房子那段可怕的插曲。

我說完後，譚波兒小姐默默地注視了我幾分鐘，然後說：「勞埃德先生我有點認識。我要給他寫封信，要是他的回信跟妳說的一樣，那就要當眾爲妳洗清一切罪名。對我來說，簡，妳現在就是清白無辜的了。」

「芭芭拉，」她對應聲前來的女僕說，「我還沒吃過茶點，把茶盤端來，給這兩位年輕小姐加兩個杯子。」

茶盤很快就端來了。在我看來，放在爐邊小圓桌上的細瓷茶杯和亮晶晶的茶壺，是多麼美啊！茶的熱氣、烤麵包的味道，又是多麼香啊！可是使我失望的是（因為我已經開始感到餓了），我發現麵包只有很小的一份。譚波兒小姐也發現了。

「芭芭拉，」她說，「妳不能再拿一點麵包和黃油來嗎？這一點不夠三個人吃的。」

芭芭拉出去了。不一會兒她就回來了。

「小姐，哈頓太太說，她已照平時的分量送來了。」

得說明一下，哈頓太太是總管，是個跟勃洛克赫斯特先生一樣心腸的女人，是用同樣的鯨骨和生鐵製成的。

「哦，好吧！」譚波兒小姐回答說，「那我看，我們只好將就一下了，芭芭拉。」等那姑娘退出之後，她又微笑著加了一句，「幸好這一次我還有辦法彌補一下不足。」

她請海倫和我坐到桌子跟前，在我們每人面前放上一杯茶、一片味道很好可是很薄的烤麵包，然後起身用鑰匙打開一個抽屜，從裏面取出一個紙包，我們的眼前馬上出現了一個很大的香草子餅。

「我本來想讓妳們每人帶一點回去吃的，」她說，「可是烤麵包這麼少，只好這會兒就吃了。」說著，就很慷慨地把餅切成一片片的。

那天晚上，我們就像享用山珍海味似的飽餐了一頓。

而在這盛情的款待中，同樣讓我們感到莫大愉快的，還有女主人看著我們用她慷慨提供的美食填飽轆轆的飢腸時，臉上露出的那種滿意的微笑。

在上面講的這些事發生後大約一星期，給勞埃德先生寫信的譚波兒小姐收到了他的回信。看來他的話證實了我的陳述。譚波兒小姐召集起全校師生宣布說，對簡・愛的種種指控已經作了調查，現在她很高興地可以告訴大家，簡・愛是無辜的，對她所加的一切罪名都已得到徹底的昭雪。於是老師們都紛紛前來和我握手，吻我，我的同學們的行列中，也發出了一片高興的嗡嗡聲。

九　海倫之死

不過，洛伍德的貧乏，或者不如說是艱苦，漸漸有所減輕了。春天臨近，實際上它已經降臨，冬日的嚴寒已經消退，積雪已經融化，刺骨的寒風也有所緩和。我可憐的雙腳，被一月的寒流凍得皮開肉綻，紅腫不堪，連走路都一瘸一拐的，如今在四月的和風裏，開始癒合和消腫了。

四月過去，五月來臨。那是個明媚晴朗的五月。整整一個月，每天都是藍天如洗，陽光和煦，西風或南風輕輕吹拂。如今，草木欣欣向榮，洛伍德抖開了它的秀髮，處處翠綠，遍地鮮花。

洛伍德所在的那個森林密佈的山谷，是霧靄和瘴癘的發源地。隨著萬物復甦的春天的來臨，瘟疫也復甦了，並且悄悄地溜進了這個孤兒院，把斑疹傷寒吹進了擁擠的教室和宿舍，還沒到五月，就把學校變成了一所醫院。

終日半飢半飽，對傷風感冒又不當一回事，使得大多數學生難免要受到傳染，八十個姑娘中，一下子就病倒了四十五個。課沒法上了，紀律也鬆弛了。對少數沒有病倒的人，幾乎完全放任自由，因爲醫務人員堅持必須讓她們經常活動來保持健康。再說，就是不這麼做，也沒有人顧得上照看和管束她們。

譚波兒小姐的全副心思都放在了病人身上，她整天待在病房裏，寸步不離，只有在夜裏才抓緊時間休息幾個小時。老師們都整天忙著爲那些即將離去的姑娘打點行裝和做其他的必要準備，這些姑娘都很幸運，她們的親友可以而且願意接她們離開這個傳染地區。許多已經傳染上了的人，回家去也只是等死，有些人就死在了學校裏，而且馬上給悄悄埋掉，疾病的性質不容許耽擱。

就這樣，疾病成了洛伍德的住戶，而死亡則成了它的常客。校園裏充滿陰鬱和恐懼，房間和過道中瀰漫著醫院的氣息，藥物和薰香徒勞地想掩蓋住死亡的惡臭，而在戶外，五月明媚的陽光毫無遮蔽地照耀著陡峭的山岡和美麗的林地。

然而，我和一些沒有病倒的人，卻在盡情地享受著這美好的景色和季節。他們讓我們像吉卜賽人似的從早到晚在林子裏遊蕩。我們愛幹什麼就幹什麼，愛上哪兒就上哪兒。我們的生活也比以前好了。勃洛克赫斯特先生和他的一家，現在再也不走近洛伍德了。沒有人再來查問這兒的日常事務。

那麼，這時候，海倫・彭斯上哪兒去了呢？爲什麼我不跟她在一起渡過這自由自在的快樂時光呢？我把她忘了嗎？還是我竟卑鄙到厭倦了她那純潔的友情？

真的，讀者，我知道這一點，也感覺到這一點。雖然我這人毛病不少，缺點很多，幾乎沒有多少可取之處，但我對海倫・彭斯從來沒有感到厭倦過，也從來沒有停止過對她的眷戀之情。可是海倫眼下在生病，她給搬到樓上不知哪個房間去了，我已經有好幾個星期沒有見到她。聽說，她沒有和傷寒病人一起住在被闢爲病房的那些房間裏，因爲她得的是肺病，不是斑疹傷寒。我因爲無知，還以爲肺病是一種輕微的疾病，只要經過一段時間的護理，肯定會好轉的。

我的這個想法，由於下面的事實更加強了。有一、兩次，在陽光燦爛的下午，天氣暖洋洋的，海倫曾從樓上下來，由譚波兒小姐陪著去花園。不過在這種時候，我是不被允許過去和她說話的。我只是從教室的窗子裏看見她，而且還看不大清楚，因爲她總是裹得嚴嚴實實，坐在遠處的廊簷下。

一天晚上，我聽到前門給打開了，貝茨醫生走了出來，和他一起出來的還有一個護士。護士看著貝茨醫生騎上馬離開以後，正要關門，我急忙跑到她跟前。

「海倫・彭斯怎麼樣了？」

「很不好。」她回答說。

「貝茨先生是來看她的嗎？」

「是的。」

「他說她怎麼樣？」

「他說她在這兒待不長了。」

我問護士她睡在哪個房間。

「她在譚波兒小姐的房間裏。」護士說。

大約過了兩小時，可能快到十一點了，我還沒有睡著。根據宿舍裏寂靜無聲來判斷，同學們想必全都睡熟了。我悄悄地爬了起來，在睡衣外面套上外衣，鞋子也沒有穿，就偷偷地溜出宿舍，找到譚波兒小姐的房間。

緊挨著譚波兒小姐的床邊，有一張小床，床上的白色帳子半掩著。我看到被子下面有一個身子的輪廓，可是臉卻給帳子遮住了。跟我在花園裏說過話的護士坐在安樂椅上已經睡著。一枝沒有剪去燭花的蠟燭，昏暗地在桌子上燃著。沒有看到譚波兒小姐。事後我才知道，她給叫到傷寒病房去看一個昏迷病人去了。

我走上前去，在小床邊停了下來。我的手已經搭到帳子上，可我覺得在拉開帳子前，還是先說句話爲好。我仍有點畏縮不前，生怕看到的是一具屍體。

「海倫！」我輕聲悄悄叫道，「妳醒著嗎？」

她動了一下，拉開帳子。我看到了她的臉，既蒼白又憔悴，但非常平靜。她看上去沒有多少變化，我的恐懼和擔心馬上消失了。

「真是妳嗎，簡？」她用她那溫和的聲音問道。

「啊！」我想，「她不會死的，他們準是搞錯了。她真要死的話，她說話的口氣和神情絕不會這樣鎮靜的。」

我爬上她的小床，吻了她。她的前額冰涼，臉頰又冷又瘦，手和手腕也是這樣，可是她仍像以前那樣微笑著。

「妳幹嘛上這兒來，簡？都過十一點了，我幾分鐘前聽到敲了鐘。」

「我是來看妳的，海倫。我聽說妳病得很重，不來跟妳談談我睡不著。」

「這麼說，妳是來跟我告別的了。也許妳來得正是時候。」

「妳要上哪兒，海倫？是回家嗎？」

「是的，回我永久的家——我最後的家。」

「不，不，海倫！」我悲痛至極，再也說不下去了。我竭力想嚥下淚水，這時，海倫突然劇烈地咳嗽起來，但這並沒有把護士驚醒。這陣咳嗽過去後，她精疲力竭地躺了幾分鐘，然後才輕聲說：「簡，妳的小腳光著呢。快躺下來，蓋上我的被子。」

我照著做了。她用胳臂摟著我，我緊緊偎依著她。沈默了許久，她又開始說話了，聲音依然很輕。

「我多舒服啊！剛才那陣咳嗽弄得我有點累了，我覺得我好像可以睡了。不過妳別離開我，簡，我喜歡妳待在我身邊。」

「我會待在妳這兒的，親愛的海倫，誰也沒法把我拉開。」

「妳暖和嗎，親愛的？」

「暖和。」

「晚安，簡。」

「晚安，海倫。」

她吻了我，我也吻了她，我們兩人很快都睡著了。

我醒來時，已經是白天了。是一個不尋常的動作弄醒了我。我抬頭一看，發現自己躺在別人的懷裏。是護士抱著我，她正穿過走廊，把我送回到宿舍去。

我沒有因爲擅自離開自己的床而挨罵，人們還有別的事要操心。我提出的一連串問題，當時也沒有人作答。直到一、兩天以後我才聽說，當譚波兒小姐清晨回到自己房間時，發現我也睡在小床上，我的臉緊貼著海倫・彭斯的肩頭，兩臂摟著她的脖子，我睡著了，而海倫卻——死了。

她的墳在勃洛克橋墓地裏。她死後的十五年中，那上面只覆蓋著一個雜草叢生的土墩，如今，已有一塊灰色的大理石碑標出了那個地方，碑上刻有她的名字，還有「復活」兩個字。

十　登報求職

到現在爲止，我已詳細記載了我微不足道的生涯中發生的一些事情。對我一生中的這最初十年，我已拿出幾乎同等數量的章節來做了敘述。但是，這畢竟不是一部一般的自傳，我只要回憶一下能引起人們一定興趣的那些往事也就足夠了。因此，現在我要幾近不加敘述地一下子跳過八年的時光。爲了保持前後連貫，我只需簡要寫上幾行就行了。

斑疹傷寒在洛伍德完成了它造成一場浩劫的使命後，就漸漸從那兒銷聲匿跡了，不過，這是在它的瘋狂肆虐和受害人數之多，引起公眾對這所學校的關注之後。對這場天災的起因作了調查，種種事實逐漸暴露，從而激起了極大的公憤。學校有害健康的環境，孩子們伙食的質和量，做飯菜用的是帶鹹味的臭水，學生粗劣的衣著和生活設施，全部都一一被發現了。

這些發現產生的結果是，使勃洛克赫斯特先生大失臉面，但卻使學校得益匪淺。郡裏幾位富有而愛好行善的人物捐出了大筆款項，在一個較好的地方建造了一所更爲合適的房子。訂了新的規章制度，改善了伙食和衣著。學校的基金交由一個委員會管理。勃洛克赫斯特先生憑著他那不容忽視的財富和家族地位，仍舊保住了司庫的職位。不過，在他行使這一職權時，將由幾位心胸寬廣、富有同情心的先生從旁協助。他的總監職務，也和另外幾個人共同擔任，那些人懂得如何把通情達理和嚴格要求、講究舒適和勤儉節約、富於同情和公正威嚴結合起來。

經過這樣的改進，這所學校終於成了一個真正有益而高尚的機構。經過這次革新以後，我在這所學校裏整整生活了八年。六年當學生，兩年當老師。在這兩種地位上，我都可以爲這所學校的價值和重要性作證。

在這八年中，我的生活沒有多大變化，但卻不能說不快活，因爲它並不是死氣沈沈的。我有了受到良好教育的機會；對我所學某些課程的喜愛，一心想在各個方面都出人頭地的願望，還有在博得老師們，尤其是我敬愛的老師的歡心時感到的極大喜悅，這一切都在促使我努力奮進。

我充分利用了給予我的有利條件，終於升到了第一班第一名的位置。接著，我被授予了教師的職務，這工作我熱心地做了兩年。可是兩年一滿，我卻發生了變化。

歷經種種變遷，譚波兒小姐始終擔任著這所學校的學監職務。我所獲得的絕大部分學識，都得歸功於她的教導。她的友誼，她跟我的交往，一直是我的安慰。她擔當的是我的母親、我的家庭教師，後來，又成了我的伴侶。

就在這個時候，她結了婚，隨她的丈夫（一位牧師，一個很好的人，幾乎可以說配得上有這樣一位妻子）一起搬到一個很遠的郡去了，因而從此我失去了她。

從她離開的那天起，我就不再是原先的我了。一切穩定的感覺，一切使我覺得洛伍德有點像我的家的聯想，全都隨著她一起消失了。我的頭腦中突然有了一個新的發現，那就是，在這段時間裏，我已經經歷了一個變化過程，我心裏已經拋棄了從譚波兒小姐那兒學來的一切——或者不如說，她已經把我在她身邊一直呼吸到的那種寧靜氣氛隨身帶走了——如今，我又恢復了我的本性，開始感到往日的情緒又在活躍起來。

這似乎不像是失去了支柱，而像是失去了動機。並不是我已喪失保持平靜的能力，而是保持平靜的理由已經不復存在。幾年來，我的世界一直局限於洛伍德，我的經驗只限於它的規章制度。這時候我才想起，真正的世界是廣闊的，一個充滿希望和憂慮、激動和興奮的變化紛呈的天地，正等待著敢於闖入、甘冒各種風險尋求人生真諦的人們。

我走到窗前，打開窗子，向外眺望。從我第一次來到洛伍德那天起，彷彿已經過去了一個時代，而打那以後，我就再也沒有離開過。我的假期都是在學校裏渡過的，里德太太從來沒有派人來接我去過蓋茨海德府。無論是她本人還是她家的任何人，都從來沒有來看過我。我和外面的世界沒有任何書信往來，也從來不通資訊。學校的規章，學校的職責，學校的習慣和觀念，以及它的各種聲音、面孔、用語、服飾、偏愛、惡感，這些就是我所知道的生活。而現在，我感到這是遠遠不夠的。在一個下午，我對八年來的生活常規突然感到了厭倦。

我嚮往自由，我渴望自由；我還爲自由作了祈禱，但它似乎隨著微風飄散了。我放棄這種奢求，提出一個較低的要求，要求變化和刺激。

「那麼，」我幾乎絕望地喊道，「至少賜給我一份新的工作吧！」

準是有位好心的仙女，趁我不在床上，把我急需的好主意放在了我的枕頭上。因為我剛一躺下，這主意就悄無聲息地、自然而然地來到了我的腦海裏：「那些求職的人總是登廣告的，妳得在《XX郡先驅報》上登個廣告。」

「怎麼登呢？我對登廣告的事一竅不通。」

這一次，答案很快就順順利利出來了。

「妳得把廣告詞和廣告費裝進一個信封裏，寫上《先驅報》編輯部收。妳一有機會，就要把信送到洛頓郵局去。要讓回信寄到那兒的郵局留交J・E・①收。信發出後一個星期左右，妳可以去郵局問問是不是有回信來，然後再看情況考慮該怎麼辦。」

這個計劃我反覆想了兩、三遍，又在心裏做了仔細琢磨，直到它有了一個明確清晰、切實可行的樣子，我才感到滿意，然後進入了夢鄉。

一大清早我就起了床。沒等起床鐘把全校喚醒，我就已經寫好廣告詞，裝進信封，寫上地址。廣告詞是這樣寫的：

茲有一年輕女士，教學經驗豐富（我不是已經當了兩年教師了嗎），欲謀一家庭教師職位。

兒童年齡要求不超過十四歲（我想到這一點，是因為我自己剛滿十八歲，去教導一個跟我年齡相近的學生是不適宜的）。該女士能勝任英國良好教育所需各門常規課程以及法語、繪畫、音樂之教學（讀者，這樣幾門知識今天看來似嫌狹窄，可在當時卻是相當廣博的了）。

回信請寄XX郡，洛頓郵局，J．E．收。

這份東西在我抽屜裏整整鎖了一天。吃過茶點，我向新來的學監請假，說要去洛頓給自己和一、兩個同事辦點小事，她一口同意，我就去了。得走兩英哩路，傍晚時分還下起了雨，不過白天還很長。我去了一、兩家店鋪，悄悄把信送進郵局，然後冒著大雨回校，渾身的衣服全濕透了，但是心裏卻很輕鬆。

接下來的一個星期顯得特別長，然而，像世上的一切事物一樣，終於還是過去了。在一個令人愉快的秋日傍晚，我又一次走在去洛頓的路上。順便說一下，那是一條景色如畫的小道，它沿著山溪，蜿蜒穿過極其秀麗的彎彎曲曲的溪谷。不過，那一天我想得更多的是信，而不是美麗的草地和山溪，說不定回信已經（或者還沒有）在我要去的小鎮上等著我了。

這一次，我表面上的任務是去量尺寸訂做一雙鞋，所以我先去辦這件事，辦完以後，我就離開鞋店，穿過那條清潔、安靜的小街，來到對面的郵局。管郵局的是位老太太，鼻樑上架著角質框架的眼鏡，手上戴著黑色連指手套。

「有給J・E・的信嗎？」我問她。

她從眼鏡上方打量了我一眼，然後拉開一隻抽屜，在裏面翻了老半天，我都快不抱希望了。最後，她拿起一封信，湊在眼鏡前看了足足五分鐘之後，終於隔著櫃檯把它交給了我，同時又用探究的、不信任的眼光看了我一眼——這信是寫給J・E・的。

「只有一封嗎？」我問。

「另外沒有了。」她回答說。

我把信放進口袋，轉身往回走。當時我沒法拆開信來看。按規定，我得在八點鐘趕回學校，這時候已經七點半了。

直到就寢時，我才拆開信，內容很簡短：

如果上星期四在《郡先XX驅報》上刊登廣告的J・E・確實具有所述學識，並能提供有關品格及能力之滿意證明，即可獲得一個職位，學生僅爲一不滿十歲之小女孩，年薪爲三十鎊。請J・E・將所需證明、姓名、地址及全部詳細情況寄交：XX郡，米爾科特附近，桑菲爾德，費爾法克斯太太收。

這封信我反覆看了很久，它的字體是老式的，還有點兒不穩，就像是一位老太太所寫。

大約一個月後，我拿到了這份證明。我寄了一份給費爾法克斯太太，很快收到了她的回信。她表示滿意，約我在兩星期後，去她家就任家庭教師。

①簡・愛英文原名Jane Eyre的縮寫。

十一　在桑菲爾德

一部小說中新的一章，有點像一齣戲中新的一場，這一回當我把幕拉開時，讀者啊，你得想像你看到了米爾科特喬治旅館中的一個房間。我的皮手筒和傘放在桌子上，我自己則披著斗篷、戴著帽子坐在爐火邊，讓身子暖和過來，連續十六個小時暴露在十月天的寒冷中，全身都快凍僵了。我是早上四點鐘離開洛頓的，現在米爾科特城的鐘剛敲過晚上八點。

當半個小時過去，我依然孤身一人時，恐懼在我心裏佔了上風。我想起可以打鈴。

「這兒附近有個叫桑菲爾德的地方嗎？」我問應聲而來的侍者。

「桑菲爾德？我不知道，小姐，我到櫃檯上問問。」他走了，可一轉眼又回來了。

「妳姓愛嗎，小姐？」

「是的。」

「有人在等妳。」

我急忙跳起身來，抓起我的皮手筒和傘，匆匆來到旅館的走廊上。一個男人站在開著的門邊，在亮著路燈的街上，我模模糊糊地看到有一輛單馬馬車。

「我想，這是你的行李吧？」這個人一看到我，就指著我放在走廊上的箱子，有點唐突地問道。

「是的。」

他把箱子拎到馬車上，這是一輛簡陋的雙輪馬車。接著，我便上了車，還沒等他關好門，我就問他去桑菲爾德有多遠。

「大約六英哩。」

「我們到那兒要多長時間？」

「一個半小時上下吧。」

他關好車門，爬到車廂外面自己的趕車座上，於是我們就上路了。

路很難走，夜霧茫茫，我的那位嚮導一路上都讓馬兒慢慢走著。我確信，一個半小時已經給拉長到兩個小時。

最後，他終於在趕車座上回過頭來說：「這會兒妳離桑菲爾德不太遠了。」

我再朝外面張望。我們正經過一座教堂，我看見鐘樓上的鐘剛敲響一刻鐘。我還看到山坡旁有窄窄的一長串燈光，表明那兒是一座村莊或者是個小村落。大約過了十分鐘，趕車的下車去打開了兩扇大門。我們駛了進去，門又在我們身後砰地關上了。

現在我們緩緩地駛上車道，來到一幢房子寬闊的正面。從一扇掛著窗簾的弓形凸窗裏透出燭光，別的窗口全都一片黑暗。馬車在前門停了下來。一個女僕來開了門，我下了車，走進門去。

「小姐，請走這邊好嗎？」那個姑娘說。

我跟著她穿過一間四周都有高大的門的方形大廳，然後她把我帶進了一間屋子。一開始，屋子裏的火光和燭光照花了我的眼睛，因爲這跟我兩個小時來已經習慣的黑暗對比太強烈了。不過，待到我能看清東西時，只見展現的是一幅舒適喜人的圖景。

一間舒適、小巧的房間，歡快的爐火邊有一張圓桌，一把老式的高背扶手椅上，坐著一位再整潔不過的小個子老太太。她戴著寡婦帽，穿著黑綢長衣，圍著雪白的細布圍裙，跟我想像中的費爾法克斯太太一模一樣，不過沒那麼莊嚴，看上去比較和藹。她正在忙著編織，一隻大貓文文靜靜地蹲在她的腳邊。

總之，這兒有著一種理想中的完美無缺的家庭安樂氣氛。對一個初來乍到的家庭教師來說，幾乎再也想不出比這更讓人放心的開端了。既沒有咄咄逼人的富麗堂皇，也沒有使人手足無措的莊嚴肅穆。再說，我一進去，老太太就站起身來，急忙走上前來親切地迎接我。

「妳好嗎，親愛的？我想妳一定坐車坐得厭煩了吧。約翰趕車太慢。妳一定凍壞了，快到爐火跟前來。」

「我想，妳是費爾法克斯太太吧？」我說。

「是的，妳說對了。坐下吧。」

她帶我到她自己的椅子上坐下，接著，就動手替我拿掉披巾，解開帽帶。我請她不用爲我麻煩了。

「哦，不麻煩。我猜妳的手一定快凍僵了。莉亞，去拿點熱的尼格斯酒，再拿幾塊三明治來。給妳貯藏室的鑰匙。」

她從口袋裏掏出一大串管家主婦的鑰匙，交給了女僕。

「今天晚上，我能有幸見到費爾法克斯小姐嗎？」我吃完她遞給我的東西後，問道。

她沒聽清，我又把我的話更清楚地說了一遍。

「費爾法克斯小姐？哦，妳是說瓦倫小姐吧！瓦倫是妳未來的學生的姓。」

「真的？那麼，她不是妳的女兒了？」

「不是，——我沒有親人。」

我本想再接下去問問瓦倫小姐跟她是什麼關係，但我又想到，問得太多不禮貌，再說，這事我以後總會知道的。

「不過，今晚我不想讓妳坐得太久了。」她說，「現在鐘打十二點了，妳趕了一天路，一定很累了。要是妳的腳已經暖和過來，我就帶妳上妳的臥室去。我已經把我隔壁那間房子給妳收拾好了。」

第二天早晨，我正在門前的草坪上享受著這恬靜的景色和宜人的新鮮空氣，愉快地聽著白嘴鴉的哇哇叫聲，還在觀察著這座宅子寬闊的灰白色正面，心裏正想著，讓費爾法克斯太太這樣一位老太太孤零零地住在這兒，這地方實在太大了。

就在這時，這位老太太出現在門口。

「怎麼！已經上外面來了？」她說，「我看妳是個愛早起的人。」我走到她跟前，她和藹親切地吻了我一下，跟我握握手。

「妳覺得桑菲爾德怎麼樣？」她問道。我告訴她，我非常喜歡這個地方。

「是啊，」她說，「這是個非常美麗的地方。不過我怕它會慢慢衰敗下去，除非羅切斯特先生想回到這兒長住，或者，至少來得更勤一點。大宅子和好庭園都需要有主人在跟前。」

「羅切斯特先生！」我驚叫了起來，「他是誰？」

「桑菲爾德的主人。」她平靜地回答，「妳不知道他叫羅切斯特嗎？」

我當然不知道，我以前從沒聽人說起過他。可是這位老太太卻似乎把他的存在看成是眾所周知的事，好像人人都該憑直覺就知道他似的。

「那麼，那個小姑娘——我的學生呢？」

「她是羅切斯特先生監護的孩子。他委託我給她找一個家庭教師。我相信，他是打算把她帶到XX郡來撫養成人。這樣她就來了，帶著她的「bonne」①，她是這樣叫她的保姆的。」

謎終於解開了，這位矮小的和藹可親的寡婦，原來不是什麼貴婦人，不過是個和我一樣受僱用的人。

我正在思考著這個新發現，一個小姑娘從草坪上跑了過來，後面跟著她的保姆。我打量著我的學生，而她一開始好像沒有注意到我。她還完全是個孩子，約莫七、八歲，身材纖細，面色蒼白，五官小巧，過長的鬈髮一直垂到腰際。

「早安，阿德拉小姐，」費爾法克斯太太說，「過來跟這位小姐說說話，她就要教妳讀書了，好讓妳有一天成爲一個聰明的女人。」

孩子走了過來。

「這是我的家庭教師嗎？」②她指著我，對她的保姆說。

保姆回答：「是的，當然啦。」③

「她們都是法國人嗎？」聽到法國話，我感到詫異，便問道。

「保姆是外國人，阿德拉出生在歐洲大陸，而且我相信，她六個月前才第一次離開那兒。她剛來時不會講英語，現在總算勉強能講一點了。我聽不懂她的話，她把英語和法語攪和在一起了。不過，我想妳準能弄懂她的意思。」

幸好我有個有利條件，我是跟一位法國女士學的法語，於是我就用法語和她交談。吃過早飯、阿黛爾④和我一起去書房。看來羅切斯特先生有過吩咐，要把這間房子作爲教室。大部分書都鎖在玻璃櫥裏，不過有一個書櫥是開著的，裏面放的是初等教育所需的各種書籍，還有一些輕鬆的文學作品，詩歌、傳記、遊記和幾本傳奇故事等等。我想，他大概認爲家庭教師個人閱讀所需要的，就是這些書了。

我發現我的學生相當聽話，儘管不大肯用功。她對任何有規律的活動都還不習慣，我覺得一開始就對她限制得太嚴是不明智的，所以，在我跟她說了許多話，總算哄她學了一點功課。時間快到中午時，我就放她回到她保姆那兒去了。

費爾法克斯太太主動提出要帶我到這座宅子的其他地方看看。我跟著她上樓下樓，邊走邊讚歎不絕，因爲一切都收拾得既整潔又漂亮。可是正當我們繼續朝前走去時，突然聽到一陣刺耳的笑聲，我萬萬沒有想到在如此寂靜的地方會聽到這樣的聲音。

這是一種奇怪的笑聲，清晰、呆板、淒慘。我停下腳步，笑聲也停了，但只停了一會兒，接著便又響了起來，而且聲音更大，因爲剛才儘管清晰，但聲音很小。它震耳欲聾地大響了一陣後才停下，彷彿在每個冷寂的房間裏都激起回聲。不過，這聲音其實是從一個房間所發出來的，我幾乎能指出發自哪個房間。

「費爾法克斯太太！」我大聲喊道，因爲這時我正聽到她從樓梯上下來，「妳聽見那大笑的聲音嗎？是誰啊？」

「大概是哪個僕人吧，」她回答說，「也許是格雷斯・普爾。」

「妳剛才聽見了嗎？」我又問了一句。

「聽見了，清清楚楚。我常聽見她笑，她就在這兒的一個房間裏做針線活。有時候莉亞和她在一起。她們在一起時常很吵鬧的。」

笑聲又低沈而有節奏地響了起來，最後變成了一種奇怪的嘟囔聲。

「格雷斯！」費爾法克斯太太喊了一聲。

離我最近的那扇門打開了，一個僕人走了出來。這是個三、四十歲的女人，身材笨拙、粗壯，紅頭髮，還有一張刻板而平常的臉。

「太吵鬧了，格雷斯，」費爾法克斯太太說，「記住我的吩咐！」格雷斯默默地行了個屈膝禮，就走進去了。

①法語保姆

②③原文均為法語

④阿德拉的法文名字。

十二　山徑初遇

一開始，我就順順當當地進了桑菲爾德府，這似乎預示著我的前途會一帆風順。在進一步熟悉了這兒和這兒的人以後，這種期望看來並沒有落空。費爾法克斯太太果然像她的外表那樣，是位性情平和、心地善良的女人，受過一定的教育，有著常人的聰慧。我的學生是個活潑的孩子，一向嬌生慣養，所以有時不免任性。可是，由於她被完全交我照管，沒有人來亂加干預，阻礙我對她的教育計劃，因而，她很快就忘掉了她那些小小的胡鬧，變得聽話和好學了。

她既沒有傑出的天賦，也沒有鮮明的個性；在感情和愛好方面，和一般兒童相比，沒有絲毫特別過人的地方，但也沒有不及他們的任何缺陷和惡習。她已有了一定的進步，對我懷有一種雖說也許不算太深，但也堪稱熱烈的愛。而且她那單純、快活的饒舌和一心想討人喜歡的努力，反過來也多少激起了我的依戀之情，足以使我們兩人相處得非常融洽。

這家人家的其他幾個成員，也即約翰夫婦、女僕莉亞和法國保姆蘇菲，都是些正派的人，但毫無突出之處。我通常和蘇菲用法語交談，有時問她一些有關她祖國的問題，可她不是個善於描繪或敘述的人，回答往往既乏味又含糊，就像是存心要阻止而不是鼓勵別人問下去似的。

十月、十一月、十二月都依次過去了。一月的一個下午，費爾法克斯太太因阿黛爾著了涼來替她請假，阿黛爾自己也在一旁熱切地附和，這使我回憶起在我小的時候，這種偶爾的假日對我是多麼珍貴，於是我同意了。我覺得在這件事情上給予通融是做得對的。

這天雖然很冷，天氣卻很好，也沒有風。整個漫長的上午，我都端坐在圖書室裏，坐得累極了。正好費爾法克斯太太寫了封信要寄出，於是我戴上帽子，披上斗篷，自告奮勇送信去乾草村。兩英哩的路程，將是冬日午後一次愉快的散步。

路面堅硬，空氣凝滯，我的旅途是寂寞的。開始我走得很快，直到身上暖和起來，我才放慢腳步，享受和品味此時此景所賦予我的歡樂。三點了，我從鐘樓下面經過時，教堂的鐘聲正好敲響。此時此刻的魅力，就在於天色臨近黃昏，在於徐徐沈落和霞光漸淡的太陽。這時，我離桑菲爾德已有一英哩，正行進在一條小徑上。

這條小徑順著山坡往上一直通到乾草村。走到中途，我在路邊通到田野去的台階上坐了下來。我把斗篷裹緊，雙手藏進皮手筒，我並沒有覺得冷，雖然天氣冷得徹骨。

在我上方的山頂上，掛著初升的月亮，雖然此時還像雲朵般慘淡，但隨時隨刻都在變得更加明亮。耳邊傳來近處的小溪淙淙聲和遠處的山澗潺潺聲。

突然間，從遠處傳來一陣清晰的嘈雜聲，打破了這優美動聽的淙淙聲和潺潺聲。那是一種沈重的踐踏聲，一種刺耳的嘚嘚聲。

這嘈雜聲是從小徑上發出的。有匹馬正朝這邊過來，眼下小徑的彎彎曲曲還遮著牠，可是牠正在漸漸走近。我剛想離開台階，由於小徑過窄，我只好坐著不動等牠過去。

牠已經很近了，但是還看不見。這時，除了馬蹄的嘚嘚聲外，我還聽到樹籬下有急促的跑動聲，一條大狗緊貼著榛樹幹悄悄溜了過來。牠那黑白相間的毛色在樹欉襯托下特別醒目。接著，馬兒出現了，這是匹高頭大馬，上面還騎著一個人。

他過去了，我繼續趕路，可是只走了幾步，突然又回過頭來。一個走滑了腳的聲響，一聲：「見鬼，怎麼搞的」的驚叫，接著是噗咚摔倒在地的聲音，把我的注意力給吸引住了。人和馬都摔倒在地上，他們在覆蓋著路面的薄冰上滑倒了。

那隻狗急忙蹦跳著跑了回來，一見主人陷入了困境，聽到馬兒在呻吟，便狂吠起來，使得暮色蒼茫的群山發出了回聲。

狗的吠聲深沈有力，和牠那高大的軀體十分相稱。牠繞著倒在地上的主人和馬匹嗅了一陣，就朝我跑了過來。牠只能這麼做——近旁沒有別的人可以求救。我依從了牠，急忙朝那位行人走去。

這時，他正竭力想從馬身上掙脫出來，他使了那麼大的勁，我估計他傷得不會太厲害，不過我還是問了他：「你受傷了嗎，先生？」

我以爲他正在咒罵著什麼，但不能肯定。其實他是在說客套話，以致使得他沒能馬上給我回答。

「我能幫點什麼忙嗎？」我又問道。

「妳就站在一邊吧。」他一面回答，一面爬起身來，先是跪著，然後站直了身子。我照他說的做了。隨後，馬兒開始喘息，跺腳，馬蹄嘚嘚作響，還夾雜著狗的吠叫聲，這有效地使我退避到幾碼之外。不過，在沒有看到事情的結局以前，是趕不走我的。

結局還算幸運，馬重新站了起來，一聲：「走開，派洛特」的叱喝，狗也不作聲了。這時，趕路人彎下腰，摸摸自己的腿腳，似乎是在試試它們是否安然無恙。顯然什麼地方有了傷疼，因爲他一瘸一拐地走到我剛才坐過的台階跟前，坐了下去。

我想我準是一心想給他幫點忙，或者至少是想表示一點好意，因爲這時我又走到他的眼前。

「要是你受了傷，需要人幫忙的話，先生，我可以到桑菲爾德府或者乾草村去叫個人來。」

「謝謝妳，我能走。我骨頭沒斷，——只是扭傷了筋。」說著，他又站起來試了試他的腳；但結果卻痛得他不由自主地叫了聲：「哎喲！」

天色還沒有完全變暗，月光正漸漸明亮起來，我可以把他看得清清楚楚。他身上裹著一件皮領鋼釦的騎馬斗篷，至於他的模樣，細部雖未能看清，但我能看出他的基本特徵。他中等身材，胸膛寬闊，臉色黝黑，面貌嚴峻，滿臉愁容。這會兒，他的眼神和緊蹙的雙眉露出惱怒和受挫的神情。他已不太年輕，但尚未進入中年，大約有三十五歲光景。我對他沒有感到害怕，只是有點兒羞怯。

「天這麼晚了，先生，在沒有看到你確實能騎上馬之前，我是絕不會讓你獨自一人留在這我說這話時，他朝我看了看，在這以前，他的眼睛幾乎沒有朝我這個方向看過。

「我覺得妳自己倒真該回家了，」他說，「要是妳家就在這附近的話。妳從哪兒來？」

「就從山坡下面來。只要有月亮，在外面待晚了，我一點也不害怕。要是你願意，我很高興爲你到乾草村跑一趟。說實在的，我正要上那兒去寄封信。」

「妳就住在這山坡下面——妳是說，就住在那座有短牆的房子裏？」他指指桑菲爾德府。月亮正在它上面灑上一片銀光，使它在樹林中變得特別明顯和蒼白，在西邊天空的襯托下，樹林這時已經成了黑漆漆的一片。

「是的，先生。」

「那是誰的房子？」

「羅切斯特先生的。」

「妳認識羅切斯特先生嗎？」

「不認識，我從來沒有見過他。」

「這麼說，他不住在這兒？」

「是的。」

「妳能告訴我他在哪兒嗎？」

「我說不上。」

「當然，妳不是那家人家的女僕，妳是……」他住了口，上下打量了一下我身上的穿著。跟往常一樣，我穿得很樸素：一件黑色美利奴①呢斗篷，一頂黑色海狸皮帽，還不及一位太太的侍女穿戴的一半那麼講究。他似乎難以斷定我是什麼人——我幫了他一下。

「我是家庭教師。」

「哦，家庭教師！」他重複了一遍，「見鬼，我竟給忘了！家庭教師！」說著，他又對我的衣著仔細打量起來。過了兩分鐘，他從台階上站了起來，剛試著動了一下，臉上就露出痛苦的神情。

「我不能派妳去找人幫忙，」他說，「不過，妳要是願意，妳自己倒可以幫我一下。」

「好的，先生。」

「妳有沒有一把傘可以讓我當手杖使？」

「沒有。」

「那就試試抓住馬籠頭，把馬牽到我這兒來。妳不害怕吧？」

要是只有我一個人，我是不敢去碰一匹馬的，可是既然人家要我這樣做，我也就樂意遵從了。我把皮手筒放在台階上，走到那匹高頭大馬跟前。我試圖抓住馬籠頭，可是那是匹烈性馬，不讓我挨近牠的頭。我一次次的努力都失敗了，而且我對牠那不斷踩地的前蹄也怕得要命。過路人等著看了一會，最後大笑起來。

「我看，」他說，「山是永遠都帶不到穆罕默德跟前來的，所以，妳只能幫穆罕默德到山跟前去②。我只好請妳到這兒來了。」

我走了過去。

「對不起，」他接著說，「我實在沒有辦法，只好借助妳了。」他把一隻沈重的手按在我肩上，立即就制服了馬，接著便跳上馬鞍。他這樣做時，難看地扭曲著臉，因爲這弄痛了他扭傷的腳筋。

「現在，」他鬆開緊緊咬住的下唇，說，「請把我的馬鞭遞給我，它就在那邊的樹籬下面。」

我找了一下，找到了。

「謝謝妳。現在快去乾草村寄信吧，儘可能早點回來。」

他用帶馬刺的靴跟一碰，那馬先是一驚，用後腳站起，接著便急馳而去，那狗也緊跟著跑去。人、馬、狗一下子全都無影無蹤了。

我拾起皮手筒，繼續趕路。對我來說，這件事發生了，也過去了。從某種意義上說，這的確是一件無足輕重，既不浪漫，也無多大趣味的事，但它還是使一種單調的生活有了短短一小時的變化。

有人需要而且請求我幫助，我給了他幫助。我很高興總算做了件事，事情雖微不足道，而且轉眼就過去了，但這畢竟是件我主動去做的事，而我對完全被動的生活已經深感厭倦了。那張新面孔，也像剛在記憶的畫廊中陳列出的一幅新畫，而且和所有原來掛在那兒的畫都有所不同。首先，因爲他是男的。其次，因爲他是黝黑、強壯、嚴峻的。我走進乾草村，把信投入郵局時，他彷彿還浮現在我的眼前。我一路下山，快步往回趕路時，依然看見他。

我來到費爾法克斯太太的房間。費爾法克斯太太不在，只見一條黑白相間的長毛大狗孤零零地直蹲在爐前地氈上，一本正經地盯著爐火，樣子就像小徑上碰到過的那條，我不由得上前叫了一聲「派洛特」，牠馬上就站起來，走到我跟前；在我身上嗅著。我摸摸牠，牠就搖動著大尾巴。不過單獨和牠在一起，實在有點讓人害怕，而且我弄不清牠是打哪兒來的。我打了打鈴，想要一枝蠟燭，另外也想打聽一下這位不速之客的來歷。莉亞進來了。

「這是哪來的狗？」

「牠是跟主人來的。」

「跟誰？」

「跟主人——羅切斯特先生，他剛剛到。」

「真的！那費爾法克斯太太和他在一起？」

「是的，還有阿德拉小姐，他們都在餐廳裏。約翰去請外科醫生了，因爲主人出了點意外，他的馬摔倒了，他扭傷了腳脖子。」

「馬是在乾草村小路上摔倒的嗎？」

「是的，在下坡的時候，牠踩在冰上滑倒了。」

「哦！給我拿枝蠟燭來好嗎，莉亞？」

莉亞拿來了蠟燭。她進來時，後面跟著費爾法克斯太太。費爾法克斯太太又把這消息重說了一遍，還補充說外科醫生卡特先生已經來了，現在正在給羅切斯特先生治傷。她說罷就忙著去吩咐準備茶點，我也上樓去脫外出時的衣著。

①一種原產西班牙的細羊毛。

②傳說伊斯蘭教主穆罕默德為顯示奇蹟，命令薩法山到他跟前來，山沒有移動，他說這是因為真主仁慈，不讓山來壓死大眾，因此他要自己到山跟前去。

十三　和羅切斯特先生的一席談話

那天晚上，羅切斯特先生大概是遵照醫囑，很早就上床睡覺了。第二天早上也起得不早。後來他下樓來，是爲了要處理事務。他的代理人和一些佃戶來了，正等著要跟他說話。阿黛爾和我現在不得不騰出書房。這兒每天都要用來接待來訪的人。樓上有間屋子裏生了火，我把我的書搬到了那兒，把它佈置成未來的教室。

在這天上午我就察覺，桑菲爾德已經起了變化，不再像教堂那麼肅靜，每隔一、兩個小時，就會響起敲門聲或者是門鈴聲，還不斷有穿過大廳的腳步聲，樓下則時常傳來陌生嗓音和不同聲調的說話聲。一條來自外部世界的小河流過了這兒。這兒有了一位主人。就我來說，這我倒比較喜歡了。

這天傍晚，費爾法克斯太太走進了教室。

「羅切斯特先生想請妳和妳的學生，今晚到客廳跟他一起用茶點。」

「他幾點鐘用茶點？」我問道。

「哦，六點鐘，他在鄉下總是早睡早起。妳最好現在就去換件外衣。我陪妳去，好幫妳扣衣服。把蠟燭拿著。」

「一定得換外衣嗎？」

「是的，最好換一換。羅切斯特先生在這兒的時候，我晚上總要穿得好一些。」

這種額外的禮節顯得有點過於鄭重其事。不過，我還是回到自己的房間，在費爾法克斯太太的幫助下，脫去黑呢衣，換上一件黑綢衣。除了一件淺灰色的外，這是我唯一最好的衣服了。而按照我在洛伍德的衣著觀念，除非是在頭等重大的場合，要不，穿那件淺灰色的衣服就未免太講究了。

羅切斯特先生肯定已經發覺費爾法克斯太太和我走進房間，但他似乎無心來注意我們，因爲我們走近他跟前時，他連頭也沒抬一下。

「愛小姐來了，先生。」費爾法克斯太太用她那文靜的口氣說。他點了點頭，眼光依然沒有離開狗和孩子。

「請愛小姐坐下吧。」他說。在他那勉強而生硬的點頭和不耐煩，但還合乎禮節的口氣中，似乎還表達了另一層意思：「見鬼，愛小姐來沒來跟我有什麼關係？這會兒我才不願意搭理她哩。」

我毫無拘束地坐了下來。彬彬有禮的接待也許會讓我感到手足無措，因爲我不懂得怎樣用溫文爾雅來還禮或者對答。而粗魯任性倒使我免得拘泥於禮節的義務了。

「到爐火跟前來吧！」等費爾法克斯太太退到一邊去做編織活後，主人說道。我遵命走到壁爐邊，阿黛爾想坐到我的膝上，可是他吩咐她和派洛特去玩。

「妳在我家待了三個月了吧？」

「是的，先生。」

「妳是從——」

「從XX郡的洛伍德學校來。」

「啊！是個慈善機構。妳在那兒待了多久？」

「八年。」

「八年！那妳的生命力一定夠強的。我認爲，在那種地方，哪怕待上這一半長的時間，再好的體質都會完蛋的！難怪妳那模樣像是從另一個世界來的。妳的父母是誰？」

「我沒有父母。」

「我想是早就沒有了吧。妳還記得他們嗎？」

「不記得了。」

「好吧，」羅切斯特先生接著說，「妳說妳沒有父母，那總該有什麼親戚吧，像叔叔、姨媽什麼的？」

「沒有，我一個也沒見過。」

「那妳的家呢？」

「我沒有家。」

「妳的兄弟姐妹住在哪兒？」

「我沒有兄弟姐妹。」

「是誰推薦妳上這兒來的？」

「我登了廣告，費爾法克斯太太看到廣告，給我來了信。」

「愛小姐，妳在城裏住過嗎？」

「沒有，先生。」

「妳有很多社會交往嗎？」

「沒有，只接觸過洛伍德的學生和老師，還有現在桑菲爾德府裏的人。」

「妳看過很多書嗎？」

「只是碰上什麼書就讀什麼書，爲數不多，而且都不是很專深的。」

「妳過的簡直是修女的生活，毫無疑問，妳在宗教方面一定是訓練有素的。據我所知，主持洛伍德的勃洛克赫斯特是個牧師，是不是？」

「是的，先生。」

「妳進洛伍德時是幾歲？」

「十歲左右。」

「妳在那兒待了八年，那妳現在是十八歲？」

我表示同意。

「今天早上，阿黛爾給我看了幾張速寫，她說是妳畫的。我不知道它們是不是全是妳畫的，也許是有個老師幫妳的吧？」

「沒有，真的沒有！」我打斷他的話說。

「啊，這傷了妳的自尊心了！好吧，那就把妳的畫夾拿來；只要妳能擔保那裏面的畫全是妳自個兒畫的就行。不過，沒有把握就別輕易擔保。東拼西湊的玩意兒我看得出來。」

「那我就什麼也不說，您自己去判斷吧，先生。」

我從書房裏拿來了畫夾。他仔細地看了每一張速寫和每一幅畫。他把其中的三張放在一邊，其餘的看過以後就推開了。

他把那幾幅畫攤在面前，再次一張張仔細看著。

「那妳對自己辛勤勞動的成果感到滿意嗎？」

「這還差得遠哩。我心裏想的和畫出來的，兩者之間有著很大差距，為這我感到非常苦惱。每次，我想畫某種東西，可我完全沒有能力實現它。」

「不能說完全。妳已經抓住了妳構想的脈絡，不過，恐怕也只是到此為止。妳還沒有足夠的繪畫技巧和知識來充分表現它們。不過，對一個女學生來說，能畫出這樣的畫已經很難得了。好了——妳把畫拿去吧！」

我剛把畫夾的帶子紮好，他看了看錶，突然說：「都九點了。妳是怎麼搞的，愛小姐，讓阿黛爾坐得這麼久？快帶她去睡覺。」

阿黛爾在離開屋子前，走上前吻了他。他容忍了她的這種親熱，但對此好像還不及派洛特高興，更談不上比派洛特更喜歡這種親熱了。

「好了，我祝你們大家晚安。」他說著，用手朝門口揮了一下，表示他對我們已經厭煩，把我們打發走。費爾法克斯太太疊好自己的編織活。我拿起我的畫夾。我們向他行了個禮，他冷淡地點了點頭，算是回禮，我們便退了出來。

「妳原來說，費爾法克斯太太，羅切斯特先生並不特別怪的。」我安排阿黛爾睡下後，來到費爾法克斯太太房間，對她說。

「怎麼，他怪嗎？」

「我想是的。他喜怒無常，而且態度生硬！」

「確實，在陌生人看來，他無疑是這樣一個人。不過，我對他的態度已經完全習慣了，所以對這從來不作計較。再說，即使他脾氣有點怪，也應該原諒他。」

「爲什麼？」

「一方面是因爲他生性如此——我們誰也沒法改變自己的本性。另一方面，無疑是因爲他有痛苦的心事在折磨他，使得他心緒不寧。」

「什麼心事呢？」

「比如說，家庭糾紛。」

「可他還沒成家啊。」

「現在是沒有，可是他以前有過——至少，有過親屬。他哥哥幾年前去世了。」

「他哥哥？」

「是啊。現在的這位羅切斯特先生擁有這份產業還不很久，大約只有九年光景。」

「九年時間不算短了。他竟那麼愛他的哥哥，到現在還爲失去哥哥在傷心？」

「哦，不——也許不。我相信他們之間有過什麼誤會。自從他哥哥沒留下遺囑就去世，使他成了這一產業的主人後，我想他從來沒有在桑菲爾德連續住過兩個星期。說實在的，這也難怪他要躲開這座老宅子了。」

「他爲什麼要躲開呢？」

「也許他覺得這兒太沈悶了吧。」

這個回答有點含糊其詞，我倒很想聽到更爲明確的回答，但是，不知是回答不出呢還是不願回答，費爾法克斯太太就是不給我說清楚羅切斯特先生痛苦的原因和性質。她斷言，這對她來說也是一個謎，還說，她所知道的多半也只是猜測。說實在的，她顯然希望我結束這個話題，因此我也就不再問了。

十四　再次交談

接下來的幾天裏，我很少見到羅切斯特先生。上午，他似乎事務很忙，下午，米爾科特或者鄰近一帶的鄉紳常來拜訪他，有時還留下來跟他一起吃飯。等到他的扭傷好一點可以騎馬了，他就常常騎馬外出，大概是去進行回訪，因爲一般都要到深夜才回來。

有一天，他留下客人吃晚飯，他們剛一離開，羅切斯特先生就打鈴叫人來通知我和阿黛爾到樓下去。我們一走進餐廳，就看見一個小小的硬紙盒擺在桌子上。阿黛爾似乎憑著直覺馬上就認出了它。

「我的盒子！我的盒子！」她嚷著朝它跑了過去。

「對，妳的『盒子』終於來了，快把它拿到一邊去，妳這個道地的巴黎女兒，自個兒去翻腸掏肚，把裏面的東西掏出來玩吧。」從壁爐旁一把大安樂椅的深處，傳來羅切斯特先生深沈而略帶嘲諷的聲音。

看來阿黛爾根本不需要提醒，她早已捧著她的寶貝退到一旁的沙發跟前，忙著在解繫住盒蓋的繩子了。

「愛小姐來了嗎？」這時，主人一邊問，一邊從自己的座椅上欠起身來，望著門口。我還站在門邊。

「啊！好，過來，坐這兒吧。」他往自己身邊拉過一把椅子。

他凝望著爐火足足有兩分鐘，我也一直看了他那麼久。這時，他突然掉過頭來，發現我的目光正盯在他的臉上。

「妳這樣仔細地看我，愛小姐，」他說，「妳覺得我漂亮嗎？」

要是我稍加考慮的話，我本可含糊而有禮貌地說幾句客套話來回答他。可是不知怎麼的，我還沒意識到，回答就脫口而出了：「不，先生。」

「啊！我敢肯定，妳這人有點兒特別！」他說，「妳的樣子就像個小修女似的，古怪、安靜、嚴肅而又單純。人家問妳一個問題，或者說句什麼話，讓妳非回答不可時，妳就會毫不客氣地冒出一句答話來，它即使不算魯莽的話，至少也是冒失的。妳這麼說是什麼意思呀？」

「先生，我說得太直率了，請您原諒。我本該回答說，關於外貌的問題，當場作出回答是不容易的。每個人的審美觀有所不同，而且美並不重要，以及諸如此類的話。」

「妳本來就應該不這樣回答，美並不重要，說得好！原來，妳表面上裝做緩和一下剛才對我的傷害，撫慰撫慰我，讓我平靜下來，實際上是狡猾地又在我耳朵背後戳了一刀！說吧！請問，妳在我身上還發現了什麼毛病？我想我的五官和四肢跟別人還沒什麼兩樣吧？」

「羅切斯特先生，請允許我取消最初的回答。我並不是有意要話中帶刺，只是一時口誤。」

「正是這樣，我想也是這樣。那妳就該說說清楚。挑我的毛病吧，是不是我的前額讓妳不喜歡？」

他把橫梳在額上的波浪形黑髮撩開，露出一個十分充實的智慧器官，然而，這個本該顯示出仁慈寬厚跡象的地方，卻出人意料地沒有顯出這種跡象。

「說吧，小姐，我是個傻瓜嗎？」

「遠遠不是，先生。要是我反過來問您是不是一位慈善家，您會認爲我太唐突嗎？」

「今天晚上我很想有個伴聊聊。」他又說了一句，「所以我就把妳給請來了。只有爐火和吊燈跟我做伴是不夠的，派洛特也不行，因爲牠們都不會說話。阿黛爾稍微強一點，可還是遠遠不夠格。費爾法克斯太太也一樣。至於妳，我相信，要是妳願意，是可以合我的意的。我請妳到這兒來的第一個晚上，妳就讓我有點迷惑不解。那以後，我就幾乎把妳給忘了，因爲有種種別的念頭，把妳從我的腦子裏趕跑了。可是今天晚上，我決心要輕鬆一下，拋開一切煩惱，找回讓人高興的東西。現在，我要引妳說話，多瞭解瞭解妳，這會使我高興的——所以，妳說話吧。」

我沒有說話，只是笑了笑。這笑，既不是特別得意，也不是過分謙恭。

「妳不說話，愛小姐。」

我還是一聲不響，他朝我稍稍低下頭來，匆匆瞥了我一眼，似乎在探究我眼中的神情。

「耍脾氣了？」他說，「而且還生氣了。啊！這是一回事。我用唐突的甚至有點無禮的方式提出了我的要求。愛小姐，我請妳原諒。索性給妳講明了吧，實際上，我不希望把妳當作一個比我低微的人來看待。這就是說（他糾正自己），我自稱比妳優越的地方，只不過在年齡上比妳大了二十歲，在閱歷上比妳多了一個世紀罷了。我是憑著這點優勢，而且只是憑著這一點，才要求妳行行好，現在能跟我聊上一會兒，讓我散散心。我的心思老是盯在一點上，都損壞了，跟一枚生鏽的釘子似的快爛了。」

他竟作了這樣一番解釋，可說幾近道歉，對於他的這種屈高就下，我不能無動於衷，也不想顯得無動於衷。

「只要我能做到，先生，我是願意替您解悶的，非常願意。不過，我不知道談什麼好，因爲我怎麼知道您對什麼感興趣呢？還是您提出問題吧，我一定盡力來回答。」

「那麼，首先，妳是不是同意我的看法，認爲我有權耍點威風，說話唐突一點，有時也許還會強人所難？理由嘛，就是我剛才說的，也就是說，在年齡上，我已經夠做妳的父親，而且，我遊歷過半個地球，跟許多國家的許多人打過交道，有了各種各樣的經歷。而妳，只是在一座房子裏，跟一種人平平靜靜地生活過。」

「隨您的便吧，先生。」

「這不算回答，或者說，這是個很惹人生氣的回答，因爲它非常模稜兩可。給個明確的回答吧。」

「我並不認爲，先生，僅僅因爲您比我年齡大，或者比我閱歷豐富，您就可以對我發號施令。您究竟能不能說比我高明，還要看您怎樣利用您的年歲和閱歷了。」

「哼！答得倒快！不過這我不同意，我看這不適用於我的情況。這兩個長處，我雖然說不上用得很糟，至少也沒有好好加以利用。還是撇開不談高明不高明吧，妳總還同意偶爾聽從我的吩咐，不會因為我帶有命令口氣而感到生氣或者傷心吧——行嗎？」

我微笑了。心裏想，羅切斯特先生是有點怪——他好像忘了，他一年付我三十英鎊，就是要我來聽從他吩咐的。

「這一笑很好，」他立刻察覺到我這一閃而過的神情，說道，「不過還得說話呀。」

「我在想，先生，做主人的很少會費神去問他們僱來的下屬，是不是因為他們的吩咐而感到生氣和傷心的。」

「僱來的下屬！什麼！妳是我僱來的下屬，是嗎？啊，對，我把薪水給忘了！好吧，那麼就憑這僱傭關係，妳肯讓我稍稍要點威風嗎？」

「不，先生，憑這個可不行。不過，憑著您把它給忘掉這一點，憑著您關心一個下屬處在他的從屬地位上是否心情舒暢，我打心底裏同意。」

「那妳是不是同意免去那許多禮節和客套，不會認為這種省略是傲慢無禮吧？」

「我相信，先生，我絕不會把不拘禮節錯當成傲慢無禮的。前一種我反倒喜歡，而後一種，沒有哪個生來自由的人肯低頭忍受的，哪怕是看在薪水的分上。」

「是的，是的，妳是對的，」他說，「我自己也有很多缺點。這我知道，我不想掩飾，我可以向妳保證。上帝知道，我用不著過於苛求別人，我自己就該捫心自問我過去的生活，我的一連串行爲和生活方式，它們完全可以招致鄰人對我的嘲笑和非難。我在二十一歲時就走上了，或者不如說（因為像其他犯了過失的人一樣，我也想把一半責任推給厄運和逆境）給推上了歧途，而且從此就沒有再回到正道上來。可我本可成爲一個完全不同的人，可以像妳一樣——比妳更聰明——幾乎像妳一樣純潔無瑕。我羨慕妳有平靜的心境、清白的良心和沒有污點的記憶。」

「據說懺悔能夠治好它，先生。」

「懺悔不能治好它，改過自新才能治好它。我還能改邪歸正——我還有力量這樣做——要是……可是，像我這樣一個身負重荷，阻礙重重，受到詛咒的人，去想這個又有什麼用處呢？再說，既然幸福已經無可挽回地拋棄了我，我就有權利從生活中去尋找樂趣。不管花多大代價，我都一定要得到它。」

「那您就會進一步墮落的，先生。」

「有可能。但是，要是我能找到甜蜜、新鮮的樂趣，爲什麼還會墮落呢？而且，我是有可能得到這樣的樂趣的，它既甜蜜又新鮮，就像蜜蜂在沼澤地上採到的野蜜。」

「它會灼痛舌頭——吃起來是很苦的，先生。」

「妳從來不笑嗎，愛小姐？妳不必費神回答了——我看得出，妳很少笑，但是妳能笑得很開心。相信我的話，妳不是生來就是嚴肅的，就像我不是生來就是邪惡的一樣。是洛伍德的約束多少還纏繞著妳，它控制著妳的五官，壓低了妳的聲音，束縛住妳的手腳。妳生怕在一個男人，一個兄弟——或者父親，或者主人，或者不管什麼人——面前，笑得太開心，說話太隨便，動作太迅速。不過到時候，我想正像我發現沒法跟妳講究俗禮一樣，妳也會學會自自然然地對待我的。那時候，妳的神情舉止比現在敢於表露的更有生氣，更有變化。我常常透過鳥籠密密的籠柵，看見一種奇特的鳥兒的眼神。那裏面關著的是一個生氣勃勃、煩躁不安、意志堅絕的囚徒。只要一旦獲得自由，牠準會翺翔雲天的。妳想走了嗎？」

「鐘已敲九點了，先生。」

十五　著火

有一天下午，羅切斯特先生偶然在庭園裏遇見了我和阿黛爾。趁阿黛爾在逗派洛特和玩著板羽球時，他邀我跟他一起沿著一條長長的山毛櫸林蔭道來回散步。

他告訴我說，阿黛爾是法國歌劇舞蹈演員塞莉納・瓦倫的女兒。他對塞莉納曾一度有過他所說的「熾熱的愛情」。對於他的這種愛情，塞莉納曾聲稱一定要用更大的熱情來回報。

「愛小姐，這位法國美女竟然偏愛她的英國侏儒，使我感到得意非凡，所以我把她安頓在一座公館裏，給她配備了一整套的僕役、馬車、呢絨服裝、鑽石、網眼織物等等。總之，我就像任何一個癡情漢一樣，開始用那種人們公認的方式毀掉我自己。看來，我還缺少創新精神，沒有去開拓一條通往身敗名裂的新路，而是愚蠢地亦步亦趨地走著那條老路，一步也不敢偏離別人探出的那條中心線。結果我遭到了——這是罪有應得——所有別的癡情漢的命運。一天晚上，我沒有事先通知就去看塞莉納了。她沒有料到我會去，我發現她出去了，因爲這是個暖和的夜晚，我漫步穿過巴黎，走累了，所以就在她房裏坐下，幸福地呼吸著因她待過而變得神聖的空氣。」

說到這裏，他停了一會，掏出一枝雪茄來點上。待他把煙銜在嘴裏，把一絲哈瓦那雪茄的香味吐進寒冷而陰沈的空氣中後，才又接著說道：

「她終於回來了。我從陽台上俯出身子，剛要輕聲呼喚『我的天使』——用的自然是只有情人才能聽見的聲調——這時，一個身影跟著她從馬車上跳了下來，身上裹著斗篷，可是踏在人行道上發出響聲的，卻是帶有馬刺的靴跟，接著，從公館可通車輛的大門拱頂下經過的，是一個戴著禮帽的腦袋。

她的夥伴穿的是軍官制服。我認出他是一個有子爵頭銜的花花公子——一個沒頭腦的惡少。我在社交場合見過他幾次，從來沒有想到過要憎恨他，因爲我壓根兒就瞧不起他。我一認出他，那條嫉妒之蛇的毒牙就一下子折斷了，因爲在這同一瞬間，我對塞莉納的愛情之火也給澆滅了。一個爲了這麼個情人就背叛我的女人，是不值得去爭奪的，她只配受到鄙視——不過，我受了她的玩弄，更該受到鄙視。

他們談了起來，他們的談話使我變得完全心平氣和。輕浮淺薄，利慾熏心，無情無義，愚蠢無聊，聽了只會叫人厭煩，而不是生氣。桌上放著一張我的名片，他們發現了它，於是開始議論起我來了。兩人中誰也沒有能耐和才智來痛罵我一頓，但他們卻用他們那種卑鄙的方式盡量粗俗地詆毀我，特別是塞莉納，甚至肆意誇大我外貌上的缺點，她把這些缺點稱之爲殘疾。而以前，她是經常熱烈地稱讚所謂我的男性美的。而且……」

這時，阿黛爾跑了過來。

「先生，約翰剛才說，您的管事來了，想見見您。」

「哦！這樣的話，我只好長話短說了。我推開窗子，逕自走到他們跟前，宣布解除我對塞莉納的保護關係，通知她離開公館，給了她一筆錢供她眼前急用，對她的尖叫、歇斯底里、哀求、辯解、抽搐，一概置之不理。還跟那位子爵約定了在布洛尼林園決鬥的時間。第二天早上，我有幸跟他進行了決鬥，在他的一條軟弱無力得像瘟雞翅膀似的瘦弱可憐的胳臂裏，留下了一粒子彈，於是我自認爲，我和所有這夥人便一刀兩斷了。

但不幸的是，六個月以前，賽莉納給了我這個小姑娘阿黛爾，硬說她是我的女兒。也許這是真的，不過，我在她面貌上看不到這種無情的父女關係的證據。派洛特還比她更像我哩。我跟她母親分手後過了幾年，她扔下孩子，跟一個音樂家或者歌唱家跑到義大利去了。我過去從沒承認阿黛爾有要我撫養的權利，現在也不承認，因爲我並不是她的父親。可是聽說她孤苦伶仃，無依無靠，於是，我還是把這可憐的小東西從巴黎那片爛泥塘裏拔出，移植到這兒來了，讓她在英國鄉間花園的沃土中乾乾淨淨地成長。

費爾法克斯太太找到妳來培育她。不過，現在妳知道了她是一個法國歌劇女演員的私生女，這也許會使妳對妳的職位和妳的學生有了不同的看法，說不定哪一天會來通知我，說妳已找到了一份新工作——讓我另請一位家庭教師等等——會嗎？」

「不會的。阿黛爾不應該對她母親的過錯或者是您的過錯負責。我一向關心她。現在我又知道了，從某種意義上說，她已經沒有父母——母親遺棄了她，而您又不認她。先生——我會比過去更加疼愛她。我怎麼會不疼愛一個把家庭教師當做知心朋友的孤苦伶仃的孤兒，而去喜歡富貴人家一個討厭家庭教師的嬌生慣養的寵兒呢？」

「啊，妳是這樣來看待這個問題的！好吧，現在我該進去了。天黑了，妳也該進去了。」

雖說這會兒我已經吹滅蠟燭上了床，可是卻怎麼也不能入睡，這樣想了一陣以後，我不知道自己後來到底有沒有睡著過。總之，我突然聽到一陣奇怪而淒慘的喃喃低語聲，把我完全給驚醒了。而且，我覺得這聲音好像就發自我的頭頂。我真巴望蠟燭要是還點著該有多好。夜黑得可怕，我感到心情緊張。我翻身從床上坐起，側耳細聽。聲音沈寂了。

又是一陣魔鬼般的笑聲——低沈而壓抑——聽起來像從我門上的鎖孔那兒發出似的。而我的床頭就在房門旁邊，我開頭還以爲大笑的魔鬼就站在我床邊——或者不如說，就蹲在我的枕頭邊。我翻身坐起，朝四下張望，可是什麼也看不見。我還在瞪眼張望時，那怪異的聲音又響了起來，我辨出它是從門外發出來的。我首先想到的是趕緊起身去插上門閂，隨後又大聲問了一聲：「誰？」

有什麼東西發出咯咯的笑聲和輕輕的嗚咽聲。不一會兒，又聽到有腳步聲沿走廊走向通往三樓的樓梯，那兒最近做了一扇門，把樓梯關在了裏面。我聽見那扇門打開了，又關上了，然後一切歸於寂靜。

「這是格雷斯·普爾吧？她是不是中魔了？」我心裏想。

現在再也不能獨自一人待著了，我得上費爾法克斯太太那兒去。我趕緊穿好外衣，圍上披巾，用哆嗦的手拉開門閂，打開門。門外有一枝點燃的蠟燭，而且就放在走道的地板上。我看到這情景不禁吃了一驚，然而，更使我大為驚異的是發現空氣中一片渾濁，好像充滿了煙霧。我朝左右查看，想找出這些青煙是從哪兒冒出來的，這時，我進一步覺出有一股濃烈的燒焦味兒。

什麼東西嘎吱響了一下，有扇門開了一條縫，那是羅切斯特先生房間的房門。雲霧一般的濃煙就是從那裏面冒出來的。我已顧不得再去想費爾法克斯太太，也顧不得再去想格雷斯·普爾和那怪笑聲，只一眨眼工夫，我就奔進了那間房間。火舌在床的四周跳躍，帳子已經著火。在煙燻火燎之中，羅切斯特先生攤開手腳，一動不動，睡得正香。

「醒醒！醒醒！」我喊叫著，使勁搖他，但他只是嘟噥了一聲，翻了個身，濃煙已經把他燻迷糊了。床單已經著火，時間刻不容緩，我迅速衝到他的臉盆和水罐跟前，幸好臉盆很大，水罐很深，而且裏面都盛滿了水。我端起它們，把水全都潑到床上和睡覺的人身上，接著，又飛也似的跑回我自己的房間，端來我的水罐，給那張床又施了一回洗禮。上帝保佑，總算把那正在吞噬著它的火焰撲滅了。

被水澆滅的火焰的嘶嘶聲，倒完水後隨手扔掉的水罐的碎裂聲，尤其是我毫不吝嗇地施以淋浴的濺潑聲，終於把羅切斯特先生給鬧醒了。儘管眼前漆黑一團，可我知道他醒了，因為我聽見他一發現自己躺在一汪水裏，就怒氣沖沖地發出古怪的咒罵聲。

「發大水了嗎？」他大聲嚷嚷道。

「沒有，先生，」我回答，「可是剛才失火了。起來吧，您身上的火已經撲滅了。我去給您拿枝蠟燭來。」

「看在基督教世界全體精靈的份上，告訴我，是簡・愛嗎？」他問道，「妳究竟把我怎麼了，女巫，巫婆？房裏除了妳還有誰？妳想搞鬼淹死我嗎？」

「我給您去拿枝蠟燭來，先生。看在上帝份上，快起來吧。是有人在搞什麼鬼，可是您不能過早地斷定是誰，想幹什麼。」

我真的跑去了，拿來了仍在通道裏放著的那枝蠟燭。他從我手中把它接了過去，舉起來，仔細察看了處處燻黑燒熱了的床，濕透了的床單，泡在水裏的周圍的地氈。

「這是怎麼回事？是誰幹的？」他問道。

我簡要地給他講了剛才發生的事：我聽到的走廊裏的怪笑聲，走上三樓的腳步聲，還有煙霧——引我奔進他房裏來的火燒氣味，我在那兒看到的情景，以及我如何把弄到的水都倒在他身上。

他很嚴肅地傾聽著，我繼續往下說的時候，他臉上流露出擔心多於驚訝的神情，我講完後，他沒有馬上說話。

「要我去叫費爾法克斯太太嗎？」我問他。

「費爾法克斯太太？不，妳幹嘛非得把她給叫來？她能幹什麼？讓她安安靜靜地睡吧。」

「那我去把莉亞叫來。再去把約翰和他妻子叫醒。」

「根本用不著，妳就安安靜靜待著吧。到扶手椅上去坐下，妳待在這兒別動，等我回來，要像隻小老鼠那樣安安靜靜的。我得上三樓去一趟。記住，別動，也別叫任何人。」

他走了，我眼看著燭光漸漸遠去，他輕手輕腳地走過走廊，儘量不出聲地打開樓梯門，進去後又隨手關上，最後的一絲光亮也就消失了。

過後不久，他走進房間，臉色蒼白，十分陰鬱。

「我全弄清楚了，」他把蠟燭放在洗臉架上，說：「跟我預料的一樣。」

「怎麼回事，先生？」

他沒有回答，只是抱著雙臂站在那兒，兩眼盯著地面。過了好一會兒，他才用一種有點特別的聲調問道：「我忘了，妳剛才是不是說過打開房門時，看到了什麼東西？」

「沒有，先生，只看見地上有枝蠟燭。」

「可是妳聽到怪笑聲了吧？我想，妳以前聽到過那笑聲，或者像那樣的聲音吧？」

「是的，先生。這兒有個做針線活的女人，叫格雷斯•普爾──她就是那樣笑的。她是個挺怪的人。」

「一點沒錯。格雷斯•普爾──妳猜對了。正像妳說的，她挺古怪──非常怪。唔，這件事我要好好考慮一下。還有，我很高興；除了我之外，只有妳知道今晚這件事的詳細情況。妳不是個多嘴的傻瓜，這事妳什麼也別說。這兒的這番情景，（**他指指床**）我會解釋的。現在，妳回自己的房間裏去吧。今晚剩下的時間，我完全可以在書房的沙發上打發過去。快四點了──再過兩小時，僕人們就要起來了。」

「那麼，晚安，先生。」說著，我就要走。

他似乎吃了一驚——這很自相矛盾，他剛說了讓我走。

「什麼！」他叫了起來，「妳這就離開我，就這麼走？」

「您說過我可以走了，先生。」

「可是，總不能不告個別就走啊，不能不說上幾句表示道謝和友好的話就走呀。總之，不能就這麼乾巴巴地一走了之！哎，是妳救了我的命啊！——把我從可怕的、痛苦的死亡中救了出來！——而妳卻打我身旁一走而過，彷彿我們是素不相識似的！至少該握握手吧！」

他伸出手來，我也朝他伸出手去。他先是用一隻手，接著用雙手握住了我的手。

「妳救了我的命，我有幸欠了妳這麼大一筆情。別的我也說不出什麼了。要是我欠下這麼大一筆人情債的債主換了是別人，我準會受不了的。唯獨妳，就不一樣了，——妳的恩惠，我一點也不覺得是個負擔，簡。」

他停了下來，凝望著我。可以看出，話幾乎就要從他顫動的嘴中吐出，——可是他的聲音卻給哽住了。

「再說一遍，晚安，先生。這件事談不上什麼欠債、欠情、負擔、恩惠什麼的。」

「我早就知道，」他繼續說，「妳總有一天會用某種方式幫助我的。我第一次看見妳時，就從妳的眼睛中看出來了，那種神情和微笑並不是——」（**他又停住了**）——「並不是」（**他急急忙忙接著說**）「無緣無故激起我內心的歡樂的。人們常說起有天生的同情心。我還聽說過有善良的妖怪，——可見在荒誕的神話裏也是有幾分真理的。我珍愛的救命恩人，晚安！」

他聲音裏有股異樣的力量，目光有種異樣的激情。

十六　格雷斯・普爾

在那不眠之夜後接下去的一天裏，我既盼望能見到羅切斯特先生，但又怕見到他。我想再聽到他的聲音，卻又怕遇見他的目光。一大早，我就時刻盼著他的到來。儘管他平時不大來教室，可有時也會進來待上幾分鐘。我有一種預感，他那天肯定會來教室。

可是，整個早上就像往常那樣過去了，沒有發生任何事情來打斷阿黛爾安靜的學習。只是在早飯後不久，我聽見羅切斯特先生房間附近鬧哄哄的，有費爾法克斯太太的聲音，莉亞的聲音，還有廚娘——就是約翰的妻子——的聲音，甚至還有約翰自己那粗啞的聲音。他們紛紛驚叫著：「主人沒有給燒死在床上，真是幸運！」「夜裏蠟燭點著睡覺總是危險的。」「他能鎮定地想到水罐，真是上帝保佑！」「我真奇怪，他竟沒有驚動別人！」「但願他睡在書房沙發上沒有著涼。」等等。

七嘴八舌地議論了一通之後，接著就傳出擦洗和整理東西的聲音。我經過那個房間下樓去吃飯時，從敞開的房門口看到裏面的一切又都收拾得井井有條，只有床上的帳子給拿掉了。莉亞正站在窗台上，擦拭著被煙燻模糊了的窗玻璃。我正要跟她說話，想知道這件事是怎麼解釋的，但一走近，就發現房間裏還有一個人——一個坐在床邊椅子上的女人，正在給新窗簾縫上銅環。這女人不是別人，正是格雷斯・普爾。

她靜靜地坐在那兒，一副沈默寡言的樣子，跟往常一樣，穿著她那身褐色的呢子衣服，圍著格子圍裙，繫著白手絹，還戴著帽子。她聚精會神地在幹著活，似乎全部心思都已放在那上面。我還在盯著她看時，她抬頭朝我看看，臉上既沒有驚慌不安，也沒有緊張變色，以致洩露出她的激動情緒、犯罪感，或者怕被覺察的恐懼心情。

「早上好，小姐。」依舊是平時那種冷淡、簡潔的語調。說完，她就又拿起另一個銅環和一段帶子，繼續縫了起來。

「讓我來試她一試，」我心裏想，「像這樣絲毫不露聲色，簡直讓人不可思議。」

「早上好，格雷斯。」我說，「這兒出了什麼事了？我剛才好像聽到僕人們都聚在這兒議論紛紛的。」

「沒有什麼，只是昨天晚上，主人躺在床上看書，點著蠟燭睡著了，結果帳子著了火，幸好沒有燒著被褥和床架時他就驚醒了，想辦法用水罐裏的水把火撲滅。」

「真是怪事！」我悄聲說，然後兩眼緊盯著她，又說，「羅切斯特先生誰也沒叫醒？沒一個人聽到他在走動？」

她又抬眼朝我看看，這一次，她的目光中流露出一點有所察覺的神情。她似乎留神打量了我一會兒後，才回答說：「妳知道，小姐，僕人們睡的地方都離得那麼遠，他們是不可能聽到的。費爾法克斯太太和妳的房間離主人的房間最近，可是費爾法克斯太太說她什麼也沒聽見。人上了年歲，常常睡得很沈。」

她停了停，接著用一種看似毫不在意、實際意味深長的口吻補充說，「可是妳還年輕，小姐，我想妳不會睡得那麼沈的，說不定妳聽到什麼響聲了吧？」

「我是聽到了，」我壓低了聲音說，免得讓還在擦窗子的莉亞聽見，「起初，我還以為是派洛特，可是派洛特不會發出笑聲，而我確實聽到了笑聲，而且是一種怪笑。」

她又拿了一根線，仔細地上了蠟，用手穩穩地把線穿進針眼，然後神色自若地說：「我想，小姐，在那麼危險的情況下，主人是不大可能笑的。妳準是在做夢吧。」

「我沒有在做夢。」我有點惱火地說，因為她那種厚顏無恥的鎮定激怒了我。

她又看看我，目光裏還是流露出那種審視和警覺的神色。

「妳告訴主人妳聽到笑聲了嗎？」她問道。

「今天上午我還沒有機會跟他說話。」

「妳沒有想到要打開房間，朝走廊裏瞧瞧嗎？」她進一步問道。

她似乎是在盤問我，想趁我不注意時，從我這兒探聽出一些情況。我猛然想到，要是她發現我知道或者懷疑她犯罪，她也許會用她那套惡毒的手法來作弄我。我想我還是防著點好。

「正相反，」我說，「我起來閂上了門。」

吃飯時，費爾法克斯太太講到帳子著火的事，可我幾乎沒有聽進去，我正忙於絞盡腦汁，苦苦思索著格雷斯・普爾那謎一樣的性格，尤其是尋思她在桑菲爾德的地位問題，納悶為什麼那天早上她沒有給關押起來，或者至少也得被主人辭退，不讓她再幹。昨天夜裏，他幾乎已經表明，肯定是她犯了罪，究竟是什麼神秘的原因使得他不去指控她呢？他又爲什麼還要我也跟他一起保守秘密呢？真是太奇怪了，一位大膽的、愛報復而又傲慢的紳士，不知怎麼的，居然受制於他的一個最卑微的僕人。他那麼任她擺佈，甚至在她動手要謀殺他時，他也不敢公開指控她的謀殺企圖，更不要說懲罰她了。

「今晚的天氣很好，」她透過窗玻璃朝外面望了望說，「雖說沒有星光。羅切斯特先生總算揀了個好天氣出門。」

「出門——羅切斯特先生去什麼地方了嗎？我還不知道他出去了呢。」

「哦，他吃完早飯就動身了。他上里斯去了，去埃希敦先生那兒。往米爾科特方向約十英哩路光景。我想，那兒準是有一個大聚會，英格拉姆勛爵，喬治・利恩爵士，丹特上校，還有其他人。」

「妳估計他今天晚上會回來嗎？」

「不，明天也不會回來。我想，他多半會待上一星期或者更多。」

「里斯有女士嗎？」

「有埃希敦太太和她的三個女兒——的確都是很文雅的小姐，還有英格拉姆爵爺家的布蘭奇・英格拉姆小姐和瑪麗・英格拉姆小姐，我看她倆是最美的女人了。說真的，我在六、七年前看見過布蘭奇，那布蘭奇・英格拉姆小姐當然是其中的皇后。」

「她模樣兒長得怎麼樣？」

「高高的個兒，胸部豐滿，肩膀低垂，脖子細長優美；橄欖色的皮膚黝黑、明淨，容貌高貴，眼睛有點像羅切斯特先生的，又大又黑，像她身上佩戴的珠寶那般明亮。她還有一頭那麼好的頭髮，烏油油的，梳得恰到好處，後腦上盤著粗粗的髮辮，前面垂著我從沒見過的又長又光亮的鬈髮。她身穿一身潔白的衣服，一條琥珀色的長圍巾，從肩部披到胸前，在旁邊打了個結，圍巾上長長的流蘇垂過了她的膝蓋。她頭髮上還戴著一朵朵琥珀色的花，和她那一頭烏玉般的長髮非常相配。」

「她一定大受讚美了？」

「那當然。這不僅是因爲她長得美，還因爲她多才多藝。她是唱歌的幾位女士中的一位。有位先生鋼琴伴奏，她跟羅切斯特先生一起表演了一個二重唱。」

「羅切斯特先生？我還不知道他會唱歌呢！」

「他的嗓子非常圓渾有力。英格拉姆小姐，她唱得很動人，聽她唱歌真讓人愉快——後來她還彈了琴。我對音樂不大在行，可羅切斯特先生懂。我聽他說，她彈得相當出色。」

「這位才貌雙全的小姐還沒結婚吧？」

「好像沒有。我猜想她跟她妹妹都沒有多少財產。老英格拉姆勛爵的家產大部分都是限嗣繼承①的，他的長子幾乎繼承了全部財產。」

「我覺得奇怪，難道就沒有一個有錢的貴族看中她？譬如說，羅切斯特先生就是一個。他不是很有錢嗎？」

「哦，是的！可是妳瞧，年齡相差太大了。羅切斯特先生都快四十了，而她還只有二十五歲。」

「那有什麼？比這更不相稱的婚姻還不是天天都有。」

「這倒是真的。不過，我認爲羅切斯特先生不大會有這種想法的，妳怎麼什麼也不吃？從開始喝茶到現在，妳還什麼也沒吃呢。」

「不，我太渴了，不想吃。再讓我喝一杯茶好嗎？」

我正想再回到剛才的話題，談談羅切斯特先生有沒有可能和布蘭奇結合的事，阿黛爾進來了，於是話題也就轉到別的方面。

等到我又是一人獨處時，我重新回想了聽到的情況，省視了自己的內心世界，細察了心中的思想和感情，竭力把那些迷失在無邊無際幻想世界中的無聊思緒，狠狠地拉回到安全的常識範圍中來。

我站在自己的法庭上受審，「記憶」出來作證，證實了我從昨夜以來一直懷有的希望、心願和感情——證實了將近兩星期來，我一直沈溺其中的思想狀態。「理智」也出來了，以她那獨有的沈著口氣，敘述了一個樸實無華的故事，說明我如何拋開現實，狂熱地吞嚥下空想。——我宣布了如下的判決：簡・愛是世界上最大的傻瓜，最想入非非的白癡，她把毒藥當作瓊漿玉液喝下，貪婪地吞食了一肚子甜蜜的謊言。

「妳，」我說，「是羅切斯特先生喜愛的人嗎？妳有什麼天生的本領能討他喜歡？妳有哪一點可以受到他的看重？去妳的吧！妳愚蠢得讓我噁心。人家偶爾有點喜愛的表示，妳就沾沾自喜，可那只是一個出身名門的紳士，一個深諳世故的人，對一個下屬、一個初出茅廬的人所作的曖昧的表示啊。妳怎麼敢這樣？妳這個可憐的愚蠢的受騙者！難道連對自身利益的考慮也不能使妳變得聰明一點嗎？妳今天上午居然還反覆重溫著昨夜那短短的一幕？——捂住妳的臉去害臊吧！他說了幾句讚美妳眼睛的話，是嗎？瞎了眼的自負的傻姑娘！睜開妳那對昏花眼，瞧瞧妳自己那該死的糊塗心眼吧！一個女人受到地位比她高又不可能娶她的人恭維，這可不是一件好事啊。讓愛情之火偷偷在內心燃燒，這對任何一個女人來說，都是在發瘋。這種愛情，如果得不到對方的回報，不被覺察，那一定會毀掉培育它的人的生命，而要是被對方覺察，得到反應，那必然會像『鬼火』似的把人引進泥沼而不能自拔。」

過不了多久，對這種迫使自己的感情接受有益的約束的做法，我便有了慶幸的理由了。幸虧這樣做了，我才能以得體的鎮定態度去面對後來發生的種種事情，要是我毫無準備的話，恐怕連表面的鎮定我都沒法保持哩。

①遺產按規定的繼承順序依次繼承，不得改變。

十七　家庭宴會

羅切斯特先生離家兩個多星期後，郵局給費爾法克斯太太送來了一封信。

「是主人寫來的，」她看了看信封上的地址說，「我想，現在我們能知道是不是得等候他回來了。」

在她拆開信封，仔細地看信時，我繼續喝著我的咖啡（我們正在吃早飯）。咖啡很燙，我把自己臉上突如其來的火熱通紅歸因於它。至於我的手爲什麼會發抖，爲什麼我會不由自主地把杯裏的咖啡潑了半杯在碟子裏，我就乾脆不去想它了。

「喔，有時候我覺得我們是太清靜了，這下子可要夠我們忙了，至少得忙上一陣子。」費爾法克斯太太說著，仍然把信紙舉在眼鏡前面。

「我想，羅切斯特先生不會很快就回來吧？」

「可事實是，他很快就要回來了——他說——幾天以後就回來，那就是說在這個星期四，而且還不是他一個人來，我不知道里斯有多少貴賓要跟他一起來。他來信吩咐，要把所有最好的臥室都收拾好，書房和幾間客廳也要打掃乾淨。」費爾法克斯太太連吞帶嚥地急急忙忙吃完早飯，就匆匆離開，著手辦事去了。

這三天裏，正如她所說的，確實忙得很。我原以爲桑菲爾德的所有房間都是收拾得整潔漂亮的，可是看來我的想法錯了。費爾法克斯太太找了三個女人來幫忙，把油漆的家具器物又是擦，又是刷，又是洗的，拍乾淨地氈，把畫取下來又掛上，擦亮鏡子和燭台，在臥室裏生了火，在爐邊烘了被單和羽絨床墊，像這樣的架勢，是我過去和今後從未見過的。

最令人不解的是，在整座宅子裏，除了我，居然沒有一個人注意到格雷斯的怪癖，或者對她的行爲感到驚異。沒有人談到她的身分和職業，沒有人同情她的孤單和寂寞。說真的，有一次我倒聽到過莉亞和一個打雜女僕的一點閒談，話題就是格雷斯。莉亞說了句什麼我沒聽清，只聽那打雜女僕說：「想來她拿的工錢挺多的吧？」

「是啊，」莉亞說，「但願我也能拿到那麼多工錢。倒不是說對我自己的工錢有什麼可抱怨的——桑菲爾德從來不小裏小氣的——可是，我的工錢還不到普爾太太拿的五分之一哩。」

「我想她準定是一把好手吧。」打雜女僕說。

「嗯！——她明白自己該做些什麼——這一點誰也比不上她。」莉亞意味深長地說，「再說，也不是誰都做得了她那份差使的，哪怕付給她拿的那麼多工錢也不行。」

「確實做不了！」對方回答說，「不知道主人是不是……」

打雜女僕還要往下說，可是莉亞正好回頭瞧見了我，馬上用胳臂肘輕輕捅了她的夥伴一下。

「她還不知道？」我聽到那女人小聲問。

莉亞搖搖頭，這場談話自然就這麼結束了。我從中所能聽出的只是——桑菲爾德有一個謎，而我被有意排斥在這個謎之外。

星期四到了。所有的準備工作都已在前一天晚上完成。

「時間晚了，」費爾法克斯太太走進來說，身上的緞子裙服窸窣作響，「幸好我吩咐比羅切斯特先生說的晚一個小時開飯。現在都過六點了。我已經打發約翰到大門口看看路上有沒有動靜，從那兒朝米爾科特方向看可以看到很遠。」她走到窗子跟前。「他來了！」她說。「喂，約翰！」她探出窗外問道，「有消息嗎？」

「他們來啦，太太，」對方答道，「再過十分鐘就到。」

阿黛爾飛也似的奔向窗口，我也跟了過去，小心地站在一邊，這樣，窗簾遮著我，我可以看見他們，而他們看不見我。

約翰說的十分鐘似乎特別長，不過，最後終於聽到了車輪聲。四個騎馬的人順著車道奔馳而來，後面跟著兩輛敞篷馬車，一眼望去，車上盡是飄拂的面紗和擺動的羽毛。

騎馬的人中，有兩位是衣著時髦的年輕紳士，第三位是羅切斯特先生，騎著他的黑馬美羅，派洛特跳躍著跑在他前面。他旁邊是一位騎馬的小姐，他們兩人在這隊人馬的最前面。她那身紫色的騎馬裝長得快要掃到地面，她的拖得長長的面紗在微風中飄舞著，和面紗透明的皺褶相貼在一起的，是一頭烏黑閃亮的濃密鬈髮。

「英格拉姆小姐！」費爾法克斯太太嚷了一聲，接著便急忙下樓執行自己的任務去了。

第二天的天氣跟第一天一樣好。這一天，客人們到附近一個什麼地方去遊覽。他們一大早就出發了，有幾個騎馬，其餘的都坐馬車。我目睹他們離開，後來又目睹他們回來。

英格拉姆小姐跟先前一樣，是唯一騎馬的女人。也跟先前一樣，羅切斯特先生還是在她身旁奔馳著。他們兩人騎著馬，跟其他人略微拉開一段距離。費爾法克斯太太這時正和我一起站在窗前，我把這情景指給她看。

「妳說他們不大會想到結婚。」我說，「可是妳瞧，和別的女士相比，羅切斯特先生明明更喜歡她。」

「是啊，我想是的，毫無疑問他是愛慕她的。」

「她也一樣愛慕他。」我補充說，「瞧，她朝他側過頭去的那樣子，就像在說知心話似的。我真想看看她的臉，我還沒好好看過她一眼呢。」

「今天晚上妳會看見她的。」費爾法克斯太太回答，「我偶爾跟羅切斯特先生提起，阿黛爾很想去見見太太小姐們，他說：『哦！晚飯後叫她到客廳裏來，請愛小姐也陪她一起來。』」

「沒錯，他只是出於禮貌才這麼說的。我相信，我是不必去的。」我回答說。

「是啊，我跟他說了，妳不習慣交際，我認爲妳不會喜歡在這樣一群熱鬧的客人跟前露面——全是些素不相識的人。可他還是用他那急脾氣回答說：『胡說！要是她拒絕，就告訴她，這是我特別希望的。要是她還不肯來，妳就說，如果她拒不答應，我就親自去請她。』」

「我不該給他添那樣的麻煩，」我答道，「既然沒有更好的辦法，那我就去一下吧。不過，我實在是不喜歡這樣的。妳也去嗎，費爾法克斯太太？」

「不，我要求不去，他答應了。我來告訴妳，怎樣才能避免那樣一本正經出場時的窘相，那是最讓人受不了的。妳得趁太太小姐們還沒離開餐廳，客廳還空著時進去，挑個妳喜歡的僻靜角落坐下來。待那些先生們進來後，妳不必待多久，除非妳自己願意。只要讓羅切斯特先生看見妳在那兒就行，然後妳就悄悄溜走——沒人會注意妳的。」

幸好去客廳還有另外一道門，不必穿過他們正在吃飯的餐廳。我們發現客廳裏還沒有人，大理石壁爐裏默默地燃燒著旺盛的爐火，在裝飾桌面的精美鮮花中間，一枝枝蠟燭在明亮的孤寂中照耀著。拱門上掛著深紅色的帷幔，雖說這兒跟隔壁餐廳的那班人只隔著這麼一層薄薄的屏障，可是他們的談話聲聽上去卻那麼低，除了輕柔的嗡嗡聲以外，他們的談話什麼也聽不清。

阿黛爾似乎還處於那種十分嚴肅的氣氛影響之下，一聲不響地在我指給她的一張矮凳上坐了下來。我退到一個窗座上，從近旁的桌子上拿起一本書。

總共十八個人，可是她們一塊兒進來時，不知怎麼的，給人的印象好像人數要多得多。她們當中有幾位個兒很高，好幾個人都穿得一身潔白，一個個都穿著裙幅寬大的曳地長裙，使得她們整個人都顯得大了，猶如霧氣使月亮變大一般。我站起身來向她們行了個屈膝禮，有一、兩個人點頭回個禮，其餘的人只是瞪眼朝我看看。

她們在客廳裏四下散開，動作輕盈活潑，使我聯想起一群羽毛雪白的鳥兒。她們中有幾個半倚在沙發和軟榻上，有幾個俯身細看著桌上的鮮花和書籍，其餘的則聚在爐火邊。她們一個個都用她們似乎已經習慣的輕柔而清晰的聲音說著話。事後我知道了她們的名字，不過現在不妨先提一下。

首先是埃希敦太太和她的兩個女兒。埃希敦太太以前顯然是個漂亮的女人，現在還保養得很好。她的兩個女兒中，大女兒艾米個兒挺小，臉蛋和神態都顯得天真、孩子氣，舉止有點淘氣，那身白麻紗衣服和藍色腰帶，對她很合適。二女兒路易莎身體較高，也更優雅，臉蛋長得很俊俏。

利恩夫人是位四十歲上下、又高又胖的女人，腰板挺直，看上去很高傲，穿著華麗的閃光緞子衣服，她那烏黑的頭髮上戴著綴有一圈寶石的髮箍，在一枝天藍色的羽飾襯托下閃閃發亮。

丹特上校太太不那麼顯眼，可是我認為，她更像一位貴婦人。她有著苗條的身材，白皙而溫和的臉和金色的頭髮。她那身黑緞子衣服，華貴的外國網花圍巾和珍珠首飾，比那位有爵位的貴婦人的一身珠光寶氣更讓我喜愛。

然而最突出的三位——其中部分原因，也許是她們在這班人中間個兒最高——還是勛爵的遺孀英格拉姆夫人和她的兩個女兒布蘭奇和瑪麗。她們三人都屬於婦女中的高身材。遺孀約莫四、五十歲，她的體態依然很美，她的頭髮（至少在燭光下看來）依然烏黑，她的牙齒也依舊完好。大多數人會說她是她那個年紀的女人中的美人。毫無疑問，從體態容貌上說，她的確是這樣，可是在她的表情舉止中，卻有著一種令人難以忍受的高傲神氣。

布蘭奇和瑪麗的身材一樣——都像白楊樹似的又直又高。瑪麗以她的身高來說似嫌太瘦，而布蘭奇長得就像黛安娜①。當然，我是懷著一種特殊的興趣注視她的。

瑪麗的臉長得比布蘭奇溫和、坦率，而且比較和善，皮膚也較白淨（布蘭奇•英格拉姆小姐黑得像個西班牙人）——但是瑪麗缺乏生氣，她的臉缺少表情，目光缺少神采，她沒有什麼話可說，一坐下來，就像神龕裏的雕像似的一動不動。姊妹倆都穿一身潔白的衣服。

那麼，現在我是不是認爲英格拉姆小姐就是羅切斯特先生可能會選上的意中人呢？我還說不上，——我並不清楚他在女性美方面的鑒賞趣味。如果他喜歡華貴的，那她正是華貴的典型，何況她還多才多藝，活潑伶俐。我覺得大多數先生都會愛慕她的。他肯定也愛慕她，我似乎已經得到證明。

這時，布蘭奇•英格拉姆正獨自一人站在桌邊，神態優雅地俯身在看一本簽名留言冊。她原來好像在等別人來找她，但她不願久等下去，便自己主動去找伴兒了。

羅切斯特先生剛離開兩位埃希敦小姐，此刻也像她獨自站在桌邊那樣，獨自一人站在壁爐邊。她走到壁爐架的另一頭，面對著他站定。

「羅切斯特先生，我原以爲你是不喜歡小孩的呢。」

「我是不喜歡的。」

「那是什麼使得您去領養這麼一個小娃娃的呢（她指指阿黛爾）？您打哪兒把她給撿來

的？」

「我沒有去撿她，是人家塞到我手裏的。」

「您應該送她進學校呀。」

「我負擔不起，進學校太費錢了。」

「可是，我看您給她請了個家庭教師。我剛才還看到有個人和她在一起呢。──她走了嗎？哦，沒有！她還在那兒，在窗簾背後。您當然要給她付薪水了，我想這一樣得費錢──而且費得更多，因爲您還得外加負擔她們兩人的生活。」

我生怕──或許我應該說我希望吧？──提到我，羅切斯特先生就會朝我這邊看，因而我不由自主地更往暗處縮。可是他連眼睛都沒轉一下。

「我沒有考慮過這個問題。」他漫不經心地說，目光直視前方。

「是啊──你們男人從來不考慮經濟和常識問題。您眞該聽聽媽媽是怎麼講那些家庭教師的。我想，瑪麗和我小時候至少有過一打以上的家庭教師吧。她們中有一半招人討厭，其餘的又都很可笑，反正全都是夢魘──是不是，媽媽？」

「妳在跟我說話嗎，我的孩子？」

這位被看作遺孀的特有財產的小姐又重複了一遍她的問題，還做了解釋。

「我最親愛的，別提那班家庭教師了，提起這詞兒就使我頭疼。她們的無能和任性眞讓我吃盡了苦頭。謝天謝地，現在總算擺脫掉她們了。」

這時，丹特太太朝這位虔誠的夫人俯過身去，在她耳邊悄悄地說了幾句什麼。從引起的答話來看，這是提醒她，受到咒罵的這類人中，就有一個在場。

英格拉姆小姐現在已經高傲而文雅地在鋼琴前坐下。雪白的外衣像女王般氣派十足地向四面鋪開。她開始彈起一支出色的前奏曲，一面還在說著話。

「哦，我，我對現在的青年人真是厭煩透了！」她一邊快速地彈著琴，一邊大聲說，「全是些可憐的小東西，根本就不配走出爸爸的庭園大門一步，沒有媽媽的允許和帶領，甚至連那麼遠也不敢去！這些傢伙只知道關心自己的漂亮臉蛋、白皙的手和小巧的腳，彷彿一個男人和漂亮也有什麼關係似的！好像可愛不只是女人的特權——她們的天賦和遺產似的！我認爲，一個醜女人是造物主美麗臉蛋上的一個污點，至於男人，那就讓他們一心只去追求英武有力吧，讓他們只把狩獵、射擊和搏鬥作爲自己的座右銘，別的全部一文不值。我要是個男人的話，我就這樣做。」

「什麼時候我要結婚的話，」她停了一下，沒有人插話，她又繼續說，「我已經拿定主意，我的丈夫絕不應是我的敵手，而只能是我的陪襯。我不容許我的寶座旁邊有一個競爭對手。我要的是對我忠誠不二，他不能既忠於我又忠於他在鏡子中看見的自己。羅切斯特先生，現在你唱吧，我替你伴奏。」

「我完全聽從妳的吩咐。」

「快唱！」她說，接著再次手按琴鍵，熱情洋溢地開始伴奏起來。

「現在是我溜走的時候了。」我心裏想。但正在這時，一陣劃破長空的歌聲把我給留住了。費爾法克斯太太曾經說過，羅切斯特先生有一副好嗓子。果然如此——這是一種圓潤渾厚的男低音，其中注入了他自己的感情、自己的力量，能通過人們的耳朵進入人們的心靈，奇妙地喚起人們內心的激情。

我一直等到最後，一個深沈豐滿的顫音消失——直到那暫時停止的談話浪潮重又掀起，這才離開我那隱蔽的角落，從幸好就在近旁的邊門走了出來。這兒有條狹窄的過道通往大廳。就在穿過過道時，我發現我的鞋帶鬆了，便停了下來，屈膝蹲在樓梯腳下的地板上繫緊它。我聽到餐廳的門開了，有位先生走了出來。我趕緊站起身來，正好和他打了個照面。原來是羅切斯特先生。

「妳好嗎？」他問道。

「我很好，先生。」

「妳剛才在客廳裏，爲什麼不過來和我說話？」

我心想，我倒可以向問話的人反問一下這個問題，但是我不想那麼放肆，便回答說：「我看您挺忙的，不想來打擾您，先生。」

「我不在家的時候，妳都做些什麼？」

「沒什麼特別的事，像往常一樣教阿黛爾念書。」

「妳比以前蒼白了不少——我第一眼就看出來了。是怎麼回事？」

「沒什麼，先生。」
「在差點淹死我的那天晚上，妳是不是受涼了？」
「一點也沒有。」
「回客廳去吧，妳走得太早了。」
「我累了，先生。」
「妳有點心情不好。」他說，「怎麼了？告訴我。」
「沒——沒什麼，先生。我沒有心情不好。」
「可我肯定妳心情不好，而且很不好。我要是再多說幾句的話，妳的眼睛裏就要湧出眼淚來了——真的，現在就已經在那兒閃動了，而且有一顆淚珠已經滾出睫毛，掉在石板地上了。要是我有時間，而且不是生怕哪個愛嚼舌頭的僕人走過的話，我一定要弄清楚這是怎麼回事。好吧，今晚我放妳走，不過妳要知道，只要我的客人還在這兒，我就希望妳每天晚上都來客廳。這是我的願望，千萬別置之不理。現在去吧，叫蘇菲來領阿黛爾。晚安，我的……」他住了口，咬緊嘴唇，突然撇下我走了。

①羅馬神話中的月亮和狩獵女神。

十八　算命

這些天來是桑菲爾德歡樂的日子，也是忙碌的日子，這跟我在那兒渡過的平靜、單調、寂寞的頭三個月，是多麼不同啊！所有憂傷的感覺，現在似乎都給從這座宅子裏趕走了，一切陰鬱的聯想都給忘掉了。到處充滿生機，整天人來人往。如今，當你走過那原本寂靜無聲的走廊，或者走進前面那排以前空無一人的房間，總會碰上一、兩個漂亮的侍女或者穿著華麗的男僕。

廚房、備膳間、僕役室、門廳也同樣熱鬧非凡。幾間客廳裏，只有當和煦春天的藍天麗日把屋子裏的人都吸引出去時，才會變得空寂無人。即使天氣不好，一連幾天陰雨連綿，似乎也未曾使客人們掃興，戶外的尋歡作樂受了阻，只會使室內的娛樂變得更加活潑多樣。

在此期間，我頭腦裏只想著我的主人和他未來的新娘，眼睛只看到他們的身影，耳朵只聽見他們的談話，心裏只考慮著他們的重要舉動。——而與此同時，其他客人也都忙於各自的興趣和娛樂。

有一天，他因事被叫到米爾科特去了，要很晚才能回來。他這一走，大家就特別感到缺少了他那種能活躍氣氛的感染力。午後下起了雨。原來大夥商定散步去乾草村那頭的一塊公有地，去看看新近在那兒安頓下來的吉卜賽人營地，現在也只好推遲了。

男客中有幾位去馬廄了。幾位年輕的先生跟小姐們在桌球室裏打桌球。兩位貴族遺孀英格拉姆夫人和利恩夫人靜悄悄地打紙牌解悶。丹特太太和埃希敦太太想拉布蘭奇·英格拉姆聊聊天，可她根本不加理睬，先是隨著鋼琴小聲哼了幾支感傷的曲子，然後又從書房裏找來一本小說，傲慢而懶散地往沙發上一躺，準備借助小說的魅力來打發這段無人做伴的無聊時光。房間裏和整個宅子裏都靜悄悄的，只有樓上偶爾傳來打桌球的人的笑語聲。

夜色降臨，時鐘提醒人們，換裝進晚餐的時候快要到了。這時，緊挨著我跪在客廳窗座上的阿黛爾突然喊了起來：「羅切斯特先生回來了！」

我轉過身去，英格拉姆小姐從沙發上一躍而起，奔了過來，其他人也都停下各自在做的事抬起頭來，這時，已經可以聽到濕漉漉的礫石路上車輪的嘎嘎聲和馬蹄濺水聲。一輛馬車正在駛來。

「他怎麼這個樣子回來了？」英格拉姆小姐說，「他出門的時候，不是騎了美羅（那匹黑馬）去的嗎？他還帶了派洛特的。他把馬和狗都弄到哪兒去了？」

她說這話時，把她高高的身軀和寬大的衣服緊緊靠近窗子，弄得我只好儘量把身子往後仰著讓她，結果差一點扭壞我的脊樑骨。她在急切中一開始沒有看到我，等她一看見，便撇了撇嘴，走到另一個窗口去了。

驛車停了下來，趕車的拉響了門鈴，一位身穿旅行服的紳仕走下馬車，可是那不是羅切斯特先生，而是一個看樣子挺時髦的高個兒陌生人。

大廳裏傳來說話聲。不一會兒，那位新來的人走了進來。他向英格拉姆夫人鞠了一個躬，因爲他認爲她是在場的人中最年長的夫人。

「看來我來得不巧，夫人，」他說，「我的朋友羅切斯特先生正好不在家。不過，我是遠道而來，而且做爲他的一個親密的老相識，我想我可以冒昧先在這兒住下，等他回來。」

他的舉止彬彬有禮。他說話的口音我覺得有點兒異樣——不能確定是外國口音，但也不完全是英國口音。他的年紀大概和羅切斯特先生不相上下——在三十歲至四十歲之間。

不一會兒，我就弄清了那個新來的人叫梅森先生，隨後又得悉他剛來到英國。他是從一個熱帶國家來的，顯然，這就是他所以臉那麼黃，坐得離壁爐火那麼近，在屋子裏還穿著大氅的原因。接著，談話中出現了牙買加、金斯敦①、西班牙城②這些字眼，這表明他住在西印度群島。

而且，使我吃驚不小的是，我很快又知道，他就是在那兒初次見到並結識羅切斯特先生的。他還說起羅切斯特先生不喜歡那一帶的灼熱、颶風和雨季。我知道羅切斯特先生曾經是個旅行家，這費爾法克斯太太說起過，但我原以爲他的足跡只限於歐洲大陸，在這之前，我從沒聽說過他曾到過更遠的地方。

正當我在想著這些事情時，發生了一件意想不到的事，打斷了我的思路。有人無意地開了開門，梅森先生竟凍得直打哆嗦，便要求給爐子再加點煤，因爲儘管爐中的餘火仍又紅又亮，可是已經沒有火焰了。僕人進來添了煤，離去時，他在埃希敦先生椅子旁停下，低聲對他說了幾句話，我只聽到「老太婆」、「老是糾纏不休」這樣幾個字眼。

「告訴她，要是她再不走的話，就把她銬起來。」這位地方執法官說。

「不，等一等！」丹特上校阻止說，「別把她趕走，埃希敦，這事我們或許正好利用一下，最好先問問太太小姐們。」接著他就大聲說：「女士們，妳們不是說要去乾草村公地看吉卜賽人的宿營地嗎？山姆剛才通報說，現在有一位本奇媽媽[3]正在僕役間裏，硬纏著要讓人帶她來見見『貴人』們，給他們算算命。妳們願意見她嗎？」

「好，好，好！」所有的年輕人，無論是小姐還是先生，全都嚷了起來，「讓她進來，這一定好玩極了！」

僕人依然猶豫著沒有去。「她看上去挺粗魯的。」他說。

「去！」英格拉姆小姐突然大喝一聲，那僕人只好去了。

所有人一下子全都興奮了起來。山姆回來時，大家正在互相開玩笑，打趣，鬧得不可開交。

「她現在不肯來了，」山姆說，「她說她的使命不是到『一群凡夫俗子』（這是她的原語）前面露面。我得先把她領到獨自一個人的一間屋子裏，然後，想要找她算命的人，得一個一個地進去。」

「現在妳看見了吧，我的女王布蘭奇！」英格拉姆夫人又說話了，「她得寸進尺了。聽話，我的寶貝女兒，妳……」

「好吧，那就把她領到書房裏去。」這位「寶貝女兒」打斷她的話說，「當著『一群凡夫俗子』的面叫她算命，也不是我的使命。我要獨自一人聽她講。書房裏生了火嗎？」

「生了，小姐……可她看上去完全是個吉卜賽人。」

「閉嘴，笨蛋！照我的吩咐去做。」

山姆又走了，神秘、活躍、迫不及待的氣氛再一次高漲起來。

山姆去了，又回來了。

「她說，先生，她不接待先生們，他們不必勞駕去她那兒了。另外，」他好不容易才忍住笑，繼續往下說，「她還說，除了年輕的單身小姐外，她也不接待別的女士。」

英格拉姆小姐莊嚴地站起身來。「我第一個去。」她說，那口氣儼然像個身先士卒、帶頭進行突擊的敢死隊隊長。

時間很慢地一分鐘一分鐘過去，一直過了十五分鐘，書房門才又重新打開，英格拉姆小姐穿過拱門，回到了我們中間。

「怎麼樣，布蘭奇？」英格拉姆勛爵說。

「她怎麼說，姐姐？」瑪麗問。

「妳怎麼看？妳覺得怎麼樣？她算命真的算得很準嗎？」兩位埃希敦小姐急著問道。

「行了，行了，好心的人們，」英格拉姆小姐回答說，「別逼我了。你們也太容易好奇和輕信了。你們大家——包括我的好媽媽——都把這件事看得這樣重要，好像完全相信我們這幢宅子裏來了一個跟惡魔串通的真正巫婆似的。可我見到的只是一個流浪的吉卜賽人。她用老一套的方法給我看了看手相，跟我說了幾句她們這類人常說的俗套話，我一時的好奇心已經得到滿足。現在我想，埃希敦先生可以像他威脅過的那樣，明天早上就去把這個老妖婆給銬上了。」

英格拉姆小姐拿起一本書，往椅背上一靠，就此不再跟人搭話了。

這時候，瑪麗·英格拉姆、艾米·埃希敦和路易莎·埃希敦都紛紛表示，她們不敢獨自一個人去，但她們又都想去。於是，一場通過山姆這位使者從中傳達的交涉開始了。山姆為此來來回回跑了許多趟，直跑得我想他的腿肚子都該跑痛了，最後好不容易總算得到了這位苛刻的女巫的允許，同意她們三個人一起去見她。

她們這一次可沒有像英格拉姆小姐去時那麼安靜。我們聽到從書房裏傳來歇斯底里的咯咯笑聲，還有一陣陣短促的尖叫。約莫過了二十分鐘，她們才猛地打開門，經過大廳奔了回來，就像嚇得差點兒快要發瘋似的。她們都異口同聲地大聲說道，「她竟跟我們講了這樣的事情！我們的事她全知道！」她們上氣不接下氣地紛紛倒在先生們急忙給她們搬來的幾把椅子上。

在大家要她們做進一步詳細解釋的催逼下，她們才說，她給她們講了許多她們小時候說過的話和做過的事，還描述了她們家裏閨房中所藏的書籍和首飾，以及親友們贈送給她們的紀念品，她們還一口咬定，她甚至算出了她們的心思，在她們每個人的耳邊，悄聲說出了她們各自在世上最喜愛的人的名字，說出她們各自最盼望的是什麼。

聽到這裏，先生們都紛紛插話，熱烈要求她們把最後提到的兩點說得更清楚些。可是對於他們的這種強求，他們得到的回答只是臉紅、驚叫、顫抖和吃吃癡笑。這時候，太太們則忙著給她們聞嗅鹽瓶、搖扇，對她們沒能早聽自己的警告一再表示不安。年長的先生們呵呵大笑，年輕的則忙著安慰這些受驚的美人兒。

正在亂成一片，我的眼睛和耳朵都被眼前的景象弄得應接不暇時，忽然聽到身旁有人在清嗓子，我掉過頭去，看見是山姆。

「對不起，小姐，那吉卜賽人說，房間裏還有一位沒出嫁的年輕小姐沒去找她，她發誓說，一定要見過所有的人後她才肯走。我想這一定是指妳，沒有別的人了。我怎麼回覆她呢？」

「哦，我一定去。」我回答說，很高興有這麼一個意想不到的機會，來滿足我被大大激發起來的好奇心。我溜出房間，誰也沒注意到我，因為大家正圍著剛回來的三個渾身哆嗦的人亂作一團，我悄悄地隨手關上門。

「要是妳願意的話，小姐，」山姆說，「我就在大廳裏等著妳，她如果嚇著了妳，妳只要叫一聲，我就會進來。」

「不用，山姆，回廚房去吧。我一點也不怕。」我真的不怕，倒是覺得非常有趣，也很激動。

①此處為牙買加首都。

②牙買加一城市。

③伊莉莎自時代倫敦一位著名的酒店女老闆，傳說她善講故事，知道許多奇聞軼事和笑話，後人則常用她的名字來泛指算命女人。

十九　算命的人

我進去的時候，書房裏顯得頗為寧靜，那位女巫——如果她真是女巫的話——也很舒服地坐在壁爐旁的一把安樂椅上。她披著一件紅斗篷，頭戴一頂黑帽子，或者不如說是寬邊吉卜賽帽，繫住帽子的一塊有條紋的頭巾，在頦下打了個結。桌子上放著一枝已吹滅的蠟燭。

「唔，妳要算命，是嗎？」她說，口氣和她的目光一樣果敢，像她的面貌一樣粗魯。

「我隨便，大嬸，妳愛怎麼辦就怎麼辦吧。不過我把話說在前頭，我不相信。」

「這麼說正合妳的魯莽脾氣。我早就料到妳會這麼說的，從妳進門時的腳步聲裏我就聽出來了。」

「是嗎？妳的耳朵倒真靈。」

「不錯，而且我的眼睛也靈，腦子也靈。」

「幹妳這一行的，這些都很需要。」

「是需要，特別是跟妳這樣的顧客打交道的時候。妳怎麼沒有打哆嗦？」

「我不冷。」

「妳怎麼沒有臉色發白？」

「我沒病。」

「妳怎麼沒有叫我算命？」

「我不蠢。」

這個乾癟老太婆從她的帽子和繃帶底下發出一陣竊笑，然後掏出一隻黑色的短煙斗，點著了，吸起煙來。盡情地享用了一會兒這種鎮靜劑後，她直起腰來，從嘴裏取下煙斗，目不轉睛地注視著爐火，不慌不忙地說：「妳冷，妳有病，妳蠢。」

「提出證據來。」我回答。

「我會的，只消幾句話就行。妳冷，因爲妳孤獨，沒有跟人接觸來激發起妳內心深處的火焰。妳有病，因爲賦予人類的最美好、最崇高、最甜蜜的感情都遠離著妳。妳蠢，因爲妳儘管痛苦，卻不肯招呼那種感情過來，也不肯朝它正等著妳的方向跨前一步。」

她重又把那黑色短煙斗銜到嘴裏，一個勁兒地抽起煙來。

「對幾乎任何一個孤孤單單在大戶人家謀生的人，妳都可以這樣說。」

「我是可以對幾乎任何一個人這樣說，可是，是不是對幾乎任何一個人都說對了呢？」

「對我這樣處境的人來說是對的。」

「是啊！正是這樣，對你這樣處境的人是說對了。可是妳倒另外給我找出一個跟妳同樣處境的人來看看。」

「給妳找幾千個都不難。」

「妳連一個都不見得能找到。妳要知道，妳正處在一個特殊的境地，離幸福很近，是的，一伸手就能拿到。材料都已備齊，只消動一動手把它們結合起來就行了。偶然情況使它們稍微鬆開了一點，它們一旦接近，就會無比幸福。」

「我不懂啞謎，我有生以來從來不會猜謎。」

「妳要是想叫我說得更明白些，就讓我看看妳的手掌。」

「我想還得在上面放上銀幣吧。」

「那當然。」

我給了她一個先令。她從衣袋裏掏出一隻舊襪子，把錢放進去，紮住後放回口袋，然後叫我伸出手去。我照著做了。她把臉湊近手掌反覆端詳，但沒有碰它。

「太細嫩了。」她說，「像這樣的手我什麼也看不出來。幾乎看不到紋路。再說，手掌上有什麼呢？命運又沒有寫在那上面。」

「我相信妳的話。」我說。

「是啊，」她接著說，「它寫在臉上，額頭上，眼睛周圍，眼睛裏面，嘴角的線條上。跪下，抬起頭來。」

「啊！妳現在算是說到實處了。」我說道，照著她的話做了，「我這會兒倒是有點相信妳了。」

我在離她半碼遠的地方跪下。她撥了一下爐火，被撥動的煤塊閃出一道亮光。然而，因爲她是坐著的，這道亮光反而使她的臉處在更暗的陰影中，卻把我的臉給照亮了。

「我不知道，今晚妳到這兒來懷的是怎麼樣的心情。」她細細端詳了我一會兒以後說，「我也不知道，妳坐在那邊屋子裏的時候，看著那班貴人們像幻燈裏的影子般在妳面前來來去去，妳心裏忙著想些什麼。妳跟他們之間沒有什麼感情交流，彷彿他們只是些人形的幻影，而不是真實存在的血肉之軀。」

「我常常感到厭倦，有時還感到困乏，但很少感到悲哀。」

「那是因爲妳有某種秘密希望支持著妳，悄悄向妳預言光明的未來鼓舞了妳吧？」

「我可沒有。我最多只希望能從我的薪金裏積蓄起足夠的錢，讓我有朝一日租一間小房子辦個學校。」

「只靠這麼點可憐的養料來維持精神。可妳坐在那窗座上（妳瞧，我知道妳的習慣）……」

「妳這是從僕人那兒聽來的。」

「哦！妳覺得自己很機靈。好吧——也許是這樣。說實話，我認識他們當中的一個人，普爾太太……」

一聽到這名字，我驚得跳起身來。

「妳認識——是嗎？」我心裏想，「這麼說，這件事情上真還有點巫術哩！」

「別驚慌，」這怪人繼續說，「普爾太太是個靠得住的人，她嘴緊，話少，誰都可以放心信賴她。可是，正像我方才說的，妳坐在那個窗座上，除了妳那未來的學校外，難道妳就什麼也不想嗎?妳對坐在妳面前沙發上和椅子裏的那些人，難道一個也不感興趣嗎?妳沒有仔細端詳過其中的任何一張臉?妳至少是帶著好奇心注意過一個人的一舉一動吧?」

「我喜歡觀察所有的臉，所有的人。」

「可是，難道妳就從來沒有特別留心其中的一個人——或許是兩個人?」

「我常常這麼做，當一對人之間的手勢或神情似乎有故事可聽的時候，留心觀察他們，我覺得挺有趣。」

「妳最喜歡聽到什麼樣的故事呢?」

「哦，我沒有多少可選擇的!一般總是離不了那個主題——求愛，而結局多半是一場同樣的災難——結婚。」

「妳喜歡這個千篇一律的主題嗎?」

「說實話，我對這並不關心，這跟我沒有關係。」

「跟妳沒有關係?當一位小姐，既年輕健康，又富於活力，既嫵媚動人，又生來有錢有勢，嫣然含笑地坐在一位先生眼前，而這位先生又是妳……」

「我怎麼樣?」

「妳認識的——而且也許還有好感。」

「這兒的這些先生我全不認識。我跟他們中間的哪一個幾乎都沒交談過一個字。至於說對他們有好感，我覺得他們中有幾位莊重可敬，已到中年，另幾位年輕、時髦、英俊、活潑。

他們自然可以隨意地愛接受誰的笑臉就接受誰的笑臉，用不著我來操心，考慮這跟我有什麼相干。」

「這兒的先生妳全不認識？妳跟誰都沒交談過一個字？那麼，這座宅子的主人呢？妳也能這麼說嗎？」

「他不在家。」

「說得真妙！一句巧妙絕頂的遁詞！他今天早上去了米爾科特，今天晚上或者明天就回來，難道憑這就能把他排除出妳的熟人名單？——就能一筆抹煞他的存在嗎？」

「不能。不過我看不出羅切斯特先生跟妳談到的這個話題有什麼關係。」

「我剛才說到那些女士們，在先生們的眼前嫣然含笑，而這幾天來，已有那麼多的笑容灌進了羅切斯特先生的眼睛，使它們滿得像兩只溢了出來的酒杯，難道妳從來沒有注意到嗎？」

「羅切斯特先生有權享受跟客人們交往的樂趣。」

「是他的權利這沒有問題。不過，難道妳沒有覺察，這兒所有關於婚姻的傳聞中，羅切斯特是有幸被談得最起勁、最持久的一個嗎？」

「聽的人愈熱心，說的人就愈起勁。」我這話與其說是對吉卜賽人說的，還不如說是對我自己說的。她那奇怪的談吐、聲音、舉止，這時彷彿已將我帶入了夢境。意想不到的話一句接一句從她嘴裏說出，直到我陷入了一張神秘之網中。我感到奇怪，是不是有什麼看不見的精靈，幾個星期來一直守在我的心旁，監視著它的動向，記錄著它的每一次搏動。

「聽的人熱心！」她重複了一句，「對，羅切斯特先生一坐就是個把小時，耳朵傾聽著迷人的小嘴高興地說個不停。羅切斯特先生對這是多麼樂於接受，而且看來是那麼感激提供給他的這種消遣。這妳注意到嗎？」

「感激！我不記得在他臉上發現過什麼感激神情。」

「發現！這麼說，妳留心觀察過了。如果不是感激，那妳發現什麼了？」

我沒有吭聲。

「妳看到了愛，是不是？而且，妳還不安地預見到未來，妳看到了他結婚，看到他的新娘很幸福，是嗎？」

「哼！根本不是這麼一回事。妳的巫術看來有時候有點失靈。」

「那妳到底看到了什麼？」

「別問了。我是來問事的，不是來坦白的。據說羅切斯特先生要結婚了，是不是？」

「是的，和美麗的英格拉姆小姐。」

「快了嗎？」

「從種種跡象看，可以得出這樣的結論。而且毫無疑問（儘管妳膽敢對這好像表示懷疑，真該用懲罰來打消妳的這種膽大妄為），他們將會成爲最最幸福的一對。他準愛這樣一位漂亮、高貴、機智、多才多藝的小姐。也許她也愛他，或者，即使不愛他這個人，至少也愛他的錢財。我知道，她認爲羅切斯特先生的財產是最合意不過的了。不過（願上帝饒恕我），在約莫一小時前，我告訴了她一些這方面的情況，弄得她神情出奇地嚴肅，她的嘴角都掛下足有半英寸了。我真想勸勸她那位黑臉膛的求婚者，要他多留點兒神。要是另外來一個有更多租金收入的求婚者，——那他可就完蛋了……」

「可是，大嬸，我不是來給羅切斯特先生算命的，我是來給自己算命的，妳還一點沒給我算呢。」

「妳的命還有點難以預測。我細看了妳的臉，一個個特徵互相矛盾。機緣已賜給妳一份幸福，這我知道，今晚我來這兒以前就知道。它已經特意給妳放了一份在旁邊。我看到它這麼做的。現在就得靠妳自己伸出手去，把這份幸福拿過來了。不過，妳是不是會這麼做，正是我要研究的問題。再在地氈上跪下吧。」

「別讓我跪得太久了，爐火烤得我難受。」

我跪了下去，她並沒有朝我俯下身來，只是仰靠在椅背上朝我凝視著，口中開始喃喃說道：「火焰在眼睛裏閃爍，眼睛像露珠般發亮。它看起來既溫柔又富有感情；它對我的嘮叨露出微笑；它很敏感，一個接一個的表情閃過它晶瑩的眼珠；微笑一旦停止，它就顯得憂傷；一種不知不覺的倦怠神情，使眼皮變得沈重，意味著孤獨引起了憂鬱。它避開了我，不願再讓人細看；它似乎要用嘲弄的眼色來否認我已發現的事實——既不承認她的敏感，也不承認她的懊喪。它的驕傲和矜持，使我更加堅信自己的看法。眼睛是討人喜歡的。

至於嘴巴，它有時用笑聲來表示喜悅。它愛把腦子裏想的全都傾吐出來，雖然它也會對內心的許多感受緘口不言；它既靈活又乖巧，不想在孤寂中永遠沈默。這是張愛說愛笑的嘴，對交談者懷著人道的感情，嘴巴也長得很好。

除了這個前額，我看不出有什麼會妨礙幸福的結局。這個前額好像在說：『如果自尊和環境需要，我可以一個人生活，不必靠出賣靈魂去換取幸福。我有著天生的精神財富，哪怕外在的一切歡樂全被剝奪，或者只能用我出不起的代價才能獲得，它照樣也能支持我活下去。』前額宣稱：『理智穩坐馬鞍，牢握轠繩，絕不會讓感情脫韁亂闖，將她拖入深淵。』

說得好，前額，妳的聲明將得到尊重。我的計劃已定──我認為計劃正確──在這些計劃中，我兼顧到良心的要求和理智的忠告。我知道，在奉獻的幸福之杯中，只要覺察到有一點羞辱的痕跡或一絲悔恨的意味，青春就會即刻消逝，鮮花就會馬上凋謝。而我，絕不願意看到犧牲、悲哀、消亡──這不合我的口味。我希望培養，而不是摧殘──希望贏得感激，而不是血淚斑斑──當然，也不是痛哭流涕。我的收穫必須伴隨著歡笑、親熱和甜蜜，──夠了，我想我是在一場美妙的夢境中囈語吧。現在，我真想把眼前的這一刻延長到『無限』，可是我不敢。到目前為止，我總算完全控制了自己。我，一直按照自己內心發誓的那樣小心地表演，可是再演下去，就超出我能力所及的限度了。起來吧，愛小姐，妳走吧，『戲已經散場了』①。」

我這是在哪兒？我到底是醒著還是睡著？難道我方才是在做夢？莫非我現在還在夢中？老婦人的聲音已經變了，她的口音，她的手勢，一切都熟悉得像鏡子中我自己的臉，像我自己口中說出來的話。我站起身來，但沒有走。

我看了看，撥動了一下爐火，再定睛看去。可是她拉了拉帽子和繃帶，把臉遮得更嚴實，並且再次擺手叫我離開。

爐火照亮了她伸出來的手。這會兒我已經清醒過來，滿心想弄清事情的秘密，因而一下就注意到那隻手。它不比我的手更像老年人那乾枯的手，它圓潤柔軟，手指光滑，非常勻稱。小指上有一隻寬闊的戒指在閃閃發光，我彎腰湊近細看了一下，竟看到了我以前見過上百次的那顆寶石。

我再看看那張臉，它已經不再避開我——相反，帽子脫下了，繃帶拉掉了，頭朝我伸了過來。

「怎麼樣，簡，認識我嗎？」那熟悉的聲音問道。

「只要再脫掉那件紅斗篷，先生，那就……」

「可是帶子打了死結了——給我幫個忙。」

「扯斷它，先生。」

「那好吧——『脫下來，你們這些身外之物！』②」於是羅切斯特先生脫去了他的僞裝。

「哎，先生，多出奇的念頭呀！」

「不過，幹得還挺不錯吧，呃？妳不這麼看？」

「對那些小姐，你看來應付得還不錯。」

「可對妳不行？」

「對我，你並沒有扮演吉卜賽人的角色。」

「那我扮演的是什麼角色？我自己？」

「不，一個不可思議的角色。總之，我認爲你一直想套出我的心裏話，或者是想引我上你的圈套。你自己胡言亂語，想叫我也胡言亂語。這可不太公道，先生。」

「妳能原諒我嗎，簡？」

「我得先好好想想才能回答你。經過回想，要是發現我還不太荒唐，我會儘量原諒你。不過，這總歸是不對的。」

「哦，我剛才一直很得體——妳非常謹愼，非常理智。」

我回想了一下，覺得大體說來我是這樣。這讓我寬了心。不過，說實在的，我幾乎打從一見面心裏就有所提防。我疑心有點像化了妝。不過我考慮時，一直在我腦子裏打轉的是格雷斯・普爾——那個謎一般的人物，那個神秘中的神秘。我絕沒有想到是羅切斯特先生。

「哎，」他說，「妳在呆想什麼？妳那莊重的微笑是什麼意思？」

「表示驚奇和自我慶幸，先生。我想，你現在允許我走了吧？」

「不，再等一等。給我說說，客廳裏的那些人在做什麼？」

「我想準是在議論你這個吉卜賽人吧。」

「坐下！——說給我聽聽，他們在說我什麼？」

「我最好還是別待得太久了，先生。現在該快到十一點了。——哦，羅切斯特先生，你早上離開後，來了一位陌生人，你知道嗎？」

「一位陌生人！——不知道。會是誰呢？我想不出一個人來。他走了嗎？」

「沒有。他說他跟你相識很久了，還說他可以冒昧在這兒住下來等你回來。」

「見他的鬼！他說了姓名了嗎？」

「他姓梅森，先生。我想，他是從西印度群島來的，可能來自牙買加的西班牙城。」

羅切斯特先生正站在我身旁，拉著我的一隻手，似乎正要引我到一把椅子上坐下。我一說出這話，他便一把緊握住我的手腕，嘴角的笑容凝住了。顯然，一陣突如其來的痙攣使他透不過氣來。

「哦！——靠著我，先生。」

「簡！——以前妳曾讓我在妳肩膀上靠過，現在就讓我再靠一靠吧。」

「好的，先生，好的。還有我的胳臂。」

他坐了下來，讓我坐在他身邊。他用雙手握住我的手，輕輕摩擦著它，同時用異常不安和憂鬱的神情凝視著我。

「我的小朋友，」他說，「我真希望只跟妳在一起，待在一個安安靜靜的小島上，遠離煩惱、危險和可怕的回憶。」

「我能幫助你嗎，先生？——我願意用我的生命來爲你效勞。」

「簡，如果需要幫助，我一定會求助於妳的，我向妳保證。」

「謝謝您，先生，告訴我該做些什麼，——至少我會盡力去做。」

「現在，簡，妳上餐廳去給我拿杯酒來。他們會在那兒吃晚飯。告訴我，梅森是不是跟他們在一起，他正在幹什麼。」

我去了。就像羅切斯特先生說的那樣，我發現所有的客人都在餐廳裏。我倒了一杯酒（我在倒酒時，看見英格拉姆小姐皺起眉頭看著我，我想，她準是認為我太放肆了），轉身回到書房裏。

羅切斯特先生極度蒼白的臉色消失了，他重又顯得堅強而嚴肅。他接過我手中的酒杯。

「祝妳健康，救護天使！」他說完，一飲而盡，把杯子還給了我，「他們在幹什麼，簡？」

「又說又笑，先生。」

「他們沒有像聽說了什麼怪事那樣，顯得又嚴肅又神秘嗎？」

「一點沒有。他們全都高高興興，有說有笑的。」

「梅森呢？」

「他也在笑。」

「要是所有這些人都聯合在一起唾棄我，妳怎麼辦，簡？」

「把他們全都趕走，先生，只要我能辦到。」

他微微一笑。「要是我到了他們那兒，他們只是冷冷地瞧著我，輕蔑地交頭接耳互相議論，然後就一個個撇下我顧自走了，那怎麼辦？妳也會跟他們一起走嗎？」

「我想不大會，先生。我覺得還是留下跟你在一起更愉快。」

「爲了安慰我？」

「是的，先生，爲了安慰你，盡我的力量。」

「要是因爲妳支持我，他們一致譴責妳呢？」

「我也許根本就不知道他們的譴責，即使知道了，我也不在乎。」

「那麼，妳能爲了我不顧讓人譴責囉？」

「我能爲了我值得支持的每一個朋友不顧讓人譴責。我相信，你就是這樣一個朋友。」

「妳現在回到餐廳去，悄悄走到梅森跟前，湊著他的耳朵小聲跟他說，羅切斯特先生回來了，想要見他。妳把他領到這兒來，然後就離開。」

「是，先生。」

我執行了他的命令。當我從大夥中間穿過時，他們全都盯著我。我找到梅森先生，傳達了口信，帶他走出餐廳，把他領進了書房，然後我就上樓去了。

我上床躺了好一會兒以後，夜深時分，聽到客人們都紛紛回各自的臥室去了。我辨出了羅切斯特先生的聲音，聽見他在說：「走這邊，梅森，這是你的房間。」

他高高興興地說著。那歡快的語氣使我放下心來。我很快就睡著了。

①英國作家薩克雷（1811～1863）所著長篇小說《名利場》的結束語。

②莎士比亞《李爾王》第三幕第四場中李爾王的一句台詞。

二十　夜半叫聲

天哪！什麼樣的叫聲啊！

夜——它的寂靜，它的安謐——完全被一聲傳遍桑菲爾德府的狂野、尖利、刺耳的喊聲給撕裂了。

我的脈搏停止了，我的心臟不跳了，我伸出去的胳臂僵住了。尖叫聲隨之消失，沒有再出現。

叫聲是從三樓發出的，因爲它正好在我的頭頂上響起。而這時在我的頭頂——對，就在我房間天花板上面的一個房間裏——響起了搏鬥聲，從聲音上聽起來是一場你死我活的搏鬥。一個幾乎要窒息的聲音喊道：「救命！救命！救命！」急促地連叫了三遍。

「怎麼還沒人來？」那聲音喊道。接著，在狂亂的跌跌撞撞的腳步聲中，透過地板和灰泥我聽到：「羅切斯特！羅切斯特！看在上帝份上，快來呀！」

一扇房門打開了，有人沿著走廊跑過去，或者說衝過去，樓上地板上響起了另一個人跌跌撞撞的腳步聲，什麼東西倒下了，接著是一片寂靜。

我儘管嚇得渾身發抖，還是匆匆套上衣服走出房間。

睡著的人全給驚醒了，每個房間裏都響起了驚叫聲和害怕的低語聲。房門一扇接一扇打開，人們一個接一個探頭朝外面張望。走廊裏擠滿了人。先生們、太太小姐們全都下了床。「哦！怎麼回事？」——「誰受傷啦？」——「出什麼事了？」——「快拿個燈來！」——「失火了嗎？」——「來強盜了嗎？」——「我們該往哪兒逃呀？」四面八方都在亂哄哄地問。要不是有月光，他們眼前就會漆黑一團了。他們來回亂跑，他們擠成一團。有人在啜泣，有人已跌倒。亂得簡直不可開交。

「真見鬼，羅切斯特上哪兒去了？」丹特上校大聲嚷道，「我在他床上沒有找到他。」

「在這兒！在這兒！」有人大聲回答，「大家放心，我來了。」

走廊盡頭的那扇門打開了，羅切斯特先生端著一枝蠟燭走了過來，他剛從三樓下來。有位女士立即奔到他跟前，抓住他的胳臂，那是英格拉姆小姐。

「到底出了什麼可怕的事？」她說，「快說！馬上把最壞的情況告訴我們！」

「有個女僕做了個惡夢，就是這麼回事。她是個容易激動，有點神經質的人。她準是把做的夢當成鬼怪現形，或者諸如此類的事了，嚇得發了病。好了，現在我得看著你們都回自己的房間去。因爲，只有等大家安定下來後，我才能去照料她。」

就這樣，一會兒哄騙，一會兒命令，他終於設法讓他們重又關進自己的臥室。

「妳起來了嗎？」我期待聽到的聲音，也就是我主人的聲音問道。

「那就出來吧，別出聲。」

我照著做了。羅切斯特先生端著蠟燭，站在走廊裏。

「我需要妳，」他說，「這邊走，別著急，也別弄出聲音。」

我的鞋很薄，我可以在鋪著地氈的地板上走得像貓那樣無聲無息。他悄悄沿著走廊走過去，爬上樓梯，在那不祥的三樓的又低又暗的走廊裏停了下來。我一直跟著他，在他的身邊站住。

「妳房裏有海綿嗎？」他低聲問。

「有，先生。」

「妳有沒有嗅劑——有嗅鹽嗎？」

「有。」

「回去把兩樣都拿來。」

我回到房裏，在臉盆架上找到海綿，又在抽屜裏找到嗅鹽，然後再循著原路回到三樓。他依舊等在那兒，手裏拿著一把鑰匙。他走近那些黑色小門中的一扇，把鑰匙插進了鎖孔。

我看到了一間我記得從前曾見過的房間，是費爾法克斯太太帶我看整個宅子那天見過的。房間裏掛著帷幔，不過這會兒已有一半撩起用繩環繫住，露出了一扇門，這門上次是被遮住的。門開著，裏屋透出了亮光。我聽到裏面傳來叫喊和抓撕的聲音，就像是一隻狗在發威似的。

羅切斯特先生放下蠟燭，對我說：「等一等。」接著便逕自走進裏屋。他一進去，便有一陣大笑迎面而來。起初聲音很嘈雜，末了卻正是格雷斯·普爾那魔鬼似的「哈！哈」怪笑聲。

這麼說，是她在裏面了，他默不作聲地不知做了些什麼安排，不過，我還是聽到有個很輕的聲音跟他說了幾句話。

他走了出來，隨手關上了門。

「上這兒來，簡！」他說。我繞過一張大床，走到它的另一邊，這床連同它放下來的帳子遮住了房間的很大部分。

床頭邊擺著一把安樂椅，椅子上坐著一個男人。他穿著很整齊，只是沒穿外衣。他一動不動，頭往後靠著，雙眼緊閉。羅切斯特先生舉起蠟燭來照著他，從那張蒼白得毫無生氣的臉上，我認出他是那個陌生人──梅森。我還看到，他的半邊襯衫和一隻袖子幾乎被血浸透了。

「拿住蠟燭。」羅切斯特先生說。我接過蠟燭，他從臉盆架上端來一盆水。「端著它。」他說。

我照辦了。他拿起海綿，浸了浸水，沾濕了那張死屍般的臉。他又向我要了嗅鹽瓶，把它放到那人的鼻子跟前。梅森先生不一會便睜開了眼睛，呻吟起來。羅切斯特先生解開受傷的人的襯衫，那人一邊的胳臂和肩膀都裹著繃帶，他用海綿吸乾了迅速往下淌的血。

「眼下有危險嗎？」梅森先生喃喃地問道。

「啐！沒有──只是傷了一點皮肉。別這麼垂頭喪氣的，老兄，打起精神來！我現在馬上給你去請個醫生，我親自去。我希望到早晨你就可以走動了。簡──」他接著說。

「先生？」

「我不得不把妳留在這間房裏陪伴這位先生，得一個小時，也許是兩個小時。血再淌出來時，妳就照我剛才那樣用海綿吸乾它。如果他感到頭暈，妳就把那個架子上那杯水放到他嘴邊，同時把妳的嗅鹽放到他鼻子跟前，不管拿什麼做藉口，都別跟他說話。——而你——理查——要是你張嘴和她說話，使自己情緒激動，那你就會有送命的危險。——我可不對這種後果負責。」說完便離開了。

如今我是待在三層樓上，給鎖在一間神秘的小房間裏。夜色圍著我，我的眼睛和雙手底下是一片蒼白和血淋淋的景象。一個女兇手幾乎只跟我隔著一道門。是啊——真讓人害怕——別的我倒還受得了，可是一想到格雷斯•普爾會衝出房門朝我撲上來，我就嚇得直發抖。

可是，我必須堅守我的崗位。我得看著這副死人般的面孔——這張不許說話的僵硬、發青的嘴巴——這雙一會兒閉、一會兒睜、一會兒朝著四處張望、一會兒盯住我的嚇呆了的眼睛。我必須一次又一次把手浸進那盆血水，擦去流淌下來的鮮血。

在此期間，我不僅要看，還得聽，聽隔壁那個洞穴裏那頭野獸或者惡魔的動靜。可是，自從羅切斯特先生進去過以後，它似乎被符咒鎮住了似的，整整一夜，我只聽到相隔時間很長的三次響動，一次是腳步聲，一次是重又短暫發作的狗吠似的聲音，還有一次是人發出的深沈的呻吟聲。

此外，各種各樣的念頭也在困擾著我。這個化身爲人、潛居在這座與世隔絕的大宅子裏，主人既不能趕走又無法制服的惡魔究竟是什麼？——在夜深人靜之時，這個一會兒用火，一會兒用血的形式突然出現的謎是什麼呢？這個僞裝成普通女人的臉孔和身形、時而發出像嘲弄人的魔鬼笑聲，時而又發出像獵食腐肉的猛禽叫聲的東西究竟是什麼呢？

而我正在俯身照料的這個人——這個平庸安靜的陌生人——怎麼會捲入這張恐怖之網的呢？復仇女神爲什麼要襲擊他呢？在他本該在床上睡覺的時候，是什麼原因使他不合時宜地來到這間房子的呢？我聽到羅切斯特先生是安排他住在二樓房間的——是什麼使得他來到了這兒？現在遭到這樣的暴行或者暗算，爲什麼他還這樣逆來順受呢？對羅切斯特先生的硬要掩蓋真相，爲了什麼他要這樣俯首貼耳呢？而羅切斯特先生爲什麼又硬要這樣掩蓋真相呢？他的一位客人受到了傷害，他自己上次也差一點遭到謀害，兩次犯罪企圖他居然都悄悄掩蓋起來，一概置之腦後！

還有最後一點，我看出梅森先生對羅切斯特先生唯命是從，後者的堅強意志完全左右了前者的軟弱性格，他倆交談中的寥寥數語就使我對這一點確信無疑。很明顯，在他們過去的交往中，一方的被動性情已經習慣於受另一方主動精神的影響。——可是，既然這樣，聽到梅森先生到來時，羅切斯特先生爲什麼又要驚慌失措呢？爲什麼在幾個小時前，一聽到這個服貼順從的人的名字——現在只消他一句話就能像孩子般被制服的人——竟然像橡樹遭到雷擊一般呢？

長夜漫漫，我的流血的病人越來越衰弱，一直在呻吟、發暈，而白晝和救護的人卻遲遲未見到來，我心裏一遍遍呼喊著：他什麼時候來啊？他什麼時候來啊？

蠟燭終於點完，熄滅了。它一熄滅，我發現窗簾邊上有一道道灰濛濛的亮光。這麼說，黎明到來了。

羅切斯特先生進來了，和他一起進來的是他請來的外科醫生。

「喂，卡特，你得注意，」他對後者說，「我只能給你半小時，給傷口上藥，紮繃帶，把病人弄到樓下，全都在內。」

「她咬了我，」梅森先生喃喃地說，「羅切斯特從她手裏奪下刀子，她就像隻母虎似的撕咬我。」

「你不該退讓，你應該馬上跟她搏鬥的。」羅切斯特先生說。

「可是在這種情況下，你能怎麼辦呢？」梅森回答。

「啊，真可怕！」他又哆嗦著補充說，「我沒料到會這樣。一開始她看上去那麼安靜。」

「我告誡過你，」他的朋友回答，「我說過——走近她時務必當心，再說，你原可以等到明天，讓我跟你一起來。你非要今天晚上見面，而且還獨自一人來。真是傻透了。」

「我以爲我可以做點好心事。」

「你以爲！你以爲！真是，你的話我都聽厭了。不過，你已經吃了苦頭，不聽我的勸告，多半是要吃苦頭的。所以我也就不再多說了。卡特——快！——快！太陽很快就要出來了，我得讓他離開這兒。」

「馬上就好，先生。肩膀剛包紮好，我還得處理一下胳臂上的另一個傷口。我想這兒她也咬了。」

「她吸血，她說要把我心裏的血全吸乾。」梅森說。

我看見羅切斯特先生顫抖了，一種異常明顯的，交織著厭惡、恐懼、憎恨的表情，幾乎把他的臉扭曲得變了形。但他只是說：「好了，別說了，理查，別去管她那些胡說八道，也別再提它了。」

「但願我能忘掉它。」

「你一離開這個國家就會忘掉的。等你回到西班牙城，你可以當她已經死了——或者你壓根兒就不必去想她。」

「這一夜我是不可能忘啦！」

「卡特，攙住他另一隻胳膊。鼓起勇氣來，理查。往前跨出去，——對！」

「我是覺得好一點了。」梅森先生說。

「我相信你是好一點了。好了，簡，妳在前面引路，從後樓梯走。拉開邊門的門閂，叫驛車的車伕準備好，我們就來。妳會看到他就在院子裏，——或者就在院子外面，我吩咐過他，別把那輪子嘎嘎直響的車子趕到石鋪路上來。還有，簡，要是附近有人，就到樓梯腳下咳嗽一聲。」

這時已經五點半，太陽眼看就要升起來了，但是我發現廚房裏還是一片昏暗，寂靜無聲。邊門閂著，我儘量不出聲地打開了它。整個院子靜悄悄的，但院門敞開著，門外停著一輛驛車，馬匹都已套好，車伕坐在趕車座上。我走到他跟前，告訴他先生們馬上就來，他點了點頭。這時幾位先生出來了。梅森由羅切斯特先生和醫生攙扶著，看上去走得還平穩。兩人扶他上了車，卡特也跟著上去了。

「好好照料他，」羅切斯特先生對後者說，「讓他待在你家裏，直到完全康復。我過一、兩天就會騎馬去看望他。理查，你覺得怎麼樣？」

「新鮮空氣讓我精神好多了，羅切斯特。」

「讓他那邊的窗子開著，卡特。再見。狄克。」

「羅切斯特……」

「唔，什麼事？」

「好好照顧她，儘量讓她得到體貼關懷，讓她……」他的淚水奪眶而出，說不下去了。

「我會盡力這樣做的，過去是這樣，將來也是這樣。」

他回答說，隨手關上馬車門。馬車駛走了。

「願上帝開恩，讓這一切都結束吧！」羅切斯特先生關上並閂好沈重的院門，又說了這麼一句。

「妳渡過了一個奇怪的夜晚，簡。」

「是的，先生。」

「這讓妳臉色都變蒼白了。我留下妳一個人陪伴梅森，妳害怕嗎？」

「我怕有人從裏屋出來。」

「可是我已鎖上了門，——鑰匙在我口袋裏。要是我讓一隻羔羊——我心愛的小羔羊——毫無保護地待在離狼窩那麼近的地方，那我真是個粗心的牧人了。妳是很安全的。」

「格雷斯・普爾還會待在這兒嗎？先生！」

「哦，是的！別爲她操心——別再想這件事了。」

「可我覺得，只要她還待在這兒，你的生命就不安全。」

「別怕，我會照料自己的。」

「您昨天晚上擔心的危險，現在過去了嗎，先生？」

「這我說不準，要等梅森離開英國，即使他離開了，也還難說。生活對我來說，簡，就像站在火山口上，說不定哪天它就會裂開，噴出火來。」

「不過，梅森先生好像是個容易對付的人。你顯然能影響他，先生，他絕不會跟你作對，或者存心傷害你的。」

「哦，絕不會！梅森不會跟我作對，也不會明知故犯地傷害我，不過，出於無意，也有可能隨便一句話，就一下子——即使不奪去我的生命，也會永遠奪去我的幸福。」

「那就叫他小心一點，先生，讓他知道您擔心的是什麼，告訴他怎樣來避開那個危險。」

他嘲諷地笑了起來，一把抓住我的手，但隨即又放開了。

「傻瓜，要是我能那麼做，那還有什麼危險呢？一下就煙消雲散了。打從我認識梅森以來，只需我對他說一聲『做這個』，他就會去做。可是在這件事情上，我卻不能命令他。我不能說『當心別傷害我，理查』，因爲我絕不能讓他知道這會傷害我。現在妳看起來好像有點摸不著頭腦，我還會讓妳更加摸不著頭腦呢，妳是我的小朋友，對嗎？」

「我高興爲您效勞，先生，只要是正當的事，我都樂意聽您吩咐。」

「確實如此，我看妳是這樣做的。從妳的步履、神情、目光和臉色上，我都看出妳是真心誠意幫助我，讓我高興的。像妳特別強調說的那樣，『只要是正當的事』，妳都願意爲我去做，跟我一起去做。因爲要是我叫妳去做妳認爲不正當的事，妳就絕不會那麼步履輕捷，那麼手腳俐落，也不會有活潑的眼神和生氣勃勃的臉色了。那時，我的朋友準會鎮定而又臉色蒼白地轉過臉來對我說：『不，先生，這可不行。我不能這麼做，因爲這是不正當的。』而且，會變得像顆恆星似的不可動搖。是啊，妳也有力量左右我，而且可以傷害我，但是我不敢讓妳知道我什麼地方容易受到傷害，生怕妳即使這麼忠實和友好，也會馬上給我致命一擊的。」

「要是你對梅森先生的懼怕，並沒有超過對我的懼怕，先生，那麼你是非常安全的。」

「願上帝保佑果真如此！簡，這兒有個涼棚，坐下吧。」

我逕自坐了下來，作爲回答。我覺得拒絕是不明智的。

「好吧，簡，那就讓妳的想像力來幫助妳吧。設想妳不再是一個受過良好教育的姑娘，而是一個從小就被嬌縱慣了的野小子；設想妳是在遙遠的異國他鄉；設想妳在那兒犯下了一個大錯，別管它屬於什麼性質，或者出於什麼動機，反正它的後果將伴隨妳的一生，玷污了妳整個生活。

注意，我說的不是一樁罪惡勾當，我不是說殺人流血或者是其他的什麼犯罪行爲，那會使罪犯受到法律制裁。我說的是錯誤。妳做下的那件事的後果，遲早會使妳感到完全無法忍受，妳採取種種措施以求得到解脫，這些措施是不同尋常的，但既不違法，也無可指摘。可是妳依然處在痛苦之中，因爲在生活的圈子裏，妳被希望給拋棄了。妳的人生正在如日中天的時刻，卻被日蝕遮掩得暗淡無光，而且妳覺得直至日落都無法擺脫。痛苦和自卑的念頭成了妳回憶的唯一食糧。

妳四處漂泊，在流浪中尋找安寧，在縱情聲色中覓求幸福——我指的是那種沒有愛情只有肉慾的放蕩生活——它使妳智力遲鈍，感情枯萎。妳是那麼心倦神怠，在多年的自我流放後，妳回到了老家，找到了一個新朋友——別管在哪兒和怎麼找到的，妳在這位陌生朋友的身上，找到了那麼多閃光的優秀品質。這種品質是妳二十年來一直在尋找而未能遇到的。它們全都那麼清新、健康，既沒有蒙上塵埃，也沒有遭到玷污。

這樣的友誼能使人復活、催人新生。妳感到比較美好的日子重又回來了——又有了比較高尚的願望，比較純潔的感情。妳渴望重新開始妳的生活，盼望用一種比較配得上一個不朽靈魂的方式度過妳的餘生。爲了達到這個目的，妳是否可以越過習俗的障礙——那種既不被妳的良心所認可，也不爲妳的判斷所同意的純屬世俗的障礙呢？」

他停下來等待我的回答，可我又該說些什麼呢？哦，但願善良的神明啓示我作出一個明智而又圓滿的回答吧！

「先生，」我回答，「一個流浪者的企求安寧或者一個犯過大錯的人的改過自新，絕不應該依靠一位同類。男人和女人都會死去。哲學家有智窮力竭的時候，基督徒也有善行欠缺的地方。要是你認識的什麼人落過難，做過錯事，那就該勸他到高於同類的地方尋求力量來改過自新，尋求安慰來治癒創傷。」

「可是方法呢——用什麼方法？上帝做這件事，也得有方法啊。我本人——我跟妳這麼說並不是打比喻——就曾經是個庸俗、放蕩不安分的人，我相信我已經找到了治癒我的方法，那就是……」

他住了口。鳥兒還在歌唱，樹葉仍在沙沙作響。我幾乎感到奇怪，牠們怎麼不停止出聲，來傾聽這暫時中斷的自白。不過牠們也許得等上好幾分鐘——沈默持續了那麼久。最後，我抬頭望了望那說話緩慢的人，他正急切地看著我。

「小朋友，」他說，聲音完全變了——臉色也變了，失去了它的溫和和嚴肅，變成了粗暴和嘲諷——「妳注意到我對英格拉姆小姐的傾慕了吧？要是我娶了她，妳認為她會使我得到徹底的新生嗎？」

他猛地站起身來，走了開去，幾乎一直走到小徑的盡頭。回來的時候，他嘴裏哼著一支曲子。

我走一條路，他走另一條路，我聽到他在院子裏高高興興地說：「今天早上梅森可趕在你們前頭了，太陽還沒上山他就走了，我四點鐘就起來送他了。」

二十一　里德太太的秘密

這天下午，有人來把我叫下樓去，說是費爾法克斯太太屋裏有個人在等我。到了那兒，我看到等我的是個男人，看外表像是個紳士的男僕。他身穿重孝，拿在手中的帽子上有一圈黑紗。

「小姐，恐怕妳已不太記得我了。」我進屋時，他站起身來說，「我姓利文，八、九年前妳在蓋茨海德府時，我是里德太太的車伕。現在我還在那兒。」

「哦，羅伯特！你好！我完全記得你。當年你有時還讓我騎喬安娜的栗色小馬。貝茜好嗎？你不是跟貝茜結婚了嗎？」

「是的，小姐。我妻子身子挺壯實，謝謝妳。大約兩個月前，她又給我弄了個小傢伙——我們現在有三個小孩啦——大人孩子都挺好。」

「府裏的人都好嗎，羅伯特？」

「真過意不去，我沒能給妳帶來好消息，小姐。眼下他們的情況很糟——遇上大麻煩啦。」

「但願不會有人去世吧。」我邊說邊瞥了一眼他身上的喪服。他也低頭看了看自己帽子上那圈黑紗，回答說：「約翰先生去世了，到昨天剛好一個星期，死在他倫敦的寓所裏。」

「約翰先生？」

「是的。」

「他母親怎麼受得了？」

「說得是呀，妳知道，愛小姐，這可不是一樁普通的不幸事。他生前的生活一直很放蕩。近三年來他更是不走正道。他的死真讓人吃驚。」

「我聽說，他過得不太順當。」

「順當？他過得沒法兒更糟了。他跟一班世界上最壞的男人和女人鬼混在一起，毀了自己的健康，也毀了自己的家業。他揹了一身債，還進了牢房。他媽兩次把他弄出來，可他一出牢門，就又一頭栽進他那班老夥伴堆裏去了，還是老方子一帖。他腦子不靈，跟他混在一起的那班無賴把他詐得好狠，狠得聽都沒聽說過。約莫三個星期以前，他來蓋茨海德，竟要太太把一切都交給他，太太不答應，她的財產早讓他亂花掉不少了。這一來，他只好又回去了，接著就傳來了他的死訊。他到底怎麼死的，上帝知道！——聽說他是自殺的。」

我默不作聲，這消息太可怕了。羅伯特‧利文接著又說：「太太自己身體也不好，已經有一些日子了。她一直以來就很胖，可是胖得不結實。損失了錢財，又擔心受窮，把她的身子骨弄得全垮了。約翰先生的死，又是這麼個死法，消息還來得這麼突然，結果她中風了，三天沒說話，不過上星期二好像好了一點。她像是要說什麼，嘴裏嘟嘟噥噥的，不斷給我女人打手勢。一直到昨天一早上，貝茜才聽懂，她說的是妳的名字，最後總算聽清了她的話：『把簡帶來，——把簡‧愛找來，我要跟她說句話兒。』貝茜沒把握她神智是不是清醒，說的話是不是當真，不過，她還是把這事告訴了里德小姐和喬安娜小姐，還勸她們派人來找妳。開頭兩位小姐對這很不高興，可是她們的母親變得十分煩躁不安，反反覆覆說著『簡，簡』，所以最後她們只好同意了。我是昨天離開蓋茨海德府的，要是妳來得及準備的話，小姐，我想明天一大早就陪妳回去。」

「好吧，羅伯特，我來得及準備的。我看我應該去。」

「我也這麼想，小姐。貝茜說，她料定妳絕不會拒絕的。不過我想，妳動身前，還得先請個假吧？」

「是的，我現在就去請。」我先把他帶到僕役間，把他託付給約翰夫婦照料，然後我便找到了羅切斯特先生。

「什麼事，簡？」他關上教室的門，背靠在門口上說。

「要是您允許的話，先生，我想請一、兩個星期的假。」

「幹什麼？——上哪兒？」

「去看望一位生病的太太，她派人來叫我去。」

「什麼生病的太太？——她住在哪兒？」

「在XX郡的蓋茨海德。」

「XX郡？離這兒有一百英哩路哩！她是什麼人，竟叫人那麼遠去看她？」

「她姓里德，先生——里德太太。」

「蓋茨海德的里德？是有過一個蓋茨海德的里德，是個地方長官。」

「正是他的遺孀，先生。」

「那妳跟她有關係？妳怎麼認識她的？」

「里德先生是我的舅舅，——我母親的哥哥。」

「真見鬼，他是妳舅舅！妳以前從來沒對我說起過，妳一直說妳沒有親戚。」

「我沒有一個肯承認我的親戚，先生。里德先生去世了，他妻子把我攆出了門。」

「爲什麼？」

「因爲我窮，是個累贅，再說她也不喜歡我。」

「妳要去多久？」

「儘可能不多耽擱，先生。」

「答應我，只去一個星期——」

「我最好還是別許下什麼諾言，說不定我會不得不違背諾言的。」

「妳無論如何都要回來。妳總不會讓人用什麼藉口說服，跟她長住下去吧？」

「哦，不會的！要是一切順利，我肯定會回來的。」

緊接著，他就掏出了自己的皮夾。「拿著。」他說，遞給我一張五十鎊的鈔票，而他只欠我十五鎊薪水。我對他說我找不出。

「我又不要妳找，這妳知道的。收下妳的薪水吧。」

我不肯收下超過我應得的錢。開始時，他皺起眉頭有點不高興，隨後好像想起了什麼，說：「對，對！現在還是不要一下子全都給妳的好。妳有了五十鎊，說不定就會待上三個月不回來呢。給妳十鎊吧。」

「羅切斯特先生，趁現在有機會，我想跟您談一談另外一件工作上的事。」

「工作上的事？我倒很想聽聽。」

「先生，您實際上已經告訴過我，您很快就要結婚了吧？」

「是的，那又怎麼樣？」

「那樣的話，先生，阿黛爾應該進學校。我相信您一定清楚這是很有必要的。」

「爲了不讓她擋了我新娘的路，要不新娘會重重地從她身上踩過去，是嗎？這個建議無疑是有道理的。照妳說，阿黛爾應該進學校，而妳，不消說，就得逕自去——去見鬼是不是？」

「我希望不是，先生，不過，我是得上什麼地方去另外找個職位。」

「答應我一件事。」

「只要我能辦到，先生，什麼事我都答應。」

「不要再登廣告了，把求職這件事交給我，到時候，我會替妳找到一個職位的。」

「我很樂意這樣做，先生，只要您答應在您的新娘進門以前，讓我和阿黛爾都平安地離開這座宅子。」

「很好！很好！這事我保證做到。那麼妳明天就走？」

「是的，先生，一早就走。」

他背靠著那扇門，到底還打算站多久啊？我心裏想，「我該著手去打點行李了。」晚飯的鈴聲響了。他一句話也沒有再說，就突然匆匆跑開了。那天我沒有再見到他，第二天早上，他還沒有起身，我就出發了。

五月一日下午五點鐘左右，我到達了蓋茨海德府的門房。在進宅子之前，我先走進了這間小屋。小屋裏非常整潔，裝飾窗上掛著小小的白窗簾，地板上乾乾淨淨，爐柵和爐具擦得發亮，爐火燒得正旺，貝茜坐在爐子跟前，正在給她剛生的孩子餵奶，小羅伯特跟他的妹妹文文靜靜地在一個角落裏玩耍。

「謝天謝地！——我知道妳會來的！」我一進去，利文太太就嚷嚷了過來。

「是啊，貝茜。」我吻過她之後說，「我相信我來得還不算太晚。里德太太怎麼樣？——我希望她還活著。」

「是的，她還活著。比前一陣子清醒，也安定些。醫生說她還能拖上一、兩個星期，但是要恢復健康，他認爲不可能了。」

「妳可以先上早餐室去，」貝茜在前引路穿過大廳時說，「兩位小姐都會在那兒。」

不一會兒，我就進了那個房間，這兒的每件家具都還在，完全跟我第一次帶來見勃洛克赫斯特先生的那個早上一模一樣，他站在上面的那塊小地氈仍鋪在壁爐前。我朝書架望去，我覺得我仍能辨認出比尤伊克的那兩卷《英國禽鳥史》；它們仍放在第三格的老地方，《格列佛遊記》和《一千零一夜》，也還放在它上面的一格。這些無生命的東西絲毫未變，而那些有生命的卻變得難以辨認了。

兩位年輕小姐出現在我的面前。一位長得很高，和英格拉姆小姐差不多，也很瘦，臉色灰黃，神態嚴峻。我猜想這準是伊麗莎。

另一位當然是喬安娜了，但已不是我記憶中的那個喬安娜——纖弱的、仙女般的十一歲的小姑娘。這是一個如花似玉、十分豐滿的妙齡女子，標致得像個蠟人兒。端正而漂亮的五官，含情脈脈的藍色眼睛，鬈曲的金色頭髮。她的衣服的顏色也是黑的，可是式樣和姐姐的完全不同——要飄逸和合身得多，她看上去非常時髦，正如另一個看上去很像清教徒一樣。

當我走上前去時，兩位小姐都站起身來歡迎我，而且都稱我爲「愛小姐」。伊麗莎和我打招呼時簡短突兀，臉上沒有笑容，說完就又坐了下去，眼睛盯著爐火，似乎已經把我給忘了。喬安娜說了「妳好」之後，又寒暄了幾句，加上幾句有關我的旅途情況以及天氣如何之類的客套話。

於是我顧自招呼女管家，要她給我安排一個房間，告訴她我可能要在這兒住上一、兩個星期，讓她把我的箱子搬到我住的房間。我跟她前去時，在樓梯口遇到了貝茜。

「太太正醒著，」她說，「我已經告訴她妳來了。來，我們去看看，看她是不是還認識妳。」

那張熟悉的臉就在那兒，依舊是從前那樣嚴酷無情——還有那什麼也不能使它軟化的獨特目光，那稍微揚起、專橫傲慢的眉毛。這張臉曾對我投來過多少次威脅和憎惡啊！此時此刻，當我望著它嚴厲冷酷的模樣時，對童年時代的恐懼和悲傷的回憶，重又湧上了我的心頭！然而，我還是俯下身去，吻了吻她。

她看著我：「是簡·愛嗎？」

「是的，里德舅媽。親愛的舅媽，妳好嗎？」

我曾經發過誓，再也不叫她舅媽了，不過現在我覺得，忘掉和違背這個誓言並不算什麼罪過。我用手握住了她伸在被子外面的一隻手，要是她也慈祥地回握住我的手，當時我肯定會感到真正的歡樂。然而，無情的本性不是那麼容易就變溫和的，天生的反感也不是那麼一下子就能消除的。里德太太不僅把手移開，連臉也稍微轉開了。

「妳派人叫我來，」我說，「現在我來了，我還打算住下來，看看妳的病情發展情況。」

「哦，當然，妳已經見到我女兒了。」

「見到了。」

「好吧，妳可以告訴她們，我希望妳住下，直到我能把我心中的一些事跟妳談談。今晚時間太晚了，而且，這些事我一時也很難想起來。不過，我確實有些事要跟妳說說——讓我想想看……」

十多天過去了，我沒有再跟她談過話。她一直不是神志昏迷就是昏睡不醒。凡是有可能使她痛苦地激動起來的事，醫生都嚴加禁止。這期間，我儘量跟喬安娜和伊麗莎和睦相處。起初，她們確實十分冷淡，伊麗莎常常一坐就是半天，顧自埋頭做針線，看書，或者寫字，難得對我或對她妹妹說上一句話。喬安娜常常跟她的金絲雀胡扯一通，根本不來理睬我。可是我決定不讓自己顯得無所事事，我隨身帶來了繪畫工具，它們既讓我有事可做，又讓我有了消遣。

我想到要上樓去看看那位瀕危病人的情況，她躺在那兒幾乎就沒人理睬，僕人們只是偶爾去照料一下，僱來的護士由於沒人管，總是一有機會就溜出房間。貝茜是忠心耿耿的，但她也有自己的一家子人要照料，只能偶爾到宅子裏來一趟。果然不出所料，我發現病房裏根本就沒人值班，不見護士的影子。病人一動不動地躺著，看樣子是在昏睡。那張死灰色的臉陷在枕頭裏。

壁爐裏的火已快熄滅。我加上點燃料，整理了一下被褥，朝她注視了一會兒，而她現在已經不能注視我了。隨後我轉身朝窗前走去。這時，我身後的床上響起了一個有氣無力的低語聲：「是誰呀？」

我知道里德太太已經有好幾天沒說話。莫非她甦醒過來了？我急忙走到她跟前。

「是我，里德舅媽。」

「舅媽！」她學著重複了一遍，「誰叫我舅媽？妳不像是吉布森家的人，不過我認識妳——那張臉，那雙眼睛，還有那個額頭，我都很眼熟。妳像是……啊，妳像是簡・愛！」

我沒作聲，生怕一承認是我會引起她休克。

「唉，我做了兩件對不起妳的事，現在，我爲這感到後悔。一件事，是我沒有遵守對我丈夫作的諾言，把妳當成親生女兒一樣撫養成人。另一件事是……」她忽然不說了，「也許，這畢竟算不得是什麼重大的事，」她喃喃地自言自語，「唉，我還是得把這件事了結掉。長眠已在眼前，還是把這件事告訴她的好。——到我的梳妝盒那兒去，打開它，把裡面的一封信拿出來。」

我照著她的吩咐做了。「讀讀那封信。」她說。

信很短，是這樣寫的：

夫人：

盼請惠告舍侄女簡・愛地址，並煩賜知其近況，我擬迅即去函，囑她來馬德拉我處。承蒙上天保佑，憐我辛勤，我已薄具資產，然因獨身無嗣，甚望於有生之年將她收爲養女，日後去世，願將生平所有悉數遺贈給她。謹致敬意。

約翰・愛　於馬德拉

來信日期是三年以前。

「爲什麼我從來沒聽說過這件事呢？」我問。

「就因爲我恨妳，恨定了，恨透了，所以絕不願意幫妳一把，讓妳走運。我忘不了妳對我的所作所爲，簡，忘不了那一次妳對我大發脾氣，妳宣稱在世界上最討厭我的那副腔調，妳用那種完全不像孩子的神情和口氣說，只要一想到我妳就噁心，說我卑鄙殘忍地虐待妳。我忘不了當妳怒氣沖沖跳起來朝我傾瀉妳心中的毒液時，我心中的那股滋味。我感到害怕，就像我打過或推過的一頭牲口在用人的眼光盯著我，用人的聲音咒罵我……我告訴妳，這事我怎麼也忘不了，所以我就進行了報復。讓妳被妳的叔叔收養，過上優裕舒適的日子，這是我無法忍受的事。我給他寫了信，說很遺憾，讓他失望了。簡・愛已經死去，是在洛伍德染上傷寒病死的。現在，妳願怎麼辦就怎麼辦吧。妳可以馬上寫信去否定我的說法——揭穿我的謊言，我想，妳大概生來就是折磨我的，我到臨終還要回憶起這件事，心裏不得安寧，如果不是因爲妳，我絕不會動心去做出這種事來的。」

「那就隨妳愛我也好，恨我也好，」我最後說，「我都自願地完全寬恕了妳。現在，妳就請求上帝的寬恕，安下心來吧。」

可憐而痛苦的女人啊！她如今要想改變她慣常的看法也已經太晚了。活著時，她一直恨我，臨死時，她仍然恨我。

這時，護士進來了，後面跟著貝茜。我還繼續逗留了半小時，希望看到一點和解的跡象，然而她毫無表示。她很快就又陷入昏迷狀態，此後再也沒有恢復神志。那天晚上十二點鐘，她離開了人世。

二十二　回到桑菲爾德

羅切斯特先生只給了我一星期的假期。但我卻整整過了一個月才離開蓋茨海德。原來我打算葬禮之後馬上就走，可是喬安娜求我待到她動身去倫敦的那天。

最後，我終於送走了喬安娜，但這回又輪到伊麗莎要求我再留一個星期。

一天早上，她告訴我說，我可以自由行動了。

我們分手時，她說：「再見，簡‧愛表妹，我祝妳有好運，妳還是有些見識的。」

說完這話，我們便各自上路了。因爲我以後再沒有機會提到伊麗莎和她的妹妹了，所以不妨就順便在這兒交代一下。喬安娜結了一門對她有利的親事，嫁了上流社會一個風燭殘年的有錢人，而伊麗莎則當了修女，如今就在她渡過見習期的那座修道院裏當院長。

我正在返回桑菲爾德府，可是，我還能在那兒待多久呢？不會太久，這一點我能肯定。在我外出期間，我從費爾法克斯太太的信中得悉：那兒的聚會已經散了。羅切斯特先生在三個星期前去了倫敦，不過當時他們預料他過兩星期就會回來。費爾法克斯太太猜測，他是去爲婚事做準備，因爲他曾說起要去買一輛新馬車。

我並沒有通知費爾法克斯太太我回去的確切日期，因爲我不希望他們派什麼馬車到米爾科特來接我。我原來就打算悄悄地步行走這段路的。我把箱子託付給旅館的馬伕以後，在那六月的一個傍晚六點左右，悄悄地離開了喬治旅館，走上了通向桑菲爾德的那條老路。這條路大部分穿過田野，這時候已經很少有行人了。

桑菲爾德牧場上也在翻曬乾草，或者更準確地說，在我到達的時候，傭工們剛收工，正扛著草耙回家。我只要再穿過一、兩塊田地，然後跨過大路，就到了大門口了。樹籬上開的玫瑰花真多啊！可是，我已顧不上去採摘幾朵，我急於要到宅子裏去。一株高大的野薔薇，把花繁葉茂的枝條伸到了路的對面。我從它旁邊走過，看見了那窄窄的石頭台階。看見了──羅切斯特先生正坐在那兒，手中拿著一本本子、一枝鉛筆，正在寫著什麼。

當然，他並不是個鬼，可是，我全身的每根神經都突然變得極度緊張起來，我一時間竟怎麼也控制不住自己。這是怎麼回事？沒想到看見他我竟會渾身顫抖，沒想到在他面前我竟會說不出話來，動彈不了。只要兩條腿能動，我就立即退回去，沒有必要讓自己變成一個十足的傻瓜。我知道還有另外一條路可以進宅子。然而，哪怕我知道二十條路也沒有用了，因爲他已經看見了我。

「嘿！」他喊道，隨即收起了本子和鉛筆，「妳來啦！請過來呀。」

我想我是過去了，但不知道是怎麼過去的，我對自己的行動幾乎全然不知，一心想的只是如何保持鎮靜，最重要的是想要控制住臉部肌肉的活動──我察覺到它們正肆無忌憚地在違抗我的意志，頑強地想要顯露出我決心要掩蓋的東西。不過，我戴著面紗──它正好放了下來。我仍能勉強做到舉止不失體面和鎮靜。

「真的是簡・愛嗎？妳剛從米爾科特來，而且是走著來的？沒錯——這又是妳的一個鬼把戲。不叫人派輛馬車去接妳，不願像平常人那樣，坐著車轔轔地經過街道沿大路回來，卻要趁著暮色悄悄地溜到妳家附近，就好像妳是個夢幻或者影子似的。這一個月來，妳到底幹什麼去了？」

「我一直在陪著舅媽，先生，她去世了。」

「一個道道地地的簡式回答！願善良的天使保佑我吧！她是剛從另一個世界——從死人的住處來的。在這樣的黃昏暮色裏遇見我一個人在這兒，居然還這麼告訴我！要是我有膽量的話，我真得先摸一摸妳，看看妳到底是個人還是幽靈，妳這個淘氣的小鬼！不過，那樣我倒還不如到荒地裏去抓一把藍色的鬼火哩。真是個玩忽職守的人！玩忽職守的人！」他稍停了一會後接著又說，「離開我外出整整一個月，我敢說，妳準把我給忘得一乾二淨了。」

他一直沒有離開台階，我也不想請他下來讓我過去。我隨即就問他，是不是去過倫敦了。

「去了。我猜想妳是靠千里眼看到的吧？」

「費爾法克斯太太在一封信裏告訴我的。」

「那她告訴妳我去做什麼了嗎？」

「哦，告訴了，先生！人人都知道您去那兒的使命。」

「妳一定得去看看那輛馬車，簡，然後告訴我，妳覺得它給羅切斯特太太坐是不是正合適，她靠在那紫紅軟墊上看上去，像不像個波迪西亞女王①。簡，但願我在外貌上能稍微配得上她一點。妳既然是個仙女，那麼請告訴我，妳能不能給我一道符咒或者是一帖靈丹妙藥，或者是諸如此類的東西，讓我變成個美男子呢？」

「這是連魔力也辦不到的，先生。」我說，心裏卻接著說：「充滿愛情的目光，就是你所需要的符咒。在這樣的目光看來，你已經是夠美的了。甚至你的嚴峻，也有超乎美之上的力量。」

有時，羅切斯特先生曾以我無法理解的敏銳看出我未說出的想法。這一次，他對我脫口而出的回答卻未加注意，而是用一種他特有的那種微笑朝我笑著。這種微笑他難得一用，似乎認爲它太珍貴了，一般情況下捨不得動用。它是真正的感情的陽光，此刻，他就用這陽光照耀著我。

「過去吧，簡妮特②，」他一邊說，一邊讓開身子讓我走過台階，「回家去，在妳的朋友家歇一歇妳那雙四處漫遊的疲憊小腳吧。」

現在，我唯一得做的就是默默地服從他。我沒有必要再跟他談下去。我一聲不響地走過台階，打算就這麼平平靜靜地離開他。可是，一陣衝動突然緊緊攫住了我，一種無形的力量迫使我回過身去。我說道，或者是我內心的什麼東西，不由我做主地代我說道：「謝謝您的深情厚意，羅切斯特先生。重又回到您這兒，我感到格外高興。您在哪兒，哪兒就是我的家——我唯一的家。」

我飛快地朝前走去，即使他要追我，也追不上了。小阿黛爾見了我，高興得幾乎發了瘋。

費爾法克斯太太仍用她往常那種純樸友好的態度歡迎我。莉亞微笑著，就連蘇菲也高興地對我說了聲「晚上好」。這真讓人有說不出的高興。被你的同類所愛，感到有你在更增加了他們的快慰，這是世界上最大的幸福啊。

我在回到桑菲爾德府後的兩個星期，平靜得讓人可疑。有關主人的婚事，一句話也沒人提起，也沒有看見有人為這樁大事做任何準備。我差不多每天都要向費爾法克斯太太打聽，問她是不是聽說有什麼事情作出了決定，而她總是回答說沒有。她說，她有一次確實問了羅切斯特先生，問他打算什麼時候把新娘娶回家來，可他只是開了個玩笑來回答她，同時還露出他特有的古怪表情，她搞不清他那是什麼意思。

有一點使我特別感到奇怪，那就是他並沒有來來去去地旅行，沒有去英格拉姆莊園訪問。固然，英格拉姆莊園遠在二十英哩之外，在另一個郡的邊上，可是這點距離對一個熱戀中的情人來說，又算得了什麼呢？對於像羅切斯特先生這樣，一個熟練而精力充沛的騎手來說，只不過是一個上午的行程罷了。

我不禁萌生出種種我不該有的希望：希望這門親事已經告吹了；希望這只是謠傳；希望有一方或者雙方都改變主意了。我常常觀察我主人的臉，看看它是否有傷心或者惱怒的神色。可是，我想不起他幾時有過現在這樣既無愁雲又無不快的心情。當我和我的學生跟他在一起時，即使在我的興致不高或者陷入難免的沮喪心情中時，他甚至會變得快活起來。他以前從來沒我在他跟前時，他對我從來沒有像現在這樣親切過——有像現在這樣經常把我叫到他跟前去。

唉！我也從來沒有像現在這樣地愛過他。

①波迪西亞女王（?～62），古代不列顛愛西尼人女王，曾領導反羅馬人起義，失敗後服毒自殺。

②簡的暱稱。

二十三　風暴驟起

一個仲夏的夜晚，阿黛爾在乾草村小路上採了半天野草莓，採累了，太陽一下山就去睡了。我看著她睡著後，才離開她，來到花園裏。

我在石子小徑上散了一會兒步，可是有一股幽幽的、熟悉的香味——雪茄煙味——從一扇窗子裏飄了出來，我看到書房的窗子打開有一手寬光景。我知道可能會有人在那兒窺視我，於是我馬上離開，走進果園。庭園裏再沒有哪個角落比這兒更隱蔽、更像伊甸園的了。

這兒樹木茂密，鮮花盛開。它的一邊有一堵高牆，把它和院子隔開，另一邊則有一條山毛櫸林蔭道形成屏障，使它和草坪分開。果園的盡頭是一道低矮籬笆，這是它跟孤寂的田間唯一的分界線。

有一條蜿蜒的小路通向籬笆，小路的兩邊長著月桂樹，路的盡頭聳立著一棵高大的七葉樹，樹的根部圍著一圈坐凳。在這兒，你可以自由漫步而不讓人看見。

在這夜露降臨，萬籟俱寂，暮色漸濃的時候，我覺得自己彷彿可以永遠在這濃蔭下流連下去。果園的一個高處較爲開闊，初升的月亮在這兒灑下了一片銀輝。我被吸引著走向那兒，正穿行在花叢和果樹之間時，我的腳步不由得停了下來——既不是因爲聽到了什麼，也不是因爲看到了什麼，而是因爲再次聞到了一股引起警覺的香味。

我正舉步朝通向灌木叢的邊門走去，卻一眼看見羅切斯特先生正走了進來。我向旁邊一閃，躲進常青藤深處。他不會逗留很久，一定很快就會回去的，只要我坐在那兒不動，他絕不會看見我的。

可是並非如此——黃昏對他像對我一樣可愛，這個古老的花園對他也同樣迷人。他繼續信步朝前走著，一會兒托起醋栗樹枝，看看枝頭那大如李子的纍纍果實，一會兒從牆頭摘下一顆熟透的櫻桃，一會兒又朝一簇花朵彎下身去，不是去聞聞它們的香氣，就是欣賞一下花瓣上的露珠。

一隻很大的飛蛾從我身邊嗡嗡地飛過，停落在羅切斯特先生腳邊的一株花上。他看見後，俯身朝它仔細地察看著。

「現在他正背朝著我，」我想，「而且又在專心地看著。要是我輕輕地走，也許能悄悄地溜掉，不讓他發現。」

我踩著小徑邊上的草叢走，以免路上的石子發出聲響把我暴露。可是當我跨過他的影子時，他頭也不回地輕聲說：「回轉去吧，這麼可愛的夜晚，呆坐在屋子裏太可惜了。在這種日落緊接月出的時刻，絕不會有人想到要去睡覺的。」

我有一個缺點：雖然有時候我的舌頭能對答如流，可有時候，卻不幸地怎麼也找不出一個藉口。而且，這種失誤往往總是發生在某些緊要關頭，在特別需要有一句機敏的話或巧妙的托詞來擺脫難堪困境的時候。我不想在這種時候，在這座樹影幢幢的果園裏單獨跟羅切斯特先生一起散步，可是，我又找不出一個理由讓我作爲藉口離開他。

「簡，」當我們踏上兩旁有月桂樹的小徑，緩緩地朝矮籬笆和那棵七葉樹漫步走去時，他又開口說起話來，「在夏天，桑菲爾德是個挺可愛的地方，是不是？」

「是的，先生。」

「妳一定有些依戀上這座宅院了吧？……妳是個對大自然的美頗有眼光，而且又很容易產生依戀心情的人。」

「我的確依戀它。」

「而且，儘管我不明白是怎麼回事，但我看得出來，妳對那個傻孩子阿黛爾，甚至還有那位頭腦簡單的費爾法克斯太太，已經有了幾分感情，是吧？」

「是的，先生，儘管方式不同，我對她們兩個都很喜愛。」

「那離開她們，妳會感到難受吧？」

「是的。」

「真遺憾！」他說，嘆了口氣，停了一會兒。「世上的事總是這樣，」他又繼續說道，「妳剛在一個合意的歇息處安頓下來，馬上就有一個聲音朝妳呼喚，要妳起身繼續上路，因爲休息的時間已經過完了。」

「這麼說，您是要結婚了，先生？」

「正——是——如——此——一點——不——錯。憑著妳的一貫敏銳，妳這是一語破的。」

「大約再過一個月，我就要當新郎了，」羅切斯特先生繼續說道，「在這以前，我會親自爲妳找一個工作和安身的地方的。」

「謝謝您，先生，我很抱歉給您……」

「哦，用不著道歉！我認爲，一個僱員能像妳這樣忠於職守，她就有權要求她的僱主提供一點他不費舉手之勞就能做到的幫助。說實話，我已經從我未來的岳母那兒聽說，有一個我認爲很適合妳的位置，是在愛爾蘭的康諾特的苦果山莊，教狄奧尼修斯・奧高爾太太的五個女兒。我想妳會喜歡愛爾蘭的，聽說那兒的人都很熱心腸。」

「可是路很遠啊，先生。」

「沒關係──像妳這樣有見識的姑娘，總不會怕航行和路遠吧。」

「不是怕航行，而是怕路遠，再說，還有大海隔開了……隔開了英格蘭，隔開了桑菲爾德，還有……」

「什麼？」

「還有您，先生。」

我這話幾乎是不由自主說出的，而且，同樣不由自主地，我的眼淚也奪眶而出。不過我並沒有哭出聲來，以免被他聽見。

「路很遠啊。」我又說了一句。

「的確很遠。妳一去了愛爾蘭康諾特的苦果山莊，我就再也見不到妳了，簡，這是肯定無疑的。我絕不會去愛爾蘭，我向來就不太喜歡這個國家，我們一直是好朋友，簡，是不是？」

「是的，先生。」

「朋友們在離別的前夕，總喜歡在一起渡過餘下的一點時間。來吧——趁那天空的星星愈來愈閃亮，讓我們從從容容地談談這次航行和離別，談上那麼半個來小時。這兒是那棵七葉樹，這兒有圍著它老根的凳子。來吧，今天晚上，我們就在這兒安安靜靜地坐上一坐，今後我們可註定再也不能一起坐在這兒了啊。」

他招呼我坐下，然後自己也坐了下來。

「對妳，有時候我有一種奇怪的感覺——尤其是像現在這樣妳靠我很近的時候，彷彿我左肋下有根弦，跟妳那小小身軀的同一地方的一根弦緊緊相連，無法解開。一旦那波濤洶湧的海峽和兩百英哩的陸地，把我們遠遠地分隔兩地，我真怕這根聯繫著兩人的弦會一下繃斷。我心裏一直就有一種惴惴不安的想法，擔心到那時，我心內準會流血。至於妳嘛——妳會把我忘得一乾二淨的。」

「我永遠不會的，先生，您知道……」我說不下去了。

我心中的痛苦和愛情激起的強烈感情，正在要求成為我的主宰，正在竭力要支配一切，要想壓倒一切，戰勝一切，要求生存，要求升遷，最後成爲統治者。當然——還要說話。

「離開桑菲爾德我感到傷心。我愛桑菲爾德。我愛它，因爲我在這兒過了一段——至少是短暫的一段——愉快而充實的生活。我沒有受到歧視，我沒有給嚇得呆若木雞，沒有硬把我限制在低下庸俗的人中間，沒有被排斥在和聰明、能幹、高尚的人的交往之外。我能面對面地跟我所尊敬的人，我所喜愛的人——一個獨特、活躍、寬厚的心靈交談。我認識了你，羅切斯特先生，想到非得永遠離開你，這讓我感到害怕和痛苦。我看出我非離開不可，可是，這就像是看到我非死不可一樣。」

「妳從哪兒看出非這樣不可呢？」他突然問道。

「從哪兒？是您，先生，讓我明明白白看出的。」

「在什麼事情上？」

「在英格拉姆小姐的事情上，在一位高貴漂亮的女人——你的新娘身上。」

「我的新娘！什麼新娘？我沒有新娘！」

「可是您就會有的。」

「對，——我就會有的！——我就會有的！」他緊咬著牙關。

「那我就非走不可，您自己親口說過的。」

「不，妳非留下不可！我要爲這發誓——這誓言我一定遵守。」

「我跟您說，我非走不可！」我有點生氣地反駁道，「您認爲我會留下來，成爲一個對您來說無足輕重的人嗎？您認爲我只是一架機器——一架沒有感情的機器？您認爲我能忍受讓人把我的一口麵包從嘴裏搶走，讓人把我的一滴活命水從杯子裏潑掉嗎？您以爲因爲我窮、低微、不美、矮小，我就沒有靈魂，沒有心嗎？——您想錯了！——我跟您一樣有靈魂，——也完全一樣有一顆心！要是上帝賜給了我一點美貌和大量財富，我也會讓您感到難以離開我，就像我現在難以離開您一樣。我現在不是憑著習俗、常規，甚至也不是憑著肉體凡胎跟您說話，而是我的心靈在跟您的心靈說話，就好像我們都已離開人世，兩人平等地一同站在上帝跟前——因爲我們本來就是平等的！」

「因爲我們本來就是平等的！」羅切斯特先生重複了一句——「就這樣，」他補充說，將我一把抱住，緊緊摟在懷中，嘴唇緊貼著我的嘴唇，「就這樣，簡！」

「對，就這樣，先生，」我回答說，「可又不是這樣，因爲您是個已經結了婚的人，或者等於是結了婚的人，娶的是一個配不上您的女人，一個意氣不相投的女人——我不相信您真正愛她，因爲我曾耳聞目睹過您譏笑她。我瞧不起這種結合，所以我比您好——讓我走！」

「去哪兒，簡？去愛爾蘭嗎？」

「對——去愛爾蘭。我已經說出了我的心裏話，現在去哪兒都行。」

「簡，安靜點，別這麼掙扎了，像隻絕望中狂躁的小鳥似的，拼命抓扯著自己的羽毛。」

「我可不是小鳥，也沒有落進羅網。我是個有獨立意志的自由人，我現在就要按自己的意志離開您。」

我又使勁一掙扎，終於掙脫出來，昂首直立在他的面前。

「那妳就按妳的意志來決定妳的命運吧。」他說，「我向妳獻上我的心，我的手和我全部家產的權利。」

「您這是在演一齣滑稽戲，看了只會讓我發笑。」

「我這是在請求妳一輩子跟我在一起——成爲另一個我和我最好的終生伴侶。」

「對這件終身大事，您已經作出了選擇，您就應該信守它。」

「來吧，簡——過來。」

「您的新娘攔在我們中間。」

他站起身來，一步跨到我面前。

「我的新娘就在這兒，」他說著，再次把我拉進他懷裏，「因爲和我相配，和我相似的人在這兒。簡，妳願意嫁給我嗎？」

我仍不做回答，還是扭動著要掙脫他，因爲我依然不相信。

「我在妳眼裏是個撒謊者？」他激動地說：「小懷疑家，妳會相信的。我對英格拉姆小姐有什麼愛情呢？沒有，這妳是知道的。她對我又有什麼愛情呢？也沒有，正如我想方設法已經證實的那樣。我有意讓一個謠言傳到她耳朵裏，說我的財產還不到人們料想的三分之一，然後我就親自去看結果怎麼樣，結果，她跟她母親全都冷若冰霜。我絕不會——也不可能——娶英格拉姆小姐。是妳——妳這古怪的、幾乎不像塵世的小東西！——只有妳，我才愛得像愛自己的心肝！妳——儘管又窮又低微，既矮小也不美——我還是要懇求妳答應我做妳的丈夫。」

「您是認真的嗎？您真的愛我？您真心誠意希望我做您的妻子？」

「是的，要是一定要發誓妳才能滿意，那我就發誓。」

「好吧，先生，我願意嫁給您。」

「叫我愛德華——我的小妻子。」

「親愛的愛德華！」

「到我這兒來——現在整個兒投到我的懷裏來吧。」他說。隨後他拿臉貼著我的臉，用最深沈的語調在我耳邊繼續說：「使我幸福吧，我也會使妳幸福的。」

「上帝，饒了我吧！」一會他又接著說，「別讓人來干涉我。我得到她了，我要好好守住她。」

「沒有人會來干涉的，先生。我沒有親屬會來阻撓。」

可是這夜色是怎麼啦？月亮還沒落下，我們就已被籠罩在一片黑暗之中。儘管靠得那麼近，我卻幾乎看不見我主人的臉。是什麼使得那棵七葉樹如此痛苦不安？它掙扎著，呻吟著。狂風在月桂樹中間的小徑上呼嘯，急速地從我們頭上掠過。

「我們得進屋去，」羅切斯特先生說，「變天了。我本可以跟妳一直坐到天亮的，簡。」

他連連地吻我。當我正從他懷中脫出身來時，抬頭一看，費爾法克斯太太就站在那兒，臉色蒼白，神情嚴肅而又吃驚。我只對她笑了笑，便跑上樓去。

「再另找時間解釋吧。」我心裏想。可是當我走進自己的房間後，一想到她哪怕是會暫時誤解她看到的情況，我心中也仍然感到一陣極度的不安。但是，歡樂很快就把其他的心情一掃而空。

儘管在持續兩小時的暴風雨中，狂風呼嘯怒吼，雷聲既近又沈，電光頻頻猛閃，大雨如瀑傾瀉，我卻並不感到害怕，也沒有絲毫畏懼。在這狂風暴雨的時刻，羅切斯特先生曾三次來到我的門前，問我是否平安無事，而這就足以令人安慰，就是應付一切的力量。

第二天早上，我還沒起床，小阿黛爾就跑進房來告訴我，果園盡頭那棵大七葉樹昨天夜裏遭了雷擊，被劈掉了一半。

二十四　婚前一個月

起床穿衣時，我回想了一下發生的事，真不知道那是不是一場夢。在我再見到羅切斯特先生，聽到他重新說出他的愛慕和諾言之前，我實在不能肯定這是真的。

使我吃驚的是，費爾法克斯太太滿臉愁容地望著窗外，嚴肅地說：「愛小姐，來吃早飯吧。」

吃早飯時，她沈默寡言，態度冷淡。可是現在我還不能向她講明情況，我得等我的主人先作出解釋，因而她也只好等著。我儘可能吃了點東西，就匆匆跑上樓去。我遇上了正從教室出來的阿黛爾。

「妳上哪兒去?上課的時間到了。」

「羅切斯特先生要我到兒童室去。」

「他在哪兒?」

「就在裏面。」她指了指她剛離開的房間。我走了進去，他果然就站在那兒。

「過來跟我說聲早安。」他說。我高高興興地走上前去。這回我得到的，已不僅僅是一句冷淡的招呼，甚至也不再是握一握手，而是擁抱和親吻。受到他這般深情的熱戀和愛撫，這看來是很自然的，也讓人感到快慰。

「很快就要成爲簡・羅切斯特了，」他補充說，「再過四個星期，簡妮特，一天也不會多。妳聽到了嗎？」

我聽到了，但還不能完全領會它的含義，因爲它使我感到一陣頭暈。這句話給我帶來的感受，是一種與快樂不同、比快樂遠爲強烈的東西——一種突然襲來，讓人震驚，我覺得幾乎使人恐懼的東西。

「妳剛才還臉色紅潤，這會兒突然發白了，簡，這是怎麼啦？」

「是因爲您給了我一個新的名字——簡・羅切斯特，而它似乎是那麼不可思議。」

「沒錯，羅切斯特太太，」他說，「年輕的羅切斯特太太——費爾法克斯・羅切斯特年輕的新娘。」

「這絕不可能，先生。這聽起來都不像是真的。人在塵世上絕不可能享受到完美的幸福。我也不見得生來就跟我的同類會有不同的命運。幻想這樣的幸運會落到我的頭上，那簡直是神話——是白日做夢。」

「這我能夠辦到，而且一定能使它成爲現實。我今天就開始。今天早上，我已給我在倫敦銀行裏的代理人寫了封信，通知他把我委託他保管的一些珠寶送來——那是歷代桑菲爾德女主人的傳家寶。我希望再過一、兩天就能把它們全數交給妳。因爲既然我要娶妳，我就要像娶一個貴族女兒一樣，把該給她的一切特權和關心都給妳。」

「哦，先生！——別提什麼珠寶了！我不願聽到提起那些東西。給簡・愛珠寶，這聽起來就不自然，也挺不自在。我寧願不要那些玩意兒。」
可是他不顧我的反對，一味順著這個話題往下說。
「今天我就要用馬車把妳帶到米爾科特去。妳一定得給自己挑選些衣服。我跟妳說了，再過四個星期我們就要舉行婚禮了。婚禮不作張揚，就在下面的那個教堂裏悄悄舉行，婚禮結束，我要馬上帶妳進城。在那兒稍作停留後，我就要帶我的寶貝去更加接近太陽的地方，去法國的葡萄園和義大利的平原，她將看到在古老的歷史和現代的記載中一切著名的東西，她還將品嘗到城市生活的風味。到那時，通過和旁人作比較，她將學會珍視自己。」
「我能去旅行？而且跟您一起，先生？」
「妳可以在巴黎、羅馬和那不勒斯待上一陣，在佛羅倫斯、威尼斯和維也納逗留。凡是我漫遊過的地方，都要讓妳去遊上一番。凡是我的大腳踩踏過的地方，也要讓妳留下妳那小巧的腳印。七年前，我幾乎如瘋似狂地跑遍了整個歐洲，和我爲伍的只有憎惡、痛恨和憤怒。如今我身心都已痊癒，我要舊地重遊，陪伴我、安慰我的，將是一位真正的天使。」
他說這番話時，我朝他笑著。「我可不是天使，」我斷然地說，「至死也不想做什麼天使。我就是我。羅切斯特先生，您千萬別指望也別強求我身上有什麼至善至美的東西──因爲您從我這兒得不到它，正像我也不可能從您那兒得到它一樣。我壓根兒就不那麼指望。」
「那妳指望我什麼呢？」
我又立刻有了個現成的請求，「請把您的打算告訴費爾法克斯太太，先生。昨天晚上，她看到我跟您在大廳裏，她大吃一驚。在我再見到她之前，您對她作些解釋吧。讓這麼一個好心人誤解，我心裏感到難受。」

「回妳自己的房間去，戴上帽子，」他回答說，「我要妳今天早上陪我去米爾科特。趁妳準備乘車出門的時候，我會去讓這位老太太開開竅的。她是不是認為，簡妮特，為了愛，妳會付出一切，而且料定妳這樣做會一無所得？」

「我相信她是認為我忘了自己的地位，還有您的地位了，先生。」

「地位！地位！——從今以後，妳的地位就在我的心中，也在那些敢於侮辱妳的人的頭頂。快去吧。」

我很快就穿戴好了。聽到羅切斯特先生離開了費爾法克斯太太的起居室，我便趕忙下樓上她那兒。老太太剛才正在讀她早晨必讀的一段《聖經》——這是她的日課。《聖經》在她面前攤開著，上面放著她的眼鏡。看來，羅切斯特先生的宣布打斷了她的日課，此刻，她似乎已把它忘在一邊。她兩眼盯著對面那堵空無一物的牆壁，流露出一顆平靜的心被異乎尋常的消息擾亂了的驚異目光。

一看到我，她清醒了過來，竭力想露出個笑臉，說上幾句祝賀的話。可是笑容很快就消失了，話也說了一半就不說了。她收起眼鏡，合上《聖經》，把她的座椅從桌邊往後推了推。

在米爾科特渡過的那一個小時，真使我感到有點難受。羅切斯特先生硬逼我去了一家綢緞店，要我在那兒選購半打衣服的料子。我不願意這麼做，請求他以後再說。可他說不行——非得馬上就買不可。經過我竭力地小聲請求，總算將半打減少爲兩件，不過這兩件他執意要他親自挑選。

我很高興，總算把他催出了綢緞店，接著又催出了首飾店。他給我買的東西愈多，一種煩惱和屈辱的感覺就愈使我兩頰發燒。

當我們重又坐進馬車，我渾身又熱又疲憊地靠在座背上時，我突然想起了在各種悲喜交集的事情紛至沓來的過程中，已被我忘得一乾二淨的一件事——我叔叔約翰・愛寫給里德太太的信件，說要收我做養女，成爲他遺產的繼承人。

「要是我能有一點獨立的財產，」我想，「那也的確是一種安慰。我實在受不了讓羅切斯特先生把我打扮得像個玩偶，或者像第二個達那厄①，每天讓金雨灑落在我周圍。我一到家就要寫信去馬德拉，告訴約翰叔叔我就要結婚了，嫁給誰。只要將來有一天我能給羅切斯特先生帶來一份額外的財產，那眼下我受他供養，心裏也會好受一些。」

這一想法使我心中多少有所寬慰（**我當天就抓緊辦了這事**），於是，我又敢於直視我的主人兼情人的眼睛了。雖然我一直避而不看他的臉，也不理會他的注視，他的兩眼卻始終在探尋著我的目光。現在他笑了，可我覺得，他那笑容正像一位蘇丹在高興和鍾愛的時刻，對一個因他贈以金銀珠寶使之變富的奴隸所賜的笑容一樣。他的手一直在找我的手，我使勁地緊握了它一下，然後把這隻讓深情握紅的手推了回去。

「嗨，要說到冷靜和愛頂撞的天性以及固有的十足的自尊心，是沒有人能比得上妳的了。」他說。

這時，我們已快駛近桑菲爾德了。

「妳今天願意跟我一起吃飯嗎？」當我們駛進大門時，他問道。

「不，謝謝您，先生。」

「如果允許我問一聲的話，請問爲什麼要說『不，謝謝您』呢？」

「我從來沒有跟您一起吃過飯，先生，我看不出有什麼理由現在要這麼做。除非到……」

「到什麼？妳老愛說半截子話。」

「到我不得不這麼做的時候。」

「妳是不是認爲我吃起東西來準像吃人魔王或者食屍妖怪似的，所以不敢和我一起吃飯？」

「在這個問題上，我從來沒這麼想過，先生。我只是想仍像往常那樣再過上一個月。」

「妳應該馬上放棄家庭教師這個苦活兒了。」

「不！對不起，先生，我絕不會放棄，我要像往常那樣繼續做下去，我還要像我已習慣的那樣，整天都避開您。您想要見我的話，可在傍晚時派人來叫我，我會來的，但是別的時候不行。」

這次開始採用的方法，我在整個試探時期都採用著，結果十分成功。的確，這樣做常惹得他頗爲惱火，有點慍怒，可是總的看來，他還是挺高興的。而綿羊般的馴順，斑鳩般的多情，一方面會更助長他的專橫，另一方面也不見得能符合他的心意，滿足他的判斷，甚至適合他的趣味。

當著別人的面，我還是像以前那樣，恭恭敬敬，文文靜靜，沒有必要採用其他的舉動。只是在晚間談話的時候，我才像這樣阻撓他，折磨他。他繼續準時不誤地鐘一打七點就把我叫去，雖然現在我出現在他面前時，他不再把「親愛的」、「寶貝兒」這類甜蜜的字眼掛在嘴上。用在我身上最好的話語是「惹人生氣的木偶」、「惡毒的小精靈」、「小妖精」、「小醜八怪」等等。而且現在我得到的已不是愛撫，而是鬼臉，不是緊緊地握手，而是在胳臂上擰一下，不是吻一吻臉頰，而是使勁拉一下耳朵。這樣很好，眼下我倒真的更喜歡這種有點粗暴的寵愛，而不想得到什麼更溫存的表示。

我看出，費爾法克斯太太讚許我的態度，她爲我的擔心消除了，正因爲這樣，我確信我做對了。與此同時，羅切斯特先生卻一口咬定我把他折磨得只剩皮包骨了，還威脅說，等到了即將到來的那個時候，他就要爲我目前的所作所爲狠狠報復一番。對他的恐嚇，我暗自發笑。「既然我現在可以把你合情合理地約束住，」我想，「毫無疑問，以後也照樣能做到。要是一個辦法失效了，那就另外再想個辦法。」

話雖如此，我的任務畢竟並不輕鬆。我常常忍不住想去討他喜歡而願去逗弄他。我的未婚夫正在成爲我的整個世界。還不止是整個世界，幾乎成了我進天堂的希望了。他站在我和各種宗教思想之間，如同日蝕把人和太陽隔開了一般。在那些日子裏，因爲上帝創造的這個人，我看不到上帝了。我把他當成我的偶像。

①希臘神話中，阿耳戈斯王之女，為主神宙斯所愛，宙斯化作金雨和她在銅塔中相會。

二十五　撕破的面紗

成婚前的一個月已經過去，剩下的最後幾個小時屈指可數了。即將到來的那一天——結婚的日子已經不會推遲，爲它的到來要做的一切準備都已就緒，至少我是沒有什麼別的事要做了。

我那幾隻箱子已經收拾好，上了鎖，捆紮停當，在我的小房間裏沿牆排列著。明天這個時候，這些箱子就遠在去倫敦的路上了。我也一樣（要是上帝允許的話）——或者不如說，不是我，而是一位簡・羅切斯特、一個迄今我還不認識的人。剩下的只有地址標籤還沒有釘上，那四張小小的方卡片還放在我的抽屜裏。羅切斯特先生已親自在每張一上面寫了地址：「倫敦，XX旅館，羅切斯特太太」，我怎麼也說服不了自己把它們釘上去，或者讓人釘上去。

羅切斯特太太！她還不存在，要到明天上午八點以後才誕生，我要等到肯定她確已降生在這個世界上，才把這些箱子轉到她的名下。在梳妝台對面的那個壁櫥裏，一套據說是屬於她的衣服，已經取代了我在洛伍德的黑呢衣服和草帽，這就已經夠我受的了，因爲那套結婚禮服，此刻掛在它們佔住的衣架上的珍珠色的長袍，還有薄如煙霧的婚紗並不屬於我。我關上了壁櫥的門，藏起那古怪的、幽靈似的衣著。

在這晚上九點鐘的時候，在我房間的一片昏暗中，它真像是發出了一絲幽靈似的微光。

「我要讓你們獨自留在這兒，白色的夢幻。」我說，「我感到渾身發熱，外面響著風聲，使得我感到焦躁發熱的，不僅是準備工作的急促繁忙，也不僅是面臨著巨大的變化——明天就要開始新的生活。這兩種情況無疑起了一定作用，造成我心情激動不安，促使我這麼晚還去愈來愈暗的庭園。但是還有第三個原因，對我的心情影響更大。

我心裏有一樁奇怪而焦慮的心事。發生了一件我琢磨不透的事，這件事除了我，沒有人知道，也沒有人看見，它發生在前一天晚上。羅切斯特先生那天晚上沒在家，現在他仍未回來。他去三十英哩外的一個田莊辦事去了，那兒有他的兩、三個農場——在他預定離開英國之前，有些事要他親自去處理一下。我現在正在等著他回來，急於想卸去壓在心上的石頭，找他幫我解開心頭的謎。耐心等著他回來吧，讀者，待我向他說出我的秘密時，你也就會從旁知道了。

他終於回來了。吃完飯，當我們又單獨待在一起時，我撥了撥爐火，然後在主人膝旁的一張矮凳上坐了下來。

「告訴我妳覺得怎麼樣？」

「我說不出，先生，我找不到言詞來告訴您我的感覺。我只希望眼前的這個時刻永不結束。誰知道下一個時刻會帶來了什麼命運啊？」

「妳這是犯了多疑症了，簡。妳太興奮了，要不就是太累了。」

「不是。」

「妳把我弄糊塗了，簡，妳那憂傷無畏的眼神和口氣，使我感到困惑和痛苦。我需要妳的解釋。」

「好吧，先生，那就請聽著。您昨天晚上沒在家，對嗎？」

「是的。我知道怎麼回事了。妳剛才暗示過我，我不在家時發生了什麼事，也許是件沒什麼了不起的事。不過，總而言之，它讓妳感到不安了。講給我聽聽，究竟是什麼事。也許是費爾法克斯太太說了什麼了？還是妳聽到僕人們在談論什麼——使妳那敏感的自尊心受到傷害了？」

「不是的，先生。」這時候，時鐘打響了十二點——我等到小鐘清脆的聲音和大鐘重濁的回響停止，才接著說了下去。

「昨天一整天我都忙個不停，而且在忙碌中，我感到很快活。因爲我並不像您認爲的那樣，老在爲未來的新天地擔心害怕，我覺得有希望能跟您生活在一起，是一樁極其快樂的事，因爲我愛您。夕陽西下時，蘇菲叫我上樓去看看我的剛送來的結婚禮服。在衣服盒子裏，結婚禮服的下面，我看到了您給我的禮物——您像王子那樣闊綽地從倫敦訂購來的面紗。我猜想這是因爲我不願要珠寶首飾，所以您決心騙我接受一件同樣貴重的東西。我打開它時笑了，心裏盤算著怎樣來取笑您的貴族情趣，還有您那想用貴婦的服飾把自己的平民新娘裝扮起來的努力。」

「妳簡直看到我的心裏去了，妳這個小女巫！」羅切斯特先生插嘴說，「不過，在那條面紗上，除了繡的花之外，妳還發現了什麼呢？難道妳發現了毒藥或者匕首，讓妳現在顯得這麼愁眉苦臉的？」

「沒有，先生。除了它的精美和華麗外，我只在上面發現了費爾法克斯·羅切斯特的得意，可那是嚇不著我的，因爲我對這個魔鬼已經習慣了。不過，先生，我上床後有好一陣睡不著——一種焦慮不安的心情折磨著我。風越颳越猛，我似乎聽到風聲蓋住了另一種悲哀的嗚咽聲。起初，我分辨不出這聲音發自屋內還是屋外，可是每次風一停息，這聲音就又冒了出來，隱隱約約而又淒淒慘慘。最後，我斷定那準是一條狗在遠處狂吠。後來它終於停止了，我很高興。睡著以後，我老是夢見狂風怒號的沈沈黑夜。我還夢見桑菲爾德府成了一片荒涼的廢墟，成了蝙蝠和貓頭鷹棲息的地方。宅子那宏偉的正面只剩下薄殼似的一堵牆，很高，看上去搖搖欲墜。我在一個月明之夜，漫步穿過院內長滿荒草的廢墟，時而被大理石爐壁絆了一下，時而又踢上掉下來的簷板碎片。」

「現在講完了吧，簡？」

「現在才講完序言，先生，故事還在後頭呢。待我醒過來時，一道亮光照花了我的眼睛。我想——哦！天亮了！可是我錯了，那只是燭光。我猜想準是蘇菲進來了。梳妝台上放著一枝蠟燭。我臨睡前，把我的結婚禮服和面紗都掛在壁櫥裏，現在壁櫥門大開著。我聽見那兒有窸窸窣窣的聲音。我問道：『蘇菲，妳在幹什麼？』沒人回答，可是有個人影從壁櫥裏出來了，拿起蠟燭，高高舉著，察看著掛在衣架上的衣服。『蘇菲！蘇菲！』我又喊道，可是，那人依然默不作聲。我已經在床上坐了起來，探身向前，先是感到吃驚，接著是迷惑不解，最後，血管裏的血全都變得冰涼了。羅切斯特先生，那不是蘇菲，不是莉亞，也不是費爾法克斯太太。不是的——全都不是，我能肯定，我現在還能肯定——甚至也不是那個奇怪的女人，格雷斯·普爾。」

「肯定是她們當中的一個。」我的主人插進來說。

「不是，先生。我嚴肅地向您保證，絕對不是。站在我面前的那個身影、我以前在桑菲爾德府從未見過。那身材，那輪廓，對我來說全是陌生的。」

「妳形容一下，簡。」

「先生，那好像是個女人，又高又大，濃密的黑髮長長地披在背後。我不知道她穿的是什麼衣服，白色筆直，可到底是長袍、被單，還是裹屍布，我就說不上來了。」

「妳看見她的臉了嗎？」

「起初沒有。但沒過多久，她就從衣架上取下了我的面紗，把它舉起來盯著看了很久，後來就拿它往自己頭上一披，轉身去照鏡子。就在這時候，我從那昏暗的長方形鏡子裏，清清楚楚地看到了她的臉和五官。」

「是什麼模樣？」

「我覺得很可怕，像鬼似的——哦，先生，我從來沒見過那樣的臉！一點沒有血色——那是張野蠻的臉。我真但願能忘掉那雙骨碌碌轉動的紅眼睛，還有那張又黑又腫的可怕的臉。」

「鬼通常都是蒼白的，簡。」

「可這東西，先生，是紫色的。嘴唇又黑又腫，額上橫著一道道皺紋，充血的眼睛上豎著兩道濃濃的黑眉。要我告訴您她讓我想起了什麼嗎？」

「妳說吧。」

「那個醜惡的德國鬼怪——吸血鬼。」

「啊！她幹了些什麼呢？」

「先生，她把我的面紗從自己那醜陋的頭上扯下，撕成了兩半，扔在地上，用腳踩踏。」

「後來呢？」

「她拉開窗簾，朝外面看了看，也許是她看到天快要亮了，因爲她拿起蠟燭，朝門口退去。正走到我床邊，那身影停了下來，一雙火紅的眼睛惡狠狠直朝我瞪著。她猛地把蠟燭舉到我面前，在我的眼皮底下把它吹滅了。我感到她那張可怕的臉在我的臉上方閃出微光，我失去了知覺，這是我有生以來的第二次——只是第二次——給嚇得昏了過去。」

「妳醒過來時，誰在妳身邊？」

「沒有人，先生，只看到已是大白天。我起了床，連頭帶臉在水裏浸了浸，喝了一大口水。雖然覺得全身軟弱無力，但是並沒有生病，於是決定除了您之外，不把我看到的這一景象告訴任何別的人。現在，先生，告訴我，這女人是誰，是個什麼人？」

「毫無疑問，這是腦子過度興奮的產物，這是肯定的。我對妳得細心愛護，我的寶貝，像妳這樣的神經，是經不起粗心大意對待的。」

「放心吧，先生，我的神經肯定沒有問題。那東西是真的，這件事確實發生過。」

「那麼妳前面的那些夢呢，也是真的嗎？桑菲爾德是個廢墟？妳我之間有沒法逾越的障礙阻隔著？我真的沒掉一滴眼淚——沒接一個吻——沒說一句話就離妳而去了嗎？」

「不，沒有。」

「難道我會那麼做嗎？好了，把我們倆牢牢地結合在一起的日子已經到來了，等我們倆結合在一起，這種心理恐怖現象就再也不會發生了，我可以保證。」

「心理恐怖現象，先生！我真希望自己能相信那只是心理恐怖現象。既然連您都沒法給我解開那位可怕的來客之謎，那我就更希望如此了。」

「既然連我都沒法解釋，簡，那它肯定不是真的了。」

「可是，先生，我今天早上起來，對自己也是這麼說的，而當我朝房間裏四下張望，想在光天化日之下，從每件熟悉東西的可喜景象中得到點勇氣和安慰時，可是在那兒——在地氈上——我看到了使我的假設站不住腳的東西——那條面紗，被整個兒撕成了兩半。」

我發覺羅切斯特先生嚇了一大跳，打了個寒顫。他連忙伸出兩臂把我摟在懷裏。「謝天謝地！」他喊道，「即使昨晚真有什麼邪惡的東西到過妳身邊，幸而也只損壞了那條面紗——啊，簡直不敢想像可能會發生的事情！」

他呼吸急促，緊緊地把我摟在胸前，我差點被他摟得透不過氣來。他沈默了幾分鐘後，又高興地接著說了起來。

「現在，簡妮特，我要把整個事情都給妳解釋清楚。這件事一半是夢幻，一半是真的。我並不懷疑有個女人進了妳的房間。那女人是——一定是——格雷斯・普爾。妳自己就說她是個怪人，從妳所瞭解的一切來看，妳也有理由這麼說她——看她對我幹了些什麼？對梅森又幹了些什麼？在半睡半醒的狀態下，妳看到她進了妳房間，也看到了她的舉動，可是由於妳在發燒，差不多是迷迷糊糊的，所以妳把她看成了一副惡鬼的樣子，跟她本來的面目不一樣了。披頭散髮啊，又腫又黑的臉啊，誇大了的身材啊，全是幻想出來的東西，是做噩夢的結果。惡狠狠地撕破面紗倒是真的，這也像她幹出來的事。我知道妳會問我，爲什麼我要把這麼一個女人留在家裏。這等我們結婚有了年頭，我會告訴妳的，只是現在不行。妳滿意了嗎，簡？妳接受我對這個謎的解釋嗎？」

我想了想，說實話，我覺得這似乎是唯一可能的解釋。說滿意那倒未必，不過爲了讓他高興，我竭力露出滿意的樣子——說寬了心，那倒是真的——因此，我用一個表示滿意的微笑回答了他。這時，因爲時間早已過了一點，我準備起身離開他了。

「蘇菲不是陪阿黛爾睡在兒童室嗎？」我正在點蠟燭時，他問道。

「是的，先生。」

「阿黛爾的小床上妳完全睡得下。今晚，妳就跟她同睡一張床吧，簡。妳講的那件事會使妳神經緊張，這一點都不奇怪。所以我不想讓妳單獨一個人睡，答應我，到兒童室去睡吧。」

「我很樂意這樣做，先生。」

二十六　婚禮中斷

蘇菲七點鐘來給我梳妝打扮。我想，她的確花了好長時間才幹完她的活兒，使得羅切斯特先生見我遲遲沒去都不耐煩了，派人上來催問。

他拉著我進了餐廳，用銳利的目光從頭到腳把我打量了一番，宣布我「美得像朵百合花，不僅是他生活的驕傲，也是他眼睛嚮往的對象」，接著，就對我說，他只能給我十分鐘用點早餐。說著他按了按鈴。他新近僱的僕人中的一個男僕應聲而至。

「約翰在準備馬車嗎？」

「是的，先生。」

「我們去教堂用不著坐它，但是我們一回來，它就得一切都準備就緒，所有的箱子和行李都要裝好捆好，車伕要坐在自己的趕車座上。」

「是，先生。」

「簡，妳準備好了嗎？」

我站起身來。沒有男女儐相引領，也不用等親戚朋友列隊，除了羅切斯特先生和我以外，什麼人也沒有。

到了教堂庭園的邊門旁，他停下了腳步，發現我簡直已經上氣不接下氣。「我對我的寶貝是不是太殘忍了？」他說，「稍稍歇一下吧，靠在我身上。簡。」

時至今日，我仍能回想起當時的情景。那座灰色的古老教堂靜穆地聳立在我的面前，一隻白嘴鴉正繞著教堂的尖頂盤旋，背後是一片朝霞映紅的天空。我還依稀記得那些綠色的墳塋。我也沒有忘記有兩個陌生人的身影在那些墳塋間徘徊，讀著零零落落幾塊長滿青苔的墓碑上的碑文。我注意到了他們，因爲他們一看見我們，就拐到教堂後面去了。我毫不懷疑他們是想從邊門進入教堂觀看婚禮。

我們走進了那肅穆而簡陋的教堂。身穿白色法衣的伍德牧師已在低低的聖壇那兒等候著，旁邊站著教堂執事。四周一片寂靜，只有兩個人影在遠遠的角落裏移動。

我們站到了領聖餐的欄杆跟前。這時，我聽到身後有小心翼翼的腳步聲，便回頭看了一眼。陌生人之一——顯然是個紳士——正走上聖壇。

儀式開始了，先是解釋了婚姻的意義，然後牧師向前跨了一步，朝羅切斯特先生稍微俯下身子，繼續說道：「我要求並責令你們兩人——因爲在可怕的審判日，當心中的所有秘密都被揭開時，你們終歸要回答的——如果你們當中哪一個知道存在某些阻礙，使你們不能合法地結爲夫妻，務必現在就說出，你們應該相信，凡是未經聖言允許的結合，都不是由上帝結合的夫妻，他們的婚姻也就不是合法的。」

他照例停了一會兒。這句話後面的停歇幾時曾被打破過呢？也許百年之中也難得有一次吧。其實牧師的目光並未離開過他手中的那本書，他只是屏息了一會兒，接著便要繼續進行下去；他已經向羅切斯特先生伸出一隻手，剛張口要說：「你願意娶這個女人做你正式的妻子嗎？」

這時——旁邊有一個清晰的聲音說道：「婚禮不能進行，我宣布存在著障礙。」

牧師抬起頭來望著說話的人，張目結舌地站在那兒，執事也被弄得目瞪口呆。羅切斯特先生的身子微微搖晃了一下，彷彿他的腳下發生了一次地震。他站穩腳跟以後，頭也沒回，眼睛也沒朝後面看一眼，便說：「繼續進行。」

伍德先生好像已經被弄得有些不知所措了。「是什麼性質的障礙？」他問道，「也許可以排除——可以通過解釋得到解決吧？」

「不可能，」對方答道，「我已說過它是不可逾越的。我這麼說是經過深思熟慮的。」

說話的人走上前來，倚著欄杆。他接著往下說，字字清晰鎮定，不緊不慢，但聲音並不響亮。

「障礙就在於他已經結了婚，羅切斯特先生有一個現在還活著的妻子。」

聽到這句低聲說出的話時，我的神經大爲震動，以前聽到響雷都沒有這樣震動過——我全身的血液感受到這句話的無以名狀的衝擊，以前就是遭到嚴霜和烈火也都不曾有過這種感受。可是我依然保持著鎮定，沒有出現昏厥的危險。

我望著羅切斯特先生，並且讓他也能看見我。他整張臉像是塊沒有顏色的岩石，他的眼神冒著火花，又像一塊燧石。他什麼也沒有否認，似乎要向一切挑戰。他沒有對我說話，也沒有對我露出笑容，彷彿忘了我是個活人。他只是用胳臂緊摟著我的腰，把我牢牢摟在身邊。

「你是誰？」他問那個闖入者。

「我姓布里格斯，倫敦ＸＸ街的一名律師。」

「你想硬塞給我一個妻子？」

「我想提醒你尊夫人的存在，先生。即使你不承認，法律也承認這一存在。」

「那就請講講她的情況吧——她的姓名，她的父母，她的住址。」

「遵命。」布里格斯不慌不忙地從口袋裏掏出一張紙來，用一種帶鼻音的官腔唸道：

「我斷言並能證實，西元ＸＸ年十月二十日（**十五年前的一天**），英國ＸＸ郡桑菲爾德府及ＸＸ郡芬丁莊園之愛德華・費爾法克斯・羅切斯特，與我姐姐，商人喬納斯・梅森及其妻克里奧爾人①安托瓦妮特・梅森之女伯莎・安托瓦妮特・梅森，在牙買加西班牙城之ＸＸ教堂結婚。結婚記錄可在該教堂之登記冊中查到——我現有該記錄之抄件一份。理查・梅森簽字。」

「如果那份文件是真的，它可以證明我結過婚，但是，它並不能證明其中聲稱是我妻子的那個女人還活著。」

「她三個月前還活著。」律師回答。

「你怎麼知道？」

「我有證明這一事實的證人。他的證詞，先生，恐怕連你也無法反駁。」

「叫他出來——要不就見你的鬼去。」

「那我還是先叫他出來吧——他就在這兒。梅森先生，請到前面來。」

一聽到這名字，羅切斯特先生就咬緊了牙關，他全身還出現了一陣抽搐顫慄。我緊挨著他，能感覺到一陣憤怒和絕望的顫抖傳遍了他的全身。

在這之前，一直龜縮在後面的另一個陌生人這時走上前來。一張蒼白的臉在律師肩後露了出來——沒錯，正是梅森。

羅切斯特先生扭過頭去怒視著他。我曾多次提到說他的眼睛是黑色的。然而此刻，他的黑眼珠上卻閃出了茶褐色的，不，是血紅色的光芒。他滿臉通紅——那泛青的臉頰和失去色澤的前額，彷彿因心火的蔓延上升而泛出了紅光。

他身子一動，舉起一隻強壯胳臂——他本會朝梅森揮去一拳，將他擊倒在教堂的地上，用無情的拳頭揍得他斷了氣——可是梅森嚇得躲到了一邊，微弱地喊了聲「天哪！」羅切斯特先生不由得產生了一種鄙視感，這使他冷靜了下來——他的怒氣消失了，就像植物得了枯萎病似的。他只是問了一句：「你有什麼要說的？」

梅森蒼白的嘴唇間吐出了一句含糊不清的回答。

「要是你回答不清楚，那就是其中有鬼。我再問一遍，你有什麼要說的？」

「先生……先生，」牧師插進來說，「別忘了你們是在一個神聖的地方。」隨後，他朝著梅森溫和地問道，「你到底知道不知道，這位先生的妻子是不是還活著？」

「拿出點勇氣來，」律師催促說，「說出來吧。」

「她現在就在桑菲爾德府，」梅森用較為清楚的聲音說，「今年四月份我還在那兒見過她。我是她弟弟。」

「在桑菲爾德府！」牧師不禁脫口叫了起來，「不可能！我是這一帶的老住戶了，先生，可我從來沒聽說過桑菲爾德府有個羅切斯特太太。」

我看到羅切斯特先生讓一個獰笑扭歪了，他喃喃地說：「的確如此——老天作證！我留神不讓人聽說有這件事——不讓人知道她有那樣的名分。」

他沈思著——獨自思量了足足有十分鐘，最後終於下定決心，宣布說：「夠了——乾脆把什麼都說出來吧，就像讓子彈從槍膛裏打出來一樣。伍德，合上你的書，把法衣脫去。約翰格林（**對那個執事說**），離開教堂吧，今天沒有什麼婚禮了。」

執事聽從了。

羅切斯特先生無所顧忌地繼續說道：

「重婚是個醜惡的字眼！——然而，我還是決意當個重婚者。可是命運戰勝了我，或者是上天阻止了我。先生們，我的計劃給打破了！這位律師和他的當事人說的全是事實。我已經結了婚，我娶的那個女人還活著！伍德，你說你從來沒聽說過那座宅子裏有個羅切斯特太太，不過，我想你大概多次聽人說起過那兒看管著一個神秘的瘋子吧。準有人私下對你說過她是我的異母私生姐姐，也有人說她是被我遺棄的情婦。現在我來告訴你，她就是我十五年前娶的妻子，她叫伯莎•梅森，也就是這位勇敢人物的姐姐，現在他正四肢發抖，面無血色，向你們表明男子漢會有一顆多麼勇敢的心。打起精神來吧，狄克！——用不著怕我，我要揍你，還不如去揍一個女人。伯莎・梅森是個瘋子，她出身於一個瘋子家庭——三代人中都是白癡和瘋子！她的母親，那個克里奧爾人，既是個瘋女人，又是個酒鬼！這是我娶了她女兒之後才知道的，因爲以前他們對家中的秘密守口如瓶。伯莎像是個孝順的孩子，在這兩方面都承襲了她母親的特點，於是我有了一個迷人的伴侶——純潔、聰慧、端莊。你們可以想見我是個多麼幸福的男人。我經歷過多麼豐富多彩的場面！哦，我的經歷妙極了，但願你們都知道了才好！不過，我不想再多做什麼解釋了。布里格斯、伍德、梅森——我請你們諸位都上我的宅子，去拜訪一下普爾太太照看的病人，也就是我的妻子！你們會看到我上當受騙娶了怎樣一個人，看看我是不是有權撕毀這張婚約，去求得一點至少是符合人性的慰藉。這個姑娘，」他看了看我繼續說，「跟你一樣，伍德，對這件令人厭惡的秘密也一無所知。她以爲一切都是正當合法的，做夢也沒有想到自己會陷入一樁欺詐的婚事裏，要嫁給一個已跟惡劣的瘋子和失掉人性的人結合在一起的上當受騙的可憐蟲！來吧，諸位，跟我走！」

他離開了教堂，依然緊緊地握住我的手。三位先生跟在我們後面。

「早安，普爾太太，」羅切斯特先生說，「妳好嗎？妳照看的人今天怎麼樣？」

「我們還可以，先生，謝謝您。」格雷斯回答說，一邊把煮得沸滾的食物小心地端起放到爐邊的鐵架上，「總想咬人，不過還不算太狂暴。」

一聲兇猛的吼叫似乎在戳穿她說的是假話，一個穿著人衣的怪物立了起來，用後腳高高地站立著。

「啊，先生，她看見您了！」格雷斯嚷道，「您最好還是別待在這兒。」

「只待一會兒，格雷斯，妳一定得讓我待上一會兒。」

「那就當心點，先生！看在上帝的份上，當心點！」

瘋子大吼起來，她撩開披在臉上的亂蓬蓬的鬈髮，狂野地怒視著來訪者。我清楚地認出了那張發紫的臉，還有臉上那腫脹的五官。普爾太太走上前來。

「別擋著，」羅切斯特先生說著把她推到一邊，「我想她這會兒沒帶著刀子吧？再說我也有了防備。」

「誰也不知道她帶著什麼，先生。她狡猾得很，常人的頭腦是摸不透她那套詭計的。」

「我們最好還是離開她。」梅森小聲說。

「見你的鬼去吧！」這是他姐夫的回答。

「當心！」格雷斯一聲大喊。那三位先生不約而同地直往後退。羅切斯特先生一把將我推到自己背後。瘋子猛地撲向前來，惡狠狠地掐住了他的脖子，用牙咬他的臉頰。

他們搏鬥了起來。她是個高大的女人，身材幾乎跟她丈夫不相上下，而且很胖。搏鬥中她顯得很有力氣——儘管他身強力壯，她卻不止一次差點把他掐死。

他本可以看準了一拳把她打倒，可他不願那麼做，只想跟她扭鬥。最後，他總算扭住了她的胳臂，格雷斯・普爾遞給他一條繩子，他把她的兩臂反綁了起來，又隨手拾起另一條繩子，把她捆在一把椅子上。

在捆綁的過程中，她狂呼亂叫著，拼命地跳躍著。隨後，羅切斯特先生轉身對著在場的人，帶著一種既辛辣又悽愴的微笑看著他們。

「這就是我的妻子。」他說，「這就是我可以領略的唯一的夫妻間的擁抱——這就是空閒時給我帶來安慰的親熱！」

我們全退了出來。羅切斯特先生又逗留了一會兒，對格雷斯・普爾囑咐了幾句。下樓時，律師對我說起話來。

「小姐。」他說，「妳是沒有任何責任的。妳叔叔聽到這一點準會非常高興——當然，要是梅森先生回馬德拉時，他還活著的話。」

「我叔叔！他怎麼啦？你認識他嗎？」

「梅森先生認識他。愛先生是他們家在在芬沙爾②的商號的多年老客戶。妳叔叔接到妳的信，得悉妳即將和羅切斯特先生結婚時，碰巧梅森先生在他那兒——梅森先生是在回牙買加途中，暫時留在馬德拉養病的。愛先生對他提起了這一消息，因爲他知道我的這位當事人認識一位羅切斯特先生。妳完全可以想像得到，梅森先生聽了後既吃驚又難過，於是就說出了事情的真相。我很遺憾地告訴妳，妳叔叔現在正臥病在床。從他的病症——癆病——和病情看，他是不大可能再下床了，因此他無法親自趕來英國，把妳從落入的陷阱中解救出來。他就懇求梅森先生立即採取措施，及時阻止這樁欺詐的婚事，他讓梅森先生來找我幫忙。我儘快急辦，值得欣慰的是總算沒有太遲，妳毫無疑問也有同感吧。要不是我確信等妳趕到馬德拉，妳叔叔一定會不在人世的話，我本會勸妳跟梅森先生一起去的。可是事情既然如此，我想妳最好還是先留在英國，等待進一步得到愛先生來的或者別人關於愛先生的消息再說。還有什麼事要我留在這兒嗎？」他問梅森先生。

「沒有了，沒有了──我們快走吧。」對方急切地回答。說著，不等向羅切斯特先生告辭，兩人就走出了大廳的門口。

牧師留下來跟那位高傲的教區居民交談了幾句，不知是告誡還是責備，盡到責任後，他也離開了。

這時，我已回到自己的房間，站在半掩著的門口，聽著他離去。屋子裏的來人走空了，我把自己關進房間，插上門閂，不讓任何人闖進來，然後就開始──不是哭泣，也不是悲歎，我依然十分冷靜，不至於會那樣，而是──機械地脫掉結婚禮服，重又換上昨天穿的那件呢外衣，昨天我還以爲是最後一次穿它了呢。

隨後我坐了下來，感到全身虛弱無力，疲憊不堪。我把兩臂支在桌上，頭埋在手裏。

現在我得好好想一想了。在這以前，我只是在聽、在看、在活動──任人領著或者拽著上這兒上那兒──眼看著事情一件接著一件發生，秘密一個接著一個暴露，然而現在，我要好好地想一想了。

①生於拉丁美洲的歐洲人後裔，或他們同黑人或印地安人所生的混血兒。

②馬德拉群島首都。

二十七　羅切斯特先生的往事

到了下午的不知什麼時候，我抬起了頭，看看四周，發現夕陽已在牆上塗上了西沈的金色餘暉。我問自己：「我該怎麼辦呢？」

然而，我的心靈作出的回答——「馬上離開桑菲爾德！」——竟是這麼迅速，這麼可怕，我急忙掩住自己的耳朵。

我猛地站了起來，拉開門閂，跨出門去。可是突然被什麼東西絆了一下。我的頭還發暈，眼還發花，手腳也軟弱無力。我沒能馬上穩住身子，跌倒了，但沒有跌倒在地，有隻手伸過來抓住了我。我抬頭一看——原來是羅切斯特先生把我給扶住了，他就坐在橫擋在我房門門口的一把椅子上。

「我真是個傻瓜！」羅切斯特先生突然大聲叫了起來，「我一個勁兒跟她說我沒有結婚，卻沒有跟她解釋爲什麼。我忘了她對那個女人的性格一無所知，也不知道我跟那門該死的婚事的有關情況。哦，待簡知道了我的全部情況後，我敢肯定，她準會同意我的看法的。來，簡妮特，把妳的手放到我的手裏——讓我像看到妳一樣地摸到妳，證實妳是在我的身邊——然後，我就能用幾句話來對妳說明這件事情的真相。妳能聽我說嗎？」

「能，先生。只要你願意，聽上幾個小時都行。」

「我只要幾分鐘就夠了。簡，我在我們家並不是長子，我還有一個哥哥，這事妳是不是知道，或者聽說過嗎？」

「我記得費爾法克斯太太有一次跟我說起過。」

「那妳有沒有聽她說，我父親是個愛財如命的人？」

「她的話裏好像有這個意思。」

「是啊，簡，正因爲他是這麼個人，他決意要使家產保持完整。分割他的田產，把一部份分給我，這是他怎麼都不願意的，他要在死後，把全部家產都留給我的哥哥羅蘭。可是他也不願讓他的另一個兒子成爲窮人。這就得給我找一家富有的人家結親。他很快就給我找到了一個對象。他的老朋友梅森先生，是西印度群島的種植園主又是個商人。他確信老朋友的財產又多又可靠，而且經過調查，知道梅森先生有一兒一女，還從他那兒打探到，他可以而且願意給女兒一筆三萬英鎊的財產，這就足夠了。

我一離開大學，就給送到了牙買加，去娶一個已經訂好親的新娘。我父親沒有提到她的錢財，只告訴我說梅森小姐是西班牙城出名的美人，這倒也不是假話，我發現她確實是個漂亮女人，屬於布蘭奇・英格拉姆那種類型，高高的，黑黑的，舉止頗爲莊重。她家的人很想抓住我，因爲我出身名門。她也這樣想。他們讓衣著華麗的她在舞會上跟我見面。我很少能單獨見到她，和她個別交談就更少了。她千方百計討好我，拚命顯示她的美貌和才情來討我的喜歡。她那個社交圈裏的男人似乎都愛慕她，嫉妒我。我給弄得飄飄然了，激起了勁頭，我的感官也興奮了起來。

由於幼稚、無知、缺乏經驗，我自以爲愛上了她。社交界無聊的情場角逐，青年人的好色、魯莽和盲目，會使一個人什麼蠢事都幹得出來。她的親戚們慫恿我，情敵們刺激我，她又引誘我，使得我幾乎連自己也未弄清怎麼回事就糊里糊塗地結了婚。哦，我一想起自己的這個舉動就看不起自己！——一種從內心蔑視自己的痛苦就會主宰著我。我從來沒有愛過她，從來沒有敬重過她，甚至也從來沒有瞭解過她。我簡直拿不準在她的天性裏是否還有點美德存在。無論從她的心靈，或者是舉止中，我都既看不到謙遜，也看不到仁慈；既看不到坦率，也看不到雅致——可我竟娶了她——我真是個又蠢、又賤、又瞎的大傻瓜！要不是錯到這種程度，我也許一早就……不過，還是讓我記住我在跟誰說話吧。

我新娘的母親我從沒見過，我原以爲她已經去世。蜜月過後，我才知道自己錯了。她母親原來發了瘋，給關在一座瘋人院裏，他另外還有一個弟弟，是個完全不會說話的白癡。

簡，我不想拿那些討厭的繁瑣事來煩擾妳了，幾句要緊的話就可以把我要說的話說清楚。我跟樓上那個女人一起生活了四年，四年還不到，她就已經把我折磨得夠苦了。她的壞脾氣以可怕的速度滋長著、發展著。她的邪惡迅猛地增長著。它們是那麼強烈，只有用殘酷手段才能制止住，可我不願用它。她的智力低得像侏儒——而怪癖卻大得像巨人！她的怪癖給我帶來多麼可怕的厄運啊！伯莎・梅森——一個跟聲名狼藉的母親同一個模子裏出來的女兒——硬拖著我經歷了一個娶了個荒淫放縱妻子的男人必然會經歷的種種丟人現眼的痛苦和煩惱。

在這期間，我的哥哥死了，在四年將盡時，我的父親也去世了。這時，我是夠富有的了，可我又貧苦得可怕。一個我所見過的最粗野、最下流、最墮落的生命，跟我的生命牢牢地在一起，還被法律和社會稱爲我的一部分。而我卻不可能用任何合法的手續擺脫它，因爲當時醫生已經診斷出，我的妻子瘋了——她的恣意妄爲已經使瘋病的胚芽過早地長了起來。

『去吧，希望說，』再到歐洲去生活，那兒誰也不知你有一個被玷污的名字，也沒有人知道你揹著這樣一個骯髒的包袱。你可以把瘋女人帶到英國去，把她關進桑菲爾德，加以妥善的照料和防範。然後，你就可以高興去哪兒就去哪兒旅行，就可以隨你自己的心願重新和別人結合。那個女人如此任性地使你長期經受痛苦，如此玷污了你的名字，如此糟蹋了你的名聲，如此耽誤了你的青春，她不是你的妻子，你也不是她的丈夫。於是，我把她送到了英國，帶著這麼一個怪物乘船，我這次航行真是夠可怕的了。令人高興的是，我終於把她弄到桑菲爾德，看著她安全地住進了三樓的那間屋子裏。

到現在爲止，她已在那個房間裏住了十年了，那間秘密的內室已被她看成了一個野獸窩——一個妖怪洞了。我很費了點事才找到一個照料她的人，因爲，一定得挑個忠實可靠的人才行，要不她發起瘋來，勢必會洩露我的秘密。再說，她也有一連幾天——有時是幾個星期——清醒的時候，這種時候她就不停地咒罵我。最後，我終於從格里姆斯比瘋人院僱來了格雷斯・普爾。只有她和外科醫生卡特（梅森被刺傷和咬傷那天晚上，就是他給包紮的傷口）兩人，我讓他們知道了我的秘密。費爾法克斯太太當然有可能猜測到一點，可她沒法知道事情的確切真相。

總的來看，格雷斯經證明是個好看護，儘管她有著一個無法治癒的毛病，這也許是幹她這種麻煩職業的人常有的，她不止一次地放鬆和喪失過警惕。這瘋女人又狡猾又惡毒，她從不放過利用看護人的疏忽。有一次她悄悄藏起了一把小刀，用它刺傷了她弟弟，還有兩次她偷到了自己房門的鑰匙，半夜裏偷偷從房裏溜了出來。第一次她惡狠狠地企圖把我燒死在床上，第二次她魔鬼般地找上了妳。多謝上帝保佑了妳！她只把她的怒火發洩到妳的結婚服裝上，也許是那服裝讓她模糊地回憶起自己當新娘的日子。然而當時有可能會出什麼事，我可是連想也不敢想啊。我一想到今天早上撲上來掐住我脖子的傢伙……」

「別再提那些日子了，先生。」我打斷了他的話，偷偷抹去了眼角的幾滴淚水。他的話使我非常難受，因爲我知道我該怎麼做——而且馬上就要做了——而所有這些回憶，他的這些感情的表白，只會使我做起要做的事來更加困難。

「對，簡，」他回答說，「既然現在要可靠得多——未來要光明得多，那何必還一味想著過去呢？」

聽到他這樣癡迷地斷言，我不由得打了個寒顫。

「簡，妳明白我向妳要求的是什麼嗎？我只要妳的一句諾言：『羅切斯特先生，我願意成爲你的。』」

「羅切斯特先生，我不願意成爲你的。」

又是一陣長長的靜默。

「簡！」他重又開口說，語氣中那份溫柔令我悲痛欲絕，同時，又有一種不祥的恐懼使我渾身冰涼──因為這種平靜的聲音恰如緩緩站立起來的獅子的喘息──「簡，妳是說妳要在這世界上走一條路，而讓我走另一條路嗎？」

「是的。」

「簡，」（他俯下身來抱住我）「現在妳還是這個意思嗎？」

「是的。」

「現在呢？」他輕輕吻著我的額頭和臉頰。

「是的……」我迅速地完全從他的擁抱中掙脫出來。

「哦，簡，這太狠心了！這……這是不道德的。愛我倒不是不道德的。」

「依了你就不道德了。」

「妳要走了，簡？」

「我要走了，先生。」

「妳要離開我了？」

「是的。」

「妳不願意來了？妳不願做我的安慰者，我的拯救者了？──我深摯的愛情，我劇烈的痛苦，我瘋狂的祈求，對妳來說都無所謂嗎？」

他的聲音中有著如此無法形容的悲愴！要堅決地再說一遍「我走了」，是多麼困難啊！

「簡！」

「羅切斯特先生！」

「那麼，去吧——我同意——但是記著，妳把我痛苦不堪地撇在這兒了。上樓到妳自己的房間去吧，把我所說的一切再好好想想，簡，稍微想一想我受的苦——替我想一想。」

他轉過身去，撲倒在沙發上。

「哦，簡！我的希望——我的愛——我的生命啊！」從他嘴裏痛苦不堪地吐出這幾句話。接著是一陣低沈而強烈的啜泣。

「別了！」在我離開他時，心中這麼呼喊道。絕望的心情又補了一句：「永別了！」

七月的夜是短促的，午夜過後不久，黎明就來臨了。

「現在著手去做我該做的事情，已經不會太早了。」我想著，就起來了。我已穿好衣服，因爲上床時，除了鞋子我什麼也沒脫。我知道該到抽屜裏的什麼地方找出我的幾件內衣、一個小金盒和一隻戒指。我把其他的東西打成一個小包裹。我把裏面裝有二十個先令（這是我的全部財產）的小錢袋放進口袋。我繫好我的草帽，扣牢我的披巾，拿了包裹和那雙暫時還不想穿上的便鞋，偷偷溜出房間。

我心情黯然地轉彎抹角下了樓。我明白自己應該做些什麼，就機械地照著做了。我在廚房裏找到了邊門的鑰匙，還找了一小瓶油和一根羽毛，在鑰匙和門鎖上都上了點油。我拿了一點水和一點麵包，因爲說不定我得走很長的路，我的體力和精力最近都不太好，可千萬不能垮下來。

我悄無聲息地做好這一切。我打開邊門，走出門外，然後又悄悄把門關好。院子裏閃著朦朧的曙光。大門緊關著而且上了鎖，不過，有扇門上有個小門只是閂著。我就從這個小門走了出來，隨手關上了。現在，我已走出了桑菲爾德府。

一英哩外，田野的那一邊有一條路伸向和米爾科特相反的方向。這條路我從來沒有走過，但卻經常注意到，而且心裏一直琢磨，它到底通向哪裏的呢。

現在我就邁步朝那個方向走去。眼前已不容許有什麼深思熟慮了，既不能稍作一點後顧，甚至也沒法作一點前瞻。無論是對過去還是將來，我都連想也不敢去想一下。那過去的一頁，如同天堂般的甜美——可又像地獄般的悲苦——只要讀上一行，就會瓦解我的勇氣，摧毀我的力量。而未來的一頁，則是一片可怕的空白，就像剛被洪水淹沒過的世界。

我走到大路上時，不得不坐到樹籬下休息一會兒。正當我坐在那兒休息時，我聽到了車輪聲，看到有輛車正朝我疾馳而來。我站起身一舉起手，馬車停了下來，我問趕車人上哪兒，趕車人說了一個很遠的地名。我確信，那地方羅切斯特先生並沒有什麼親朋好友。我問他讓我搭車到那兒要多少錢，他說三十先令。我回答只有二十先令。

他說，好吧，那就將就著收二十先令吧。他還允許我坐到車廂裏面去，因爲車子正空著。

我坐進裏面，車廂門關上了，車子繼續前進。

二十八　出走

兩天過去了。那是個夏日的傍晚，馬車夫要我在一個叫惠特克勞斯的地方下了車。因爲按我所付的車錢，他已不能再讓我往前搭車，而我，身上連一個先令也拿不出來了。馬車駛走離我都快有一英哩遠了，我還獨自一人站在那兒。直到這時我才發現，我忘了把我的小包裹從馬車的口袋裏取出來了，我是爲了安全才把它放在那兒的。它留在那兒了，一定還留在那兒。這一來，我真是一貧如洗了。

惠特克勞斯不是個城鎮，甚至也不是個村落，它只不過是立在十字路口的一根石柱子。它給刷成了白色，我想是爲了從遠處或者在夜間容易看清吧。它的頂上伸出四塊指路標，從上面的文字看，最近的一個城鎮離這兒也有十英哩，最遠的則超過二十英哩。

從這些熟悉的城鎮名字上，我知道了我是在哪個郡下的車：這是中部靠北的一個郡，遍佈幽暗的沼澤和險峻的山巒。這我一眼就能看出。

在我身後和左右兩邊全是大片的沼澤，在我腳下則是一道深谷，深谷的那邊遠遠地是連綿起伏的群山。這兒準是人煙稀少，這兒的幾條路上都看不到一個過往行人。

我該怎麼辦？去哪兒呢？哦，這實在是個令人難受的問題，其實我什麼也辦不成，哪兒也去不了！——要到達一個有人居住的地方，我還得用我疲憊發顫的雙腿走上很長一段路程——

要想找到一個安身之處，得先祈求人家冷冰冰地發個善心，要別人聽我講講我的身世，或者滿足我的某項要求，就得先強求別人勉強表示同情，而多半還會招致一些人的白眼！

我摸了摸石楠叢，很乾燥，還留著夏日炎熱的餘溫。我望望天空，天空一片清澄，一顆和藹可親的星星正好在溝邊的天空閃爍。夜露降下來了，不過帶著慈祥的溫柔。

也沒有微風輕拂。大自然對我似乎親切而寬厚，我覺得儘管我無家可歸，可她依然愛我，而我，從人們那兒只能得到懷疑、鄙棄和侮辱，也就懷著子女般的依戀，緊緊依偎著她。至少今天晚上，我要成為她的客人——因為我是她的孩子，我的母親會收留下我，既不要錢，也不要任何代價。

可是第二天，生活需求又擺到了我的面前，可我既全身乏力，又身無分文。小鳥早已離窩，蜜蜂趁露水未乾、晨光正好時，早已飛來採集石楠花蜜——當早晨長長的影子已經縮短，陽光早已佈滿大地和天空時——我起身了。

約莫下午兩點鐘，我走進了一個村子。在一條街的盡頭有一家小鋪子，櫥窗裏擺著一些麵包。我極想得到一塊。有塊麵包充飢，也許我還能恢復幾分精力，沒有它，我實在是難以繼續前行了。我身上難道沒有東西可以用來換一個麵包卷了嗎？我想了想，我脖子上還繫著一條小絲巾，手上還有一雙手套。

「我可以拿這條絲巾換妳一個麵包嗎？」

女店主帶著明顯的懷疑看著我：「不，我從來不做這樣的買賣。」

我幾乎已不顧一切了，要求只給半個麵包，但她還是拒絕了。

「我怎麼知道妳這塊絲巾是從哪兒弄來的呢？」她說。

「那妳願意要我的手套嗎？」

「不要，我要手套有什麼用？」

天黑前不久，我經過一家農舍，農人坐在敞開的門口，正吃著麵包乾酪的晚餐。我停下腳步，說：「你肯不肯給我一片麵包？我餓極了。」

他詫異地朝我看了一眼，可是並沒答話，他從自己的麵包上切下厚厚的一片遞給了我。

我不指望能在人家的家裏投宿，於是便到一片林子裏找了個休息處。可是這一夜過得糟透了，睡得很不好。地又潮，天又冷，加上不止一次有人闖進來，打我旁邊走過，我不得不一再換地方，沒有一點安全感和清靜感。

天快亮時，下起雨來，接著一整天都下著雨。讀者啊，請別讓我細說這一天的情況了。我仍像前一天一樣想找個工作，像前一天一樣遭拒絕，也像前一天一樣挨餓。不過有一次，我吃到了一點東西。在一家農舍門口，我看到一個小姑娘正要把一點冷粥倒進豬槽。

「妳把這給我好嗎？」我問。

她睜大眼睛看著我。「媽媽！」她喊道，「這兒有個女人要我把粥給她。」

「好吧，孩子，」農舍裏有個聲音回答說，「要是她是個要飯的，就給她吧，豬不愛吃粥。」

姑娘把那凝結成塊的冷粥倒在我手裏，我狼吞虎嚥地把它吃了下去。

天黑了，我終於發現從一座房子中透出的一絲燈光。我摸到了門口，遲疑地敲起門來。一個女僕來開了門。

「妳有什麼事？」她用驚詫的聲調問道，一面借著手中的燭光打量著我。

「我想在外屋或者隨便什麼地方借住一個晚上，還想要一點麵包吃。」

她的臉上出現了我最擔心的那種懷疑的表情。「我可以給妳一塊麵包。」她停頓了一會兒說，「可我們不能收留一個流浪者過夜。這辦不到。」

「可妳把我趕走，我一定會死掉的。」

「妳才不會哩。我怕妳是在打什麼壞主意，這麼深更半夜還想闖進人家家裏來。要是附近還躲著妳的同夥——強盜什麼的——妳可以告訴他們，屋子裏不光是我們這幾個人，我們還有一位先生，還有狗和槍。」說到這兒，這個老實固執的僕人砰的一聲關上了門，而且上了閂。

「人都是要死的，」近旁突然有個聲音說道，「但並不是所有人都註定要像妳這樣，受盡折磨過早地死去，要是妳就這麼因飢渴而死的話。」

「是誰，還是什麼東西在說話？」我問道，一時被這突如其來的聲音嚇了一大跳。不過，這會兒不管發生什麼事情，我都不會寄予得救的希望了。

一個人影就在近旁——到底是怎麼樣的人影，我沒能看清，夜漆黑一團，而我的視力又變得衰弱了。這新來的人轉身向著門，長時間地重重敲了起來。

「是你嗎，聖約翰先生？」女僕叫道。

「是呀——是呀，快開門。」

「哎呀！這麼個狂風暴雨夜，你準是淋得又濕又冷了！快進來——你妹妹都在爲你擔心了，我想附近一定還有壞人哩。剛才有個要飯的女人——我斷定她還沒走！——可不，就躺在那兒。起來！真不害臊！喂，快走開！」

「別作聲，漢娜！我有話要跟這女人說。妳把她趕走，已經盡了妳的責任。現在讓我盡我的責任，放她進來。我剛才就在旁邊，聽到妳們倆說的話了。我覺得這是個特殊的情況——我至少得問問清楚。年輕的女人，起來吧，走在我前面，進屋去。」

我艱難地照他的話做了。不一會兒，我就站在了那間乾淨明亮的廚房裏——就在那爐火跟前——一直打哆嗦，渾身難受，知道自己經過風吹雨打，蓬頭散髮的，模樣兒一定極其可怕。兩位小姐，她們的哥哥聖約翰先生，還有老僕人，全都定睛看著我。

「聖約翰，這是誰呀？」我聽到有個人問。

「我也說不上，我是在門邊發現她的。」對方回答說。

「她的臉色真蒼白。」漢娜說。

「我想是餓壞了。漢娜，那是牛奶嗎？拿來給我，再拿片麵包來。」

一個叫黛安娜的女子掰下一小塊麵包，在牛奶裏浸了浸，送到我的嘴邊。

「一開始不能吃得太多——要控制，」哥哥說，「我看她已經夠了。」說著，他拿開那杯牛奶和那碟麵包。

「漢娜，」聖約翰先生又說，「現在先讓她在那兒坐一會兒，別問她話。十分鐘後，把剛才剩下的麵包和牛奶給她。瑪麗，黛安娜，我們去客廳，把這件事仔細商量一下。」

他們走了。沒過多久，其中的一位小姐——我說不上是哪一位——回來了。我在暖洋洋的爐火邊坐著，一種昏昏然的舒適感流遍了我的全身。

那位小姐低聲對漢娜吩咐了幾句。不多一會，我便由僕人攙扶著上了樓。我濕淋淋的衣服給脫去了，立刻就躺倒在一張溫暖乾燥的床上。

二十九　里弗斯一家

這以後三天三夜的情況，我腦海裏的記憶一片模糊。我只能回憶起那段時間裏的一些感覺，但形不成什麼想法，更沒什麼行動。我知道自己待在一個小房間裏，躺在一張狹窄的床上。我像塊石頭般一動不動地躺著，彷彿已在那兒生了根，要是把我從那兒拖開，簡直會要了我的命。

我沒有注意到時間的流逝——覺察不到從早上到中午，從中午到晚上的變化。但有人進出房間我全看到了，甚至還能說出他們是誰。要是他們站在我身邊說話，我也能聽懂說的是什麼。但是我沒法回答，張一張嘴巴或者動一動四肢，同樣都做不到。

來房間最多的是那個女僕漢娜，她一來就讓我感到不安。我有一種感覺，她希望我離開。她不瞭解我，也不瞭解我的處境，她對我顯然有偏見。

黛安娜和瑪麗每天來房間一、兩次。她們常在我床邊悄聲說些這樣的話：

「幸虧我們把她收留了下來。」

「是啊，要是那天晚上整夜把她關在外面，第二天早上準會發現她死在門口了。不知道她遭了些什麼罪。」

聖約翰先生只來過一次，他看了看我，說我的昏睡不醒是長期疲勞過度的反應。他斷言沒有必要去請醫生。他認爲最好的辦法是聽其自然。他說，因爲我的每根神經都過度緊張，所以整個機體都需要有一段沈睡的時間，這並不是什麼病。他預料我一旦開始恢復，很快便能復原。

第三天，我好了一點，第四天，我能說話，動彈，從床上坐起來並轉動身子了。我猜想大概是吃晚飯的時候，漢娜給我端來了些稀粥和烤麵包。我吃得津津有味，食物好吃極了——不再像前幾天發燒時那樣，吃什麼都沒有味道。

在床邊的一把椅子上，放著我所有的東西，既乾淨又乾燥。我的黑色綢外衣掛在牆上。濺上的泥跡已經洗去，潮濕留下的皺痕已經熨平，看起來相當體面。我的鞋襪也都洗刷得乾乾淨淨，可以穿出去見人。屋子裏有洗臉用具，還有一把梳子和一把刷子，可以讓我把頭髮梳理整齊。

經歷了一個累人的過程，每隔五分鐘還停下來歇口氣，最後我終於穿戴好了。我扶著欄杆，慢慢走下樓梯，再走過一條狹窄低矮的過道，便發現自己已經來到廚房。

「怎麼，妳起來了？」漢娜說，「這麼說，妳好一點了。妳願意的話，可以坐在爐邊我那把椅子上。」

她指了指那把搖椅。我坐了下來。

「請妳告訴我，我們這座宅院叫什麼？」

「有人叫它澤邊山莊，有人叫它沼澤山莊。」

「住在這兒的那位先生叫聖約翰先生？」

「不，他不住在這兒。他只是在這兒暫住一陣子。他自己的家在莫爾頓，那兒是他的教區。」

「那村子離這兒有幾英哩吧？」

「對。」

「他是做什麼的？」

「他是教區牧師。」

「那麼這兒是他父親的家了？」

「沒錯。老里弗斯先生就住這兒，還有他父親，他祖父，他曾祖父全住這兒。」

「這麼說，那位先生就是聖約翰・里弗斯先生了？」

「嗯，聖約翰是他受洗禮時的名字。」

「他的兩位妹妹叫黛安娜・里弗斯和瑪麗・里弗斯？」

「對。」

「他們的父親去世了？」

「二個禮拜前中風去世的。」

「他們沒有母親？」

「女主人過世已經多年了。」

「妳和這家人一起生活很久了嗎？」

「我在這兒待了三十年。他們三個全是我帶大的。」

漢娜顯然很健談。我揀果子、她和麵做餅時，她繼續給我講這家人的各種瑣事：關於她的已故男、女主人的，關於她稱作「孩子們」的那幾個年輕人的。

她說，老里弗斯先生是個非常樸實的人，但他是位紳士，出身於一個十分古老的家族。沼澤山莊打一造好就屬於里弗斯家。他斷定說：「它大約有兩百來年歷史了——儘管它看上去只是一座簡陋的小房子，根本沒法跟下面莫爾頓谷奧利佛先生的豪華住宅相比。可是我還記得，比爾・奧利佛的父親是個製作縫衣針的工匠，而里弗斯家，打從亨利時代起就已經是個鄉紳了。任何人只要看一看莫爾頓教堂法衣室裏的登記簿就可以知道。」

不過，她也承認：「老主人和別的鄉鄰一樣——沒有多大出眾的地方，酷愛打獵，喜歡耕作什麼的。」女主人就不同了。她讀過很多書，很有學問，「孩子們」都像她。在附近這一帶，沒有人像他們那樣的，以前也沒有。他們喜歡讀書，三個全喜歡，差不多打從會說話的時候起就這樣。他們一直「有他們自己的一套」。

聖約翰先生一長大就進了大學，當上了牧師，兩個姑娘一唸完中學，就去找家庭教師做。她們告訴過她，她們的父親幾年前由於信託人破了產，損失了很大一筆錢。既然父親現在已經沒有錢，不能給她們什麼財產，她們就只好自己去掙錢養活自己了。

很長一段時間以來，她們極少回家來住，現在只是因為父親去世，她們才回來住幾個星期。不過，她們非常喜歡沼澤山莊和莫爾頓，喜歡周圍所有的這些沼澤和小山。她們到過倫敦和別的許多大城市，可她們總是說，哪兒也比不上家鄉好。而且兩姐妹互相很合得來——從來不爭不吵。她真不知道哪兒還有這樣團結和睦的家庭。

我揀完醋栗，問她兩位小姐和她們的哥哥現在在哪兒。

「上莫爾頓散步去了，不過半小時後，就要回來用茶點。」

他們果真在漢娜指定的時間裏回來了，他們是從廚房門進來的。聖約翰先生見了我，只是點了點頭就打我身旁走過去了，兩位小姐停了下來。

「妳到這兒來做什麼？」黛安娜接著說，「這可不是妳待的地方！瑪麗和我有時候來廚房坐坐，那是因為在家裏我們喜歡自由自在，甚至隨隨便便——可妳是客人，應該上客廳去。」

「我在這兒很好。」

「一點也不好——漢娜在這兒忙來忙去，會把妳弄得滿身麵粉的。」

「再說，對妳說來，這兒的爐火也太熱了。」瑪麗插嘴說。

「可不是嘛，」她姐姐又補充說，「來吧，妳得聽話。」說著，她握住我的手，把我拉了起來，帶我進了裏屋。

他們三個人都看著我，但並沒有不信任的神色。我覺得他們的目光中並無懷疑的表情，更多的卻是好奇。

「妳還沒有結婚吧？是個未婚姑娘？」聖約翰問道。

黛安娜笑了。「嗨，她才不過十七、八歲哩，聖約翰。」她說。

「我快十九了，不過我還沒結婚。沒有。」

我只覺得臉上一陣熱辣辣的。一提到結婚，又勾起了我痛苦和激動的回憶。

「妳來這兒之前住在哪兒呢？」他又問道。

「我是一個孤兒，是一個牧師的女兒。早在我還不能記事時，我的父母就去世了。我是靠別人撫養長大的，在一個慈善機構裏受的教育。我甚至可以告訴你們這個機構的名稱，我在那兒做了六年學生，兩年教師——XX郡的洛伍德孤兒院。你一定聽說過它吧，里弗斯先生？——羅伯特・勃洛克赫斯特牧師是那兒的司庫。」

「我聽說過勃洛克赫斯特先生，也去參觀過那所學校。」

「大約在一年以前，我離開洛伍德去當了私人家庭教師。我得到了一個很好的工作，過得很愉快。可是四天前，我被迫離開了那個地方，來到了這兒。至於離開的原因，我沒法解釋，也不必解釋。即使解釋了也沒用，而且還有危險，再說，聽起來也讓人難以置信。不過，我沒有任何過錯可以受到指責，我和你們三個人一樣是清白無辜的。我很痛苦，而且必將痛苦一段時間。因爲把我從我看成是天堂的那家人家趕出來的，是一場離奇而可怕的災難。在計劃出走的時候，我只顧到了兩點——迅速和秘密。爲了確保做到這兩點，我不得不丟下所有的東西，只帶了一個小包裹，而這個小包裹，由於我的匆忙和慌亂，竟又丟在把我帶到惠特克勞斯的馬車上了。因此，我來到這兒已經一無所有了。我在露天裏過了兩夜，漂泊了兩天，沒走進過一家人家。在這段時間裏，我只吃過兩次東西。就在我被飢餓、疲乏和絕望弄得幾乎奄奄一息時，你，里弗斯先生，不讓我餓死在你的家門口，把我收留到你的家裏。那以後，你的兩位妹妹爲我所做的一切，我全都知道——因爲在我看起來似乎昏睡的期間，我並不是沒有知覺——對她們那自發、真誠、親切的憐憫，也跟對你那合乎福音精神的慈悲一樣，我欠著很大的情。」

「別讓她再多說了，聖約翰，」趁我停下來時，黛安娜說，「她顯然還不宜太激動。到沙發這兒來，快坐下，愛略特小姐。」

一聽到這化名，我不由自主地愣了一下。我已經把這個新名字給忘了。但看來什麼都逃不過里弗斯先生的眼睛，他馬上注意到了這一點。

「妳說妳的名字叫簡・愛略特？」他問道。

「我是這麼說過，我覺得我目前用這個名字比較方便。不過這不是我的真姓名，所以乍一聽到，覺得怪陌生的。」

「妳不願告訴我們妳的真實姓名？」

「是的。主要是怕被人發現。所有會導致這一後果的事，我就得避免。」

「我相信妳做得對，」黛安娜說，「好了，哥哥，現在你就讓她安靜一會兒吧。」

可是聖約翰沈思了片刻之後，又開始像先前一樣冷靜而敏銳地盤問起我來了。

「妳不願長期依靠我們的款待——這我看得出來，妳希望儘早免受我兩個妹妹的憐憫，尤其是不需要我的慈善（我完全體會得到這種有意強調的區別，但我並沒有感到不滿——因為它是對的），妳極希望自己能獨立而不依賴我們，是嗎？」

「如果找不到更好的工作，我願意做個裁縫，也可以當個普通女工，我也願意當女僕，做保姆。」我回答說。

「好吧，」聖約翰先生十分冷淡地說，「既然妳有這樣的精神，我就答應幫助妳，在我合適的時候，用我合適的方法來幫助妳。」

他重又埋頭去看喝茶前在看的那本書了。我也馬上起身告辭，我已經在我目前體力許可的範圍內，說得夠多，坐得夠久了。

三十　黛安娜、瑪麗和聖約翰

我對沼澤山莊的主人們瞭解得愈多，就愈喜歡他們。不多幾天，我的健康便大有恢復，已經可以整天坐著，有時還能出去散散步了。我已能參加黛安娜和瑪麗的一切活動。她們愛談多久，我就和她們交談多久，還在她們允許的時候和場合，幫她們做點事。

在這種交往中，有一種令人振奮的愉悅——我這還是第一次體會到——這是一種來自趣味、感情和做人準則完全融洽一致的愉快和歡樂。

就這樣，一個月過去了。黛安娜和瑪麗不久就要離開沼澤山莊，回到英國南部一個時髦的大城市裏去做家庭教師，等待著她們的是完全不同的生活和環境。她們各自在一家人家任職，那些富有而傲慢的主人家的成員，都把她們看成是卑微的下人。那些人既不瞭解也不去發現她們內在的美德，只是像欣賞廚子的手藝和侍女的情趣一樣，來對待她們具有的的才藝。

聖約翰先生，一直沒有再提起答應爲我找個工作的事，而對我來說，找個職業已經是迫在眉睫的事。一天早上，有那麼一會兒，正好剩下我和他兩人在客廳裏，我大膽地走近窗口的凹入處——那兒擺著他的桌椅書台，儼然像個書房——我剛想開口說話，儘管還不知道該用怎樣的措詞來問他——因爲要打破裏在他那拘謹性格外面的堅冰，任何時候都是困難的——可他卻免去了我的爲難，先開了口。

我走近時他抬起頭來，問道：「妳有問題要問我嗎？」

「是的。我想知道，你可聽說有什麼工作可以讓我去做？」

「三個星期以前，我就給妳找到了一個工作，或者不如說想出了一個工作。可是我看妳在這兒既有用處，也很愉快——因爲我的兩個妹妹顯然都很喜歡妳，跟妳在一起，她們感到特別愉快——我覺得不便打破妳們的歡樂氣氛，準備等到過幾天她們離開沼澤山莊再說，因爲到那時，妳也不得不離開這兒了。」

「她們再過三天就要走了，是嗎？」我問。

「是的，她們一走，我就要回到莫爾頓的牧師住宅去了。漢娜將跟我一起去。這座老房子就要鎖上了。」

我等了幾分鐘，指望他會把剛開始的話題繼續下去，可是看上去，他的思路已經轉到其他方面。他的神情表明他的心思已經不在我和我的事情上了。我只好提醒他回到我不得不關心的這個話題上來。

「你想出的是什麼工作，里弗斯先生？我希望，不至於因耽擱了這麼久，而使得到這份工作增加困難吧。」

「啊，不會。因爲這份工作只取決於我是不是給，妳是不是接受罷了。」

「請你詳細說一說吧。」我催促道。

「我會說的。妳會聽到我提出的工作是多麼可憐——多麼微不足道——又多麼瑣碎纏人。

現在我父親已經去世，凡事我自己可以做主了，我不會在莫爾頓再待很久。我有可能在一年之內離開這個地方，但只要我還在，我就要盡最大的努力來改善這兒的狀況。兩年前我剛來時，莫爾頓沒有一所學校，窮人的孩子毫無希望求得上進。我設法爲男孩子們辦了一所學校，現在我打算給女孩子們也辦一所。我已經爲這所學校租下一座房子當校舍，還有和它相連的一座有兩個房間的小屋，用來作女教師的宿舍。女教師的年薪是三十鎊。她的房間承蒙一位好心的女士奧利佛小姐的幫助，已經佈置好了。家具雖然簡單了一點，但已經足夠用了。奧利佛小姐是我教區裏唯一的富翁奧利佛先生的獨生女兒。山谷裏那家製針廠和鑄造廠，就是奧利佛先生的。奧利佛小姐還從孤兒院找來一個孤女，負擔她的衣著和學費，條件是要她幫女教師做點家務和學校裏的雜活，因爲女教師要忙教務，沒有時間來親自料理這些事，妳願意當這個教師嗎？」

「非常感謝你的這個建議，里弗斯先生，我真心誠意接受這份工作。」

「不過，妳聽明白我的意思了嗎？」他說，「這是一所鄉村學校。妳的學生只是些窮苦女孩──茅屋裏的孩子──至多是農民的女兒。編織、縫紉、閱讀、書寫、計算，全都得由妳來教。那妳把自己的才學用到哪兒去呢？妳的大部分思想──感情──情趣又怎麼辦呢？」

「把它們留到需要的時候再用吧。它們會保存下來的。」

「這麼說，妳已經知道妳所擔負的工作了？」

「我知道。」

這時他笑了，不是苦笑，也不是嘲笑，而是大為高興、極其滿意的微笑。

「那妳準備什麼時候開始履行職務呢？」

「我明天就去我那座小屋，要是你同意的話，下個星期就開學。」

「很好，那就這樣吧。」

他站起身來，朝房間的那一頭走去，接著停下腳步，又朝我打量了一番，然後搖了搖頭。

「你有什麼不滿意呢，里弗斯先生？」我問道。

「妳不會在莫爾頓待太久的。不會，絕不會！」

「為什麼？你有什麼理由這樣說呢？」

「我從妳的眼睛裏看得出來，表明妳不是那種願意平平穩穩度過一生的人。」

「我可沒有什麼雄心。」

一聽到「雄心」兩個字，他吃了一驚。

「雄心，」他重複道：「妳怎麼會想到雄心？誰有雄心？我知道我有雄心，可妳是怎麼發現的呢？」

「我是說我自己。」

「嗯，即使妳不是個雄心勃勃的人，妳一定也是個……」他停下了。

「是個什麼？」

「我本想說是個多情的人，不過，這說法也許會引起妳的誤解，為此感到不高興（我的意思是說，人類的愛心和同情心，在妳的身上表現得特別強烈。我敢肯定，妳不會長期滿足於在孤寂中打發妳的閒暇，而把妳的工作時間全都用在毫無刺激的單調勞動上。正像我一樣），他又加強語氣補充說，「我也絕不會滿足於永遠生活在這兒，埋沒在沼澤裏，閉鎖在群山中——上帝賦予我的天性遭到扭曲，上天賜給我的才能受到廢棄——變得毫無用處。」

他走出了房間。在這短短的一小時裏，我對他的瞭解超過了以前的整整一個月。不過，他還是使我迷惑不解。

正在這時，又發生了一件意外的事，就像是命運有意安排來證實「禍不單行」這句諺語似的，在他們的哀傷上又加上一份苦惱，那就是，眼看要到手的東西又飛走了。

聖約翰讀著一封信從窗前走過。他走了進來。

「我們的約翰舅舅死了。」他說。

兩個妹妹似乎都愣住了，不是受驚，也不是害怕。這消息在她們看來，與其說是令人悲痛，還不如說是事關重大。

「死了？」黛安娜重複了一句。

「是的。」

她用搜索的目光盯住她哥哥的臉。「還有什麼呢？」她低聲問道。

「還有什麼，黛？」他回答說，臉像大理石般一動不動，「還有什麼？哼，什麼也沒有。妳看吧。」

他把信扔到她膝上。她匆匆看了一遍，把它遞給瑪麗。瑪麗默默地仔細看過以後，把它遞還給她哥哥。三個人面面相覷，接著都笑了起來——一種悽楚的、憂傷的苦笑。

「阿門！我們還是能活下去的。」黛安娜終於說。

「不管怎麼說，這並不會使我們變得比以前更窮。」瑪麗說。

「這只是使本來可能出現的景象更強烈地印在腦海裏，」里弗斯先生說，「和現在的實際景象形成了相當鮮明的對比。」

他折好信，把它鎖進了書桌，接著就又走了出去。

有好幾分鐘誰也沒有說話。後來，黛安娜朝我轉過臉來。

「簡，妳剛才一定對我們和我們的秘密納悶了吧，」她說，「還會認爲我們的心腸太狠，聽到像舅舅這樣的近親去世都不怎麼傷心。可我們從來都沒有見過他，也不認識他。他是我母親的兄弟。很久以前，我父親曾和他發生過爭吵。我父親聽了他的話，才冒險把大部分財產拿去做投機生意，結果破了產。兩人相互埋怨，一氣之下分了手，從此再沒有和好過。後來我舅舅的生意做得很興隆，似乎積攢了兩萬多英鎊的財產。他沒有結過婚，除了我們和另一個親戚之外，沒有別的什麼近親。而那個親戚也不見得比我們更親。我父親一直抱著這樣的想法，認爲他會把財產留給我們，以此來彌補他的過錯。可是那封信卻告訴我們，他已把他的每一分錢都給了那另一個親戚，只留出三十幾尼給聖約翰、瑪麗和我三兄妹平分，用來購買紀念戒指。他當然有權愛怎麼做就怎麼做。可是，得到這樣的消息，難免會使人一時感到掃興。瑪麗和我，每人有一千鎊就會認爲自己很富有了。對約聖翰來說，這樣一筆錢就更有價值了，他可以用它來做許多好事。」

作了這番解釋以後，這事也就給擱在一邊了，無論是里弗斯先生，還是他的兩個妹妹，誰都沒有再提起過它。

第二天，我離開沼澤山莊去了莫爾頓。再過一天，黛安娜和瑪麗出發前往遙遠的布XX城。一個星期以後，里弗斯先生和漢娜回到了牧師住宅。於是，這座古老的山莊就空無一人了。

三十一　鄉村小學

於是，一座小屋成了我的家——我終於有了一個家。樓下的一個小房間，牆壁粉刷得雪白，地面鋪了沙子，房內有四把油漆過的椅子和一張桌子，一隻鐘，一個食具櫃，裏面放著兩、三隻盆子和碟子，還有一套荷蘭式白釉藍陶茶具。樓上是臥室，跟樓下的廚房一樣大小，擺著一張松木床，一個五斗櫃，很小，不過用來存放我那少得可憐的衣服，已經綽綽有餘了，儘管我那兩位善良慷慨的朋友出於好意，給了我一些必要的衣服，使我的衣服有了增加。

已是傍晚時分，我給了那個給我當女僕的小孤女一個橘子，打發她走了。我獨自一人坐在火爐邊。就在這天早上，村校開學了。

我有二十個學生；其中三個識一點字，沒有人會寫會算；有幾個會編織，少數幾個會一點縫紉；她們說話全都帶著非常濃重的本地口音；眼下，我和她們要彼此聽懂對方的話都有困難。她們中有幾個既沒有禮貌，非常粗野，不聽管教，而且又很無知；不過其餘的倒還聽話，盼望學習，有著我所喜歡的性情，我絕不能忘記，這些衣著粗陋的小農民，也跟最高貴的名門望族的後裔一樣有血有肉；在她們的心中，也跟出身最好的人一樣，有著天生的美德優雅、聰慧和善良的胚芽；我的責任就是要培養這些胚芽。

過下去的。

我在履行這份職責時，肯定會找到一些樂趣。我並不指望眼前的生活會讓我享受到多少愉快，但只要我安下心來，盡我的力量去做，毫無疑問，它還是會給我一些東西，讓我能一天天過下去的。

今天上午和下午，我在那間四壁空空、簡陋不堪的教室裏度過的幾個小時，我感到非常快樂、安定和滿足嗎？我不能欺騙自己，我必須回答：沒有。

我感到有幾分淒涼。同時，也讓我問自己一個問題：哪一個好？向誘惑屈服，任激情支配，不作痛苦的努力──不作掙扎──乖乖地落進溫柔的羅網，在覆蓋著羅網的鮮花叢中入睡，在南國的溫馨中醒來，置身於歡樂別墅的奢華享受之中。這會兒住在法國，做羅切斯特先生的情婦，一半時間沈迷在他的撫愛裏──因爲他會──哦，是的，他暫時會非常愛我。

他確實愛我──再不會有人這樣愛我了。我再也不會得到這種對美麗、青春和優雅的甜蜜禮讚了──因爲，再沒有別的什麼人會認爲我具有這些魅力了。他喜歡我，以我爲驕傲──而別的人絕不會如此。可是，我這是想到哪去了？我在說些什麼呀？尤其是，我這是什麼感情啊？我問的是哪一個好，是在馬賽一個傻瓜的天堂裏當個奴隸──眼下因虛妄的幸福興奮得發狂，過後因悔恨和羞慚痛哭流涕到窒息──好呢，還是在這有益身心的英格蘭中部一個微風輕拂的小山坳裏，當一名自由而正直的鄉村女教師好？

是啊，我現在覺得，自己當初堅持原則和法律，蔑視並消除狂熱時種種不理智的衝動是做對了。

正當我眺望著眼前的景色，覺得自己很幸福時，卻吃驚地發現了一條狗——我一眼認出，這是里弗斯先生的獵狗老卡洛——正在用鼻子拱開小門，而聖約翰自己則抱著雙臂靠在門邊。他雙眉緊鎖，用嚴肅得近乎不高興的目光盯著我。我請他進來。

「不，我不能多耽擱，我只是把我妹妹留給妳的一個小包裹送來給妳。我想裏面大概是一個顏料盒、一些鉛筆和畫紙。」

我走上前去接過包裹，這真是件深受歡迎的禮物。當我走近他跟前時，我覺得他在用一種嚴厲的目光審視著我的臉。

「也許是妳的住處——這座小屋——妳的家具——讓妳大失所望了？的確，是太寒酸了。可是……」

我打斷了他的話。

「我的小屋乾乾淨淨，能遮風避雨，我的家具也都方便夠用。我所看到的一切都使我感激不盡，而不是灰心喪氣。」

「可是，妳感到孤獨是一種壓迫嗎？妳背後的那座小屋既黑暗又空蕩。」

「我現在連寧靜感都還沒有時間享受，更沒有時間因孤獨感而不耐煩了。」

「很好。但願妳像妳所說的那樣感到滿足。不過我要勸妳，要堅決抵制使妳想回頭看的一切誘惑，把妳目前的工作堅定不移地做下去，至少做它幾個月。」

他說這話時，用的是既強加克制又加重語氣的特別聲調。說完後，他沒有看我，而是抬頭眺望著西下的夕陽。

我也跟著眺望起來。他和我都背朝著從田間通到小門來的那條小路。我們沒有聽到從雜草叢生的小路上傳來的腳步聲，此時此境，唯一令人沈醉的聲音，是山谷中那潺潺的流水聲。因此，當一個銀鈴般歡快甜美的聲音響起時，我們幾乎都嚇了一跳。

「晚上好，里弗斯先生。晚上好，老卡洛。你的狗比你先認出朋友來呢，先生。我還在下面的田野裏，牠就豎起耳朵，搖起尾巴來了，而你到現在還把背朝著我。」

這倒是真的。儘管里弗斯先生剛聽到那音樂般的聲音時嚇了一跳，就像一聲霹靂劈開他頭頂的雲層，可是直到這段話說完，他依然站在那兒，保持著說話人驚嚇了他時的姿勢——胳臂靠在門上，臉朝著西方。最後，他終於帶著幾分從容緩緩地轉過身去。

我彷彿覺得，有一個幻影出現在他的身旁。在離他二英呎的地方，有一個穿得一身潔白的形體——一個年輕、優美的形體，豐滿，但線條很美。當此人俯身撫摸了卡洛後抬起頭來，把長長的面紗甩到後面時，在他眼前就像鮮花綻開般露出了一張美麗絕倫的臉蛋。

聖約翰・里弗斯對這位人間天使又是怎麼想的呢？看見他轉過身去看著她，我心裏不由得對自己提出了這樣的問題，而且自然也就從他的臉上去尋找答案。他這時已把目光從這位仙女身上移開，看著長在小門旁邊一叢不起眼的雛菊。

「一個可愛的夜晚，不過妳獨自一人出來，太晚了。」他說著，用腳踩碎了雛菊那還沒有開的雪白的花蕾。

「哦，我今天下午剛從斯XX市回來。」（她說了二十英哩外一個大城市的名字）「爸爸告訴我說，你的學校已經開學，新的女教師也來了。所以我一喝完茶就戴上帽子，順著山谷跑來看她。這位就是她吧？」她指指我。

「是的。」聖約翰說。

「妳覺得妳會喜歡莫爾頓嗎？」她問我，語氣和神態都顯得直率而天真，毫不做作，很討人喜歡，儘管有一點孩子氣。

「我希望我會喜歡。我想我會這樣做。」

「妳覺得妳的學生像妳想像的那樣專心嗎？」

「很專心。」

「妳喜歡妳的房子嗎？」

「很喜歡。」

「我佈置得好嗎？」

「很好，真的。」

「我挑艾麗斯・伍德來伺候妳，選得還不錯吧？」

「的確不錯。她肯學，也很靈活。」（那麼，我想，這位就是女繼承人奧利佛小姐了。看來，她的財產和她的天生麗質一樣，都是得天獨厚！真不知道在她出生時，碰上了星辰的什麼幸運組合？）

「有時候我會過來幫妳上上課，」她補充說，「時常來看看妳，對我來說，也是生活上的一種變化。我喜歡生活上有變化，里弗斯先生，我在斯XX市的這段時間，真是開心極了。昨天晚上，或者不如說今天早上，我跳舞一直跳到兩點。第X團自從騷亂以來，一直就駐紮在那兒。那些軍官可真是世界上最討人喜歡的人，把我們那些年輕的磨刀製剪商都比得灰溜溜了。」

我覺得，聖約翰的下嘴唇撅出，上嘴唇緊咬了一會兒。當這個笑吟吟的姑娘告訴他這件事時，他的嘴看來確實緊緊地閉著。

由於他一聲不響、神色嚴肅地站在那兒，她就再次俯下身去撫摸起卡洛來。「可憐的卡洛是愛我的，」她說，「牠可不對牠的朋友扳起面孔，冷冷淡淡。要是牠會說話，也絕不會不聲不響的。」

「爸爸說，你現在再也不來看我們了。」奧利佛小姐抬起頭來繼續說，「在溪谷府，你都成了個陌生人了。今天晚上他一個人在家，身體也不大好，你肯跟我一起回去看看他嗎？」

「今晚不去了，羅莎蒙德小姐，今晚不去了。」

聖約翰先生幾乎像一台自動機器似的說著。這樣狠心拒絕得作出多大努力，只有他自己知道。

「好吧，既然你這麼固執，我只好向你告別了。我不敢再在這兒多待，已經開始降露水了。晚安！」

她伸出手來，他只碰了一碰。「晚安！」他跟著說，聲音又低沈又空洞，就像回聲似的。她轉過身去，不過立刻又回過身來。

「你身體好嗎？」她問道。難怪她要問這個問題，他的臉色蒼白得像她的衣服。

「很好。」他宣稱，隨後鞠了一個躬，就離開了。她走的是一個方向，他走的是另一個方向。

三十二　奧利佛小姐

我盡自己的全力積極忠實地繼續做著鄉村教師的工作。開始時，工作確實困難重重。儘管我盡了最大努力，還是過了一段時間之後，我才對我那些學生和她們的性情有所瞭解。她們全都沒有受過教育，官能十分遲鈍，在我看來，簡直笨得不可救藥。而且，乍一看去，個個都是呆頭呆腦的。但是，很快我就發現自己錯了。就像受過教育的人一樣，她們之間也是有差別的。

等到我開始瞭解她們，她們也瞭解我之後，這種差別就很快地擴大了。一旦她們對我的語言、規矩和方式方法不再感到驚異，我便發現，這些一臉蠢相、張口結舌的鄉下人中，有些人開了竅，成了相當機靈的女孩。許多人都很親切可愛。我還發現，她們中間有不少人生性懂禮貌，自尊自愛，而且能力出眾，不但贏得了我的好感，也贏得了我的稱讚。

這些女孩很快就樂於做好功課，保持個人整潔，懂得按時上課，養成了文靜和遵守紀律的習慣。在有些方面，她們的進步之快簡直是驚人的，她們已經能閱讀、書寫和做縫紉活，我就教給她們語法、地理、歷史的基本知識和比較精細的針線活。

我在她們中間發現了幾個很值得稱道的人——她們求知慾強，渴望上進——我在她們家裏跟她們一起渡過了許多愉快的夜晚。她們的父母（農民夫婦）對我殷勤備至。接受他們純樸的好意，並報以關心和尊重——嚴格認真地尊重他們的感情——其中自有一番樂趣。他們對這也許並不總是感到習慣，但這使他們十分高興，而且，對他們也有益處，因為這不但使他們看到自己的地位有了提高，同時也促使他們竭力做到無愧於他們受到的禮遇。

羅莎蒙德‧奧利佛小姐遵守諾言常來看望我。她通常都在早上遛馬時來學校。她騎著自己的小馬慢跑到門口，後面跟著一個騎馬穿制服的僕人。

她穿著一身紫色的騎馬服，在她拂著臉頰、飄垂到肩的長長鬈髮上，優雅地戴著一頂黑絲絨的女戰士帽，再也想像不出還有什麼比她這身打扮更優美的了。她就這樣走進這座簡陋的校舍，從一排排令人眼花撩亂的鄉下女孩的中間飄然走過。

她一般都在里弗斯先生每天給孩子們上教義問答課時到來。我真擔心這位女客的銳利目光會刺穿那個年輕牧師的心。

奧利佛小姐已經多次光臨我的小屋，我對她的性格也有了全面的瞭解。她這人既不神秘也不裝假。她賣弄風情，但並非無情無義；她愛好挑剔，但並不卑鄙自私；她嬌生慣養，但並未完全被寵壞；她性子很急，但並不亂發脾氣；她驕矜自負（既然一照鏡子就看到自己如此漂亮非凡，她又怎能不驕矜自負），但並不裝腔作勢；她慷慨大方，但並不仗財自豪。她真誠直率，相當聰明；她愉快活潑，少動腦筋。總之，就連我這樣一個同性別的冷眼旁觀者看來，她也是非常迷人的。

一天傍晚，她又像往常那樣，帶著孩子氣的好動、輕率以及並不讓人反感的好奇，亂翻起我那小廚房裏的餐具櫃和桌子抽屜來。先是發現了兩本法語書，一本席勒的作品，一本德語語法和一本德語詞典。接著又翻出了我的繪畫工具和幾張速寫，其中包括一張用鉛筆畫的，一個小天使般的漂亮小姑娘，這是我的一個學生的頭像；還有幾張是莫爾頓山谷和周圍沼澤地的自然風光。她先是驚訝得愣住了，接著是大喜若狂。

「這些畫是妳畫的？妳還懂法語和德語？妳真是太可愛了——真是個奇蹟！妳比斯XX城一流學校裏我的老師畫得還好。妳願意爲我畫一張速寫給我爸爸看看嗎？」

「我很樂意。」我回答道。想到有這麼個完美和光彩照人的模特兒讓我寫生，心頭不由得掠過一陣畫家的欣喜之情。

她當時穿著深藍色的綢裙衫，雙臂和脖子都裸露著，唯一的裝飾就是那頭栗色的鬈髮，天生鬈曲，自然優美，波浪似的披落在雙肩。我拿出一張上好的畫紙，仔細地勾畫了一個輪廓。我已經預先體會到給它著色的樂趣。由於這時天色已晚，我告訴她得改天再來，坐下來讓我畫。

她回去對她父親說了我的情況。第二天晚上，奧利佛先生居然親自陪她來了。他是個身材高大、濃眉大眼、頭髮灰白的中年人。他那可愛的女兒站在他的身邊，看上去就像一座古老的塔樓旁一朵嬌豔的鮮花。他看來是個沈默寡言、或許還是個頗爲高傲的人物，不過對我倒挺和氣。

羅莎蒙德的肖像底稿他非常喜歡，叮囑我一定要把它很好完成。他還堅持邀請我第二天去他的溪谷府過一個晚上。

我去了。我發現那是一幢寬敞、漂亮的住宅，處處顯示了主人的富有。我在那兒的時候，羅莎蒙德一直又說又笑，十分高興。她父親也和藹可親。

用過茶點之後，在他和我的交談中，他用熱情的言詞對我在莫爾頓學校裏的工作表示讚賞。他還說，根據他的所見所聞，他擔心的是我做這工作是大材小用，過不多久我會辭去它，去做更合適的工作。

「沒錯！」羅莎蒙德嚷道，「她這麼聰明，完全可以到高貴的人家去當家庭教師，爸爸。」

我心裏想——我倒寧願待在這兒，絕不願意到世上的任何一個高貴的人家去。

接著，奧利佛先生以極大的敬意談起了里弗斯先生——談起里弗斯的一家。他說他們一家是這一帶一個古老的世家，這一家的祖上非常富有，整個莫爾頓都曾一度屬於他家。他認爲，就是現在，這家人家的戶主只要願意，還可以和最體面的人家結親。

他還認爲，這樣優秀的、有才華的青年，竟然打算外出去當傳教士，真是太可惜了，這簡直是在浪費一條寶貴的生命。這樣看來，他是不會在羅莎蒙德和聖約翰的結合上設置任何障礙的。奧利佛先生明顯地表示，這位年輕牧師的良好出身、古老世家和神聖職業，已足以補償他在財產方面的不足了。

十一月五日是個假日。我的小僕人幫我把房子打掃乾淨後，拿了我給她的一便士酬勞，滿心高興地走了。我周圍的一切——洗刷過的地板，擦亮的爐柵，抹乾淨的椅子——都一塵不染，閃閃發光。我把自己也收拾得乾乾淨淨。現在，整個下午都是我自己的了，我愛怎麼過就怎麼過。

翻譯了幾頁德文花去我一個小時，然後我拿出調色板和畫筆，著手做比較輕鬆因而也比較愉快的事：完成那幅羅莎蒙德・奧利佛的小像。頭部已經畫好了，剩下的只是給背景著色，給衣服襯上陰影，紅潤的嘴唇還需抹上一點猩紅——頭髮這兒那兒還要加上幾個柔和的髮卷——藍盈盈的眼皮底下睫毛的陰影還得加深。

我正全神貫注地在完成這些有趣的細節，突然響起一陣急促的敲門聲。接著，我的房門推開了，聖約翰・里弗斯走了進來。

「我來看看妳是怎麼渡過假日的，」他說，「但願沒有在苦想什麼吧？沒有，那很好。妳在畫畫，這樣就不會感到寂寞了。」

我先說了一句：「請坐，里弗斯先生。」可是他像往常一樣回答說，他不能久留。

「好吧，」我心裏想，「你愛站就站著吧。但是你現在還不能走，這我已經下定決心了。孤獨對你來說，也像對我一樣，至少是件壞事。我要試一試，看看能不能發現你吐露心事的秘密源頭，然後在那大理石胸脯，找到一個小孔，好讓我往裏面滴一滴同情的止痛劑。」

「這張畫畫得像嗎？」我直截了當地問道。

「像！像誰？我沒仔細看。」

「你仔細看了，里弗斯先生。」

他幾乎被我這種突然而異乎尋常的唐突嚇了一跳，驚訝地直看著我。

「一張畫得很好的畫，」他說，「色彩鮮明柔和，線條優美正確。」

「對，對，這我都知道。可是像不像呢？這像誰？」

他克服了一點猶豫，回答說：「我想，是奧利佛小姐吧。」

「當然是她。現在，先生，爲了獎勵你猜對了，我答應精心地仔細照樣再畫一張送給你，不過，你得答應接受這件禮物。我可不希望在一件讓你認爲毫無價值的禮物上白白浪費時間和精力。」

「我希望有一張這樣的畫，那是肯定的。至於這樣做是不是明智或者聰明，那是另一回事了。」

「依我看來，要是你能立刻把畫中的人得到，那就更加聰明、更加明智了。」

這時候他已坐了下來，把畫放在面前的桌子上，用雙手支著額頭，深情地盯著它。看得出來，他現在對我的大膽進言，既不生氣，也不吃驚。

「我敢肯定，她喜歡你，」我站在他椅子後面說，「她的父親也很看重你。再說，她是個可愛的姑娘——只是有點不太愛思考，不過，有你爲自己、爲她思考，這就足夠了。你應當娶她。」

「她真的喜歡我？」他問。

「沒錯。勝過喜歡任何人。她老愛談起你，再沒有別的話題比這更讓她喜歡、更經常談及了。」

「在我心裏，一方面，」他繼續說下去，「敏銳地感覺到她的魅力，但另一方面，卻又對她的缺點有著深刻的印象。這些缺點是：我所追求的東西，她不會贊同——我所從事的工作，她不會合作。羅莎蒙德會是一個肯吃苦的人，肯幹活的人？會是一個女使徒？羅莎蒙德會成爲一個傳教士的妻子嗎？不！」

「可你不是非當傳教士不可呀。你可以放棄你那個計劃。」

「放棄！什麼——放棄我的天職？我的偉大的工作？這可比我血管裏的血還要寶貴，這是我所企盼的，是我的生活目的。」說罷，他拿起了放在桌上的調色板旁的帽子。他再次望了望畫像。

「她的確可愛，」他低聲說，「她真的不愧叫做世上的玫瑰！①」

「那要不要我再同樣畫一張給你呢？」

「有什麼必要？不用了。」

他把一張薄紙拉過來蓋在畫上，那紙是我畫畫時習慣用來墊手的，免得弄髒了畫紙。他到底在這張白紙上突然發現了什麼，我沒法知道，可是他的眼睛確實被什麼東西吸引住了。

他一把抓起白紙，看了看紙邊，然後朝我看了一眼，那眼色有說不出的古怪，讓人難以理解。它像閃電般迅速、銳利地掃過我的全身，似乎要把我的形體、臉部和服飾的每一點都看清並且記住似的。他張開了嘴，像是要說話，但不管要說的是什麼，他把那眼看要衝口而出的話給嚥下了。

「怎麼回事？」我問。

「沒什麼。」他這樣回答說，在把那張紙放回去時，我看見他敏捷地從紙邊上撕下窄窄的一條，迅速塞進手套裏，接著匆匆點了點頭，說了聲「再見」，就悄然離去了。

①羅莎蒙德這一英文名字源於拉丁文「世上的玫瑰」。

三十三　女繼承人

聖約翰先生走時，天開始下起雪來。漫天飛旋的暴風雪整整颳了一夜。第二天，凜冽的寒風又帶來幾陣迷茫大雪。我突然聽到一陣響聲，我想準是風在搖動著門吧。不，是聖約翰・里弗斯先生。他拉開門栓，從凜冽的暴風和呼嘯著的黑暗中走了進來，站在我的面前。

「有什麼壞消息嗎？」我問，「出了什麼事了？」

「沒有。妳真太容易受驚了！」他邊說邊脫去披風，把它掛在門上，又不慌不忙地把進來時弄歪了的氈毯推回到門邊。他跺跺腳，把靴子上的雪跺掉。

「我要弄髒妳乾淨的地板了，」他說，「不過妳得原諒我一次。」接著，他走到爐火跟前。「說真的，我費了好大的勁才走到這兒，」他在爐火上烤著手說，「一個雪堆把我埋到齊腰深，幸虧雪還比較鬆軟。」

「可你為什麼要來呢？」我忍不住問道。

「對客人問這樣的問題，可有點不太好客啊。不過既然妳問了，我就給妳回答：我只是想來和妳聊一會兒。我對我那些不會說話的書本和空蕩蕩的房間厭倦了。再說，打從昨天以來，我就心神不定，就像一個人聽了前半個故事後，急於想聽後半個一樣。」

他坐了下來。我想起了他昨天的古怪舉動，開始擔心起他的腦子是不是真的中了邪了。

「剛才我說了，」他接著說，「我急於想聽到那後半個故事。現在我考慮了一下，覺得這事還是由我來說，由妳來聽比較好。在開講以前，我想最好還是先提醒妳一下，這段故事在妳聽來也許會覺得有點陳舊，但是，陳舊的細節通過一張新的嘴說出來，往往又能恢復一定程度的新鮮感。至於其他嘛，不管陳舊也好，新鮮也好，反正故事不長。

二十年前，有個窮牧師——暫且別管他叫什麼名字——愛上了一位富家小姐。那小姐也很愛他，而且不顧所有親友的勸阻嫁給了他。因而他們一結婚，她的親友們立即聲明和她斷絕一切關係。過了不到兩年，這對冒失的夫婦就雙雙去世了，他們留下了一個女兒，這孩子一出生，就由慈善機構收留——那兒冷得就像今晚差點把我凍僵的雪堆。慈善機構把這個舉目無親的小東西送到她母親一方的有錢的親戚家裏，由一位舅母撫養。舅母就是（**我現在要指名道姓了**）蓋茨海德府的里德太太。妳嚇了一跳——是聽到什麼響動了嗎？里德太太把這個孤兒撫養了十年。至於她在那兒是不是過得幸福，我說不上，因爲從沒聽人說起過。不過在那以後，里德太太把她關到了一個妳知道的地方——不是別處，就是洛伍德學校，妳自己就在那兒待過很長一段時間。

看來，她在那兒的那段時間表現得很不錯，像妳一樣，先是當學生，後來成了教師——說真的，我發覺她的經歷跟妳有不少相似的地方——後來她離開那兒，去當了家庭教師。瞧，妳們的命運又有相似之處。她教一個由羅切斯特先生收養的孩子。」

「里弗斯先生！」我打斷了他的話。

「我能猜出妳的心情，」他說，「不過，還是先克制一會兒。我很快就要結束了。聽我講完。有關羅切斯特先生的爲人，我一無所知，我只知道一件事，那就是，他宣布要體面地娶這位年輕姑娘爲妻，可是就在婚禮的聖壇上，她發現他原來已經有個妻子，而且還活著，儘管是個瘋子。這以後，他還有過什麼舉動和主張，那純粹是憑猜測了。可是緊接著又傳出一個消息，當人們勢必問起那位女教師的情況時，這才發現她已經出走了——誰也不知道她是什麼時候走的，上哪兒去了，怎麼走的。她在那天夜裏就已經離開了桑菲爾德府。有關她的行蹤，經過多方查找，都毫無結果。四鄉遠近也都找遍了，得不到一點有關她的消息的線索。但一定要找到她，已成爲萬分緊迫的事。所有的報紙都登了尋人啓事。我本人也收到了一位布里格斯先生的來信，他是個律師，是他告訴了我剛才說的這些詳細情況。這不是個奇怪的故事嗎？」

「你只要告訴我一點，」我說，「既然你知道得這麼多，你也一定能告訴我這一點——羅切斯特先生怎麼樣了？他的情況怎樣？現在在哪兒？他在幹什麼？他好嗎？」

「有關羅切斯特先生，我真的一無所知，信中一點也沒提到，只說了那個不合法的欺騙性企圖，這我剛才已經說了。妳倒還不如問問那位女教師叫什麼名字——問問非要找到她不可的這件事到底是怎麼回事。」

「那麼，沒有人去過桑菲爾德府？沒人看見過羅切斯特先生？」

「我想沒有。」

「不過，他們總寫過信給他吧？」

「那當然。」

「他是怎麼說的呢？誰有他的信？」

「布里格斯先生來信提到，回信答覆他的請求的不是羅切斯特先生，而是一位太太，署名是『艾麗斯·費爾法克斯』。」

我感到一陣不安和冷顫襲過全身。我最擔心害怕的事也許已經成爲事實。他完全有可能已經離開英國，在不顧一切的絕望中，跑到歐洲大陸，去了他以前常去的那種地方。

他在那兒爲減輕他的劇烈痛苦找到了什麼樣的麻醉劑，——爲他強烈的激情找到了什麼樣的發洩對象？我簡直不敢回答這個問題。哦，我可憐的主人！——他差一點成了我的丈夫——他是我曾經常叫做「我親愛的愛德華」的人啊！

「他準是個壞男人！」里弗斯先生說。

「你又不瞭解他——別對他說三道四了。」我生氣地說。

「很好，」他平靜地回答，「說真的，我腦子裏的確有別的事要想，顧不上多想他。我的故事還沒講完哩。既然妳不願問那家庭教師的名字，那我就只得自己來說了。等等！我這兒有著呢！——見到重要的東西都白紙黑字寫著，總是更能讓人滿意的。」

那個皮夾又給不慌不忙地掏出來了，他打開來找了個遍，終於從一個夾袋中抽出一張匆忙撕下的破紙條，從紙質和上面藍一塊、紅一塊、紫一塊的顏料痕跡上，我認出這就是從我蓋畫的紙上撕下的紙邊。他站起身，把紙條舉到我眼前，我看到那上面有我親筆用墨汁寫的「簡・愛」兩個字——一定是心不在焉時寫上的。

「布里格斯寫給我的信上提到了簡・愛，」他說，「尋人啓事上要尋的人也叫簡・愛，而我認識一個簡・愛略特。我承認，我對妳懷疑過，可直到昨天下午，才一下子得到了證實。妳承認這個名字，取消那個化名嗎？」

「對——我承認。可是布里格斯先生在哪兒？也許他比你多知道一些羅切斯特先生的情況。」

「布里格斯在倫敦，我看他不見得會知道什麼羅切斯特先生的情況，他關心的不是羅切斯特先生。而且，妳只顧追問這種小事，卻把最要緊的事給忘了。妳怎麼不問一問布里格斯先生爲什麼要找妳——他找妳要幹什麼？」

「是啊，他要幹什麼？」

「只是爲了要告訴妳，妳的叔叔、馬德拉群島的愛先生去世了，他把他所有的財產都留給了妳。妳現在富有了——就這事，沒別的。」

「我！富有了？」

「是的，妳，富有了——不折不扣是位財產繼承人了。」

接下來是一片沈寂。

「當然妳得證實妳的身分，」不一會兒，聖約翰又說道，「這手續辦起來不會有什麼困難。隨後妳就立即可以取得所有權了。妳的財產全都投資在英國公債上，布里格斯那兒有妳叔叔的遺囑和必要的文件。」

命運又翻出了一張新牌！讀者啊，刹那間由窮變富，當然是件好事——是件大好事，但並不是一件一下子就讓人理解而能享受其樂趣的事。再說，人生中還有其他一些機遇，遠比這更能讓人狂喜激動。不過，現在這件事是現實世界中一件實實在在的事，沒有一點想像的成分。何況，「遺產」、「遺贈」這類字眼，總是和「死亡」、「葬禮」這些字眼同時出現的。我只聽說過的叔叔——我的唯一的親人——現在已經去世了。自從知道我有這麼一個叔叔之後，我內心一直抱有希望，希望哪一天能見到他，可現在，我卻永遠也見不到他了。而且，這筆錢只是給了我，不是給我和一個歡歡喜喜的家庭，而是給了我孤孤單單的一個人。

毫無疑問，這是一個巨大的恩惠，而且，能獨立自主生活也是件值得稱道的事——是的，這點我已體會到了——這樣一想，我的心裏高興起來了。

「我有多少財產？」

「哦，一個小數目！實在不值一提——兩萬英鎊，我想他們是這麼說的。可是那有什麼呢？」

「兩萬英鎊？」

我又覺得自己像個胃口平常的人，突然坐下來獨自消受可供一百人吃喝的酒席似的。這時候，里弗斯先生站起身來，披上了披風。

他剛拉起門閂，一個念頭突然閃過我的腦際。

「等一等！」我叫道。

「怎麼？」

「我實在不明白，爲什麼布里格斯先生爲我的事要寫信給你，他怎麼會認識你的，怎麼會想到，你這個住在這麼偏僻地方的人，有能力幫他找到我。」

「哦！我是個牧師，」他說，「遇上稀奇古怪的事，人們往往總是找牧師求助的。」門閂又喀嗒響了一聲。

「不，這回答不能讓我滿意！」我嚷了起來。而且，在這作解釋的匆匆回答中，確實暗含著什麼東西，它不僅沒有消除，反而更激起了我的好奇心。

「這件事非常蹊蹺，」我又說，「我一定得多知道一些。」

「那麼好吧，」他說，「我讓步了。即便不是因爲妳的熱切心情，也是因爲妳的堅持不懈，就像水滴能使石穿那樣。再說，這事總有一天妳會知道的——現在知道和以後知道都一樣。妳的名字是簡・愛？」

「是的，這早已解決了。」

「也許妳沒注意到，我跟妳是同名？——我受洗時取的名字是聖約翰・愛・里弗斯。」

「沒注意，真的！現在我想起來了，在你幾次借給我的書上，你的簽名縮寫當中都有一個E字，不過，我從沒問過它代表什麼名字。可那又怎麼樣呢？難道……」

我一下住了口。我不敢相信自己會產生這樣的想法，更不敢把它說出來了，可是這一想法突然出現在我的腦海裏——很快具體化了——頃刻之間就變成了確鑿有力的可能的事實。各種情況彼此交織，互相吻合，一下子變得有條有理。那根原來一直像散亂的鏈環攤在那兒的鏈條，現在給拉直了——環環相扣，完整無缺。

沒等聖約翰再說出一個字，我憑直覺就已經知道是怎麼回事了。不過，我不能要求讀者也有這種出於直覺的洞察力，因此我得把他的解釋重述一遍。

「我的母親姓愛，她有兩個兄弟。一個是牧師，娶了蓋茨海德府的簡・里德小姐；另一個是約翰・愛先生，生前在馬德拉群島的豐沙爾經商。布里格斯先生作爲愛先生的律師，今年八月份寫信通知我們說，我們的舅舅去世了，還告訴我們說，他已把他的財產留給了他哥哥的孤女。他絲毫沒有想到我們，是因爲他和我父親發生過一場爭吵，一直沒有和解。幾星期前，布里格斯先生又來信說，那個女繼承人失蹤了，問我是不是知道有關她的什麼情況。一個無意中寫在紙邊上的名字，讓我發現了她。其餘的妳全知道了。」

他又準備走了，可是我用背頂著門。

「千萬讓我說幾句，」我說，「先讓我喘口氣，想一想。」

我停了停——他手裏拿著帽子，站在我面前，十分鎮靜自若。

我接著說：「你母親是我父親的姐姐？」

「是的。」

「那麼就是我的姑媽了？」
他點點頭。
「我的約翰叔叔就是你的約翰舅舅？你、黛安娜和瑪麗都是他姐姐的孩子？」
「確鑿無疑。」
「那麼，你們三個是我的表哥表姐，我們各有一半屬於同一血統？」
「沒錯，我們是表兄妹。」
我朝他仔細打量著。看來我找到了一個哥哥，一個值得我驕傲——值得我愛的哥哥，還有兩個姐姐，在我還只把她們當陌生人相識時，她們的品質就已經引起我由衷的喜愛和敬慕。對一個孤苦伶仃的可憐人來說，這可真是一個了不起的重大發現啊！這真是，一筆財富！——一筆心靈的財富！——一個純潔、溫暖的愛的寶藏。
這是一種輝煌、生動、令人狂喜的幸福——不像那沈重的黃金禮物，儘管後者有它貴重而受人歡迎的地方，但它的重量使人變得拘謹多慮。
這時，我在一陣突如其來的狂喜中拍起手來——我的脈搏劇跳著，我的血管在顫抖。
「哦，我，我真高興！——我太高興了！」我大聲嚷著。
聖約翰笑了。「我不是說過，妳只顧追問小事，卻把最要緊的事忘了嗎？」他說，「我告訴妳，說妳得到一筆財產時，妳一臉嚴肅；現在爲了一件無關緊要的事，妳倒激動起來了。」
「你這話算是什麼意思？這事對你來說也許是無關緊要，你有兩個妹妹，不在乎一個表妹，可我什麼人也沒有。而現在，在我的生活世界裏，一下子出現了三個——或者兩個，要是你不願算在裏面的話——成年的親人。我再說一遍，我真是太高興了！」

我快步在房間裏走著，驀地停下腳步，腦子裏突然湧現出一些想法，快得我來不及接受、領會和理順，弄得我幾乎喘不過氣來——這些想法就是：我可以、能夠、應該、必須怎麼怎麼做，以及馬上得怎麼怎麼做。我們不是有四個人嗎？兩萬英鎊平分，正好每人五千——足夠寬裕了。這樣既可以做到公平對待，彼此的幸福也就有了保障。這樣，這筆財富就不再讓我感到是種沈重的壓力，它也不再僅僅是金錢的遺贈——而是生活、希望、歡樂的遺產了。

「明天就給黛安娜和瑪麗去信，」我說，「叫她們馬上回來。黛安娜說過，要是她們每人有一千英鎊，就會認爲自己富有了。所以，有了五千英鎊的話，她們一定會覺得很好了。」

「要是妳把妳的意思解釋得稍微清楚一點，也許我就能更好地理解。」

「解釋！有什麼好解釋的？把我們剛才說的這筆錢，這兩萬英鎊，在一個外甥和三個外甥女、姪女之間平分，每人正好給五千，這你總不會弄不清楚吧？我所要求的只是，你得馬上給兩個妹妹寫信，把給她們財產的事告訴她們。」

「妳這是一時衝動下的行動。像這樣一件事，妳得先好好考慮幾天，在這之後，妳的話才算真正有效。」

「哦！要是你不放心的只是我的誠意，那我就放心了。你認爲我這樣做是公正的了？」

「我確實認爲它有一定的公正性。但是這完全違反常規。再說，妳完全有權繼承全部財產。這些財產是我舅舅通過自己的努力掙得的，他願意把它留給誰就留給誰，現在，他把它留給了妳。總之，妳擁有它是完全正當合理的，妳可以問心無愧地認為它完全屬於妳……」

「而你，」我打斷了他的話，「卻根本想像不出我是多麼渴望有兄弟姐妹之愛。我從未有過家，從未有過哥哥和姐姐。現在我必須有而且就要有了。你不會不願接受我，承認我吧，是嗎？」

「簡，我願意做妳的哥哥──我的兩個妹妹也一定願意做妳的姐姐的。」

「謝謝你，有你這話，今晚上我心滿意足了。現在你最好還是走吧。因為要是再待下去，你說不定又會流露出什麼信不過的猶豫不決的情緒來惹我生氣了。」

「那麼學校怎麼辦呢，愛小姐？我看這下得關門了吧？」

「不。在你找到接替的人以前，我會繼續擔任女教師的職務。」

他用微笑表示贊同。我們握了握手，他就告辭了。

後來，為了讓這件有關遺產的事按我的意願辦理，我作了多少努力，提出了多少理由，這裏就不必細談了。我的任務十分艱鉅，但是因為我態度堅決──我的表哥表姐最後也看出我是真心實意、不可改變地堅持要把這筆財產平均分配。

由於他們自己心裏一定也覺得這種打算是公正的，而且一定也本能地意識到，他們如果處在我的地位也會像我這樣做的──他們終於妥協了，同意把這件事交付仲裁。所選的仲裁人是奧利佛先生和一位能幹的律師。

他們兩人都一致同意我的意見，我終於實現了自己的主張。轉讓財產的文書也隨之擬定：聖約翰、黛安娜、瑪麗和我，每人各得一份財產。

三十四　表兄妹

等到一切都辦妥的時候，已經臨近聖誕節了。

這個全民休假的時節即將來到。這時，我讓莫爾頓學校放了假，並且注意做到不讓自己在臨別時，對學生無所表示。交上好運不但使人心胸開朗，也使人手頭出奇地大方起來。

在我們有大宗所得時，拿出一點分給別人，只不過是讓不尋常的激動心情有個發洩的機會罷了。我早就高興地感到，我的許多鄉下學生都喜歡我。在我們分別時，這種感覺得到了證實。她們對我表達了純樸而熱烈的愛。發現自己能在她們純真的心裏確實佔有一個位置，我深深感到滿意。

我答應她們，以後每週一定去看她們一次，而且在學校裏給她們上一小時課。

里弗斯到來時，我已經看著各班的六十個女孩在我面前魚貫而出，鎖上了門，手裏正拿著鑰匙站在那兒，特意在跟五、六個最好的學生說幾句告別話。

「妳認爲辛苦了這麼一段時間，得到報償了嗎？」她們走了之後，里弗斯先生問道，「趁自己年輕力壯時，做一些真正有益的事，妳覺得很讓人快樂嗎？」

「那當然哩！」

「可妳還只不過辛苦了幾個月呢！要是妳把一生都獻給改善人類的事業，豈不是很有價值嗎？」

「是的，」我說，「可我不能永遠這樣下去，我不但要培養別人的才能，也想要享受自己的才能。現在我就要享受了，別再讓我的身心重又回到學校去，我已經走出學校，一心想著爲整個假期作安排了。」

他的神情一下變得嚴肅起來：「這是怎麼啦？妳突然顯得這麼急迫是怎麼回事？妳打算做什麼？」

「我要行動，盡我所能地積極行動起來。首先，我得請求你讓漢娜行動自由，另外找個人照料你。」

「你需要她？」

「對，跟我一塊兒去沼澤山莊。黛安娜和瑪麗再過一個星期就要回來了。我要把一切收拾得妥妥當當等她們回來。」

「我懂了，我還以爲妳是急於要飛到哪兒去旅行呢。這樣更好了，就讓漢娜跟妳去吧。」

「那叫她明天就做好準備。還有，這是教室的鑰匙，我小屋的鑰匙明天早上再給你。」

他接了鑰匙。

「你交出鑰匙倒是挺高興的，」他說，「我真不明白，妳的心情怎麼會這樣輕鬆；我不知道妳放棄了這個工作後，打算找個什麼工作。妳現在的生活目標是什麼？有什麼打算？有什麼雄心壯志？」

「我的第一個目標就是清掃乾淨（你理解這個詞兒的全部意義嗎），把沼澤山莊從臥室到地下室徹底清掃乾淨。第二個目標是用蜂蠟、油和無數抹布把它擦拭一遍，直到它重新閃閃發光。第三個目標是按數學的精確性安排好每一把椅子、桌子、臥床和地氈的位置。漢娜和我還要全力用來打雞蛋、揀葡萄乾、磨香料、配製聖誕節蛋糕材料、剁肉餅餡，以及舉行其他各種各樣的烹調儀式。總之，我的目標是，在下星期四以前，為黛安娜和瑪麗盡善盡美地準備好一切；我的雄心是，在她們到來時，給她們一個最理想的歡迎。」

聖約翰淡淡一笑，他還是不大滿意。

「就眼前來說，這都是很好的，」他說，「不過說正經的，我相信在第一陣歡樂衝動過去之後，妳就會把眼光放得更遠大一些，不再把家人的親熱和家庭的樂趣看成高於一切。」

「這兩樣是世界上最美好的東西！」我插嘴說。

「不，簡，不。這世界並不是個享樂的地方，別打算把它變成那樣；它也不是個休息的處所，別讓自己變得懈怠懶惰了。」

「恰恰相反，我的意思是正要大忙一番。」

「簡，眼下我先原諒妳，我給妳兩個月的寬限，讓妳充分享受一下妳的新地位，痛快地體味一下這種剛剛發現親屬的喜悅。可是，在這以後，我希望妳會開始把眼光放遠，越過沼澤山莊和莫爾頓，越過姐妹的團聚，越過文明富裕生活中那種自私的安逸和肉體的舒適。但願妳的精力會再一次充沛得叫妳感到不安。」

我驚訝地看著他。「聖約翰，」我說，「我覺得你這樣說話簡直是不懷好意。我一心想要像個女王那樣稱心如意，你卻攪得我心煩意亂！你這樣做是什麼目的？」

「目的是要使妳的才能充分發揮作用。妳要竭力不讓自己過分熱衷於庸俗的家庭樂趣，不要那麼戀戀不捨那些肉體上的聯繫；妳應該把自己的毅力和熱忱留給一種合適的事業，千萬別把它們浪費在平凡而短暫的瑣事上。妳聽見了嗎，簡？」

「聽見了，就像你是在說希臘語似的。我覺得我已經有了使我感到快樂的合適事業。我要快樂。再見！」

非同小可的星期四終於來臨了。預料她們將在天黑時到達，而還沒到傍晚，樓上樓下都已生了火，廚房裏也收拾得乾乾淨淨，漢娜和我穿戴整齊，一切都已準備就緒。

聖約翰先來了。我好不容易總算拉著他在整幢房子裏兜了一圈。可是他沒有一句表示高興的話。他的這種沈默使我大為掃興。

哦，讀者，我不喜歡他這個樣子。聖約翰是個好人，但我開始感到，他說自己是個冷酷無情的人，說的倒是實話。「生活中的人情和樂趣對他沒有吸引力——生活中恬靜的享受也不能使他動心。可以毫不誇張地說，他活著僅僅為了追求——當然是追求善良和偉大的東西；可是他永遠不會停歇下來，也不贊成他周圍的人有所停歇。

「這間客廳不是他的天地，」我心裏想，「喜馬拉雅山，或者南非叢林，甚至是瘟疫流行的幾內亞海岸的沼澤，對他也許更適合。他選擇傳教士的職業是對的——現在我明白了。」

「她們來了！她們來了！」漢娜推開客廳的門，大聲嚷嚷道。就在這時，老卡洛也高興地汪汪叫了起來。我立刻奔了出去。

這時天色已黑，但是能聽到車輪的轔轔聲。漢娜迅速地點亮了一盞提燈。馬車在小門邊停了下來，車伕打開了車門，先走下來一個熟悉的身影，接著又是一個。

轉瞬之間，我的臉就已埋到了她們的帽子下面，先是觸到瑪麗柔軟的面頰，然後是黛安娜飄拂的鬈髮。她們歡笑著——吻了我——接著又吻了漢娜，拍拍高興得幾近發狂的卡洛，急切地問是否一切都好。得到肯定的回答後，她們就快步走進屋去。

那一晚真是太美妙了。我那兩位興高采烈的表姐，滔滔不絕地說個不停，又是敘述又是議論。她們歡快的談話掩蓋了聖約翰的沈默。

重又和兩個妹妹相聚，他打心底裏感到高興，可是對她們的熱情洋溢和笑語歡騰卻並不贊同。這一天的大事——即黛安娜和瑪麗的歸來——使他高興，但隨之而來的快樂的喧鬧、迎接時絮絮叨叨的歡聲笑語，卻使他厭煩。我看得出，他在盼望比較安靜的明天早點到來。

一天早上吃早飯的時候，黛安娜像是沈思了一會後，問他道：「你的計劃還是沒有改變？」

「沒有改變，也不可能改變。」這就是他的回答。接著，他告訴我們說，他離開英國的時間已經確定，就在明年。

「那麼羅莎蒙德．奧利佛呢？」瑪麗提醒說，這句話像是不由自主地脫口而出，因爲話一出口，她就作了個手勢，彷佛要把話叫回去似的。聖約翰手裏正拿著一本書——他有在吃飯時看書的不合群習慣——他合上書，抬起了頭。

「羅莎蒙德．奧利佛，」他說，「快要嫁給格蘭比先生了，他是弗雷德里克．格蘭比爵士的孫子和繼承人，是斯ＸＸ城社會背景最好、也最受人敬重的居民之一。我是昨天從她父親那兒聽到這個消息的。」

他的兩個妹妹互相看看，又看看我，我們三人又一齊看看他。他像玻璃一般平靜。

隨著我們（黛安娜、瑪麗和我）共同的歡樂逐漸趨於較爲平靜時，我們重又恢復了往常的習慣和正常的學習。

聖約翰待在家裏的時間比以前多了。他跟我們同坐在一間屋子裏，有時一坐就是幾小時。瑪麗畫畫，黛安娜繼續她已在研讀的百科全書這一課程（這令我既敬畏又驚異），我在苦苦學習德語，他在專心鑽研一種神秘的學問——一種東方語言；他認爲，學會它對實現他的計劃是必不可少的。

一天，聖約翰突然對我說：「簡，我想要妳放棄德語，改學印度斯坦語。」

「你說這話不是認真的吧？」

「完全認真，認真到一定要妳這麼做，讓我來告訴妳爲什麼。」

接著他解釋說，印度斯坦語就是他眼下正在學的語言，學到後面很容易忘掉前面初學的東西。要是能教個學生，就可以借此一遍遍複習基礎知識，把它們牢牢地記住。這對他將是個極大的幫助。他說，他已在我和他妹妹之間猶豫不決了一段時間，最後決定選擇我，因爲他發現，三個人中我最有耐心坐下來做一件事。他問我願意幫他這個忙嗎？也許我作這種犧牲的時間不用太久，因爲現在離他動身的時間只有三個月了。最後，我同意了他的要求。

爲遺囑的事，必須跟布里格斯先生通信期間，我在信中就問過他，問他是否知道羅切斯特先生目前的地址和身體情況。但正像聖約翰猜想的那樣，他對於羅切斯特先生的事一無所知。於是我又寫信給費爾法克斯太太，打聽這方面的消息。

我滿以爲這一下準能達到目的，覺得這樣肯定能很快得到回音。使我詫異的是：兩個星期過去了，一直杳無音訊；繼而兩個月都過去了，郵件一天天來到，卻始終沒有給我帶來任何回音，我陷入了極度的苦惱和焦慮之中。

這天，聖約翰把我叫到他跟前去朗讀。我正想這麼做時，我的嗓音哽住了，啜泣使得我語不成聲。

聖約翰收起我的和他自己的書，鎖上書桌，說道：「好了，簡，現在妳該去散散步了，跟我一起去吧。」

走到一大堆岩石旁，我們坐了下來，有半個小時，我們誰也沒有說話，他沒對我說，我也沒對他說。過了這段時間，他才開口說道：「簡，再過六個星期，我就要走了；我已經在『東印度人號』船上訂了艙位，船在六月二十日啓航。」

「上帝一定會保佑你的，因爲你肩負著祂的使命。」我回答。

「得我來說了。」他繼續說道，語氣深沈而毫不容情，「簡，跟我一起去印度吧；作爲我的伴侶和同事，去吧！」

「哦，聖約翰！」我叫了起來，「你就行行好吧！」

但我哀求的這個人，在履行他所認爲的職責時，是既不知道慈悲，也不懂得同情的。他繼續說：「上帝和大自然有意要妳做一個傳教士的妻子。他們給予妳的不是外貌上的姿色，而是精神上的稟賦。妳生來就是爲了工作，而不是爲了愛情的。妳得做傳教士的妻子——一定得做。妳應該屬於我。我要妳——不是爲了我自己的歡樂，而是爲了我主的事業。」

「我做這個不合適、我沒有這種才能。」我說。

他料到我一開始會這樣反對，聽了我的話後，他一點也不惱火。真的，看他背靠岩石，雙臂抱在胸前，那不動聲色的模樣，我就知道他早有打算，準備來對付一次持久而頑強的反抗；他蓄足了耐心讓他可以堅持到底——不過，他已下定決心，結局必須是他獲得徹底勝利。

「我可以這樣回答妳——聽著。自從我們第一次見面以來，我就一直在觀察妳。我已經研究妳十個月了。在這段時間裏，我對妳作了各種各樣的考驗，我看到了什麼，得出了什麼結論呢？在鄉村學校裏，我發現妳能忠實地按時把不合妳脾性和愛好的工作做得很好；我看到妳做起工作來既有能力，又機敏老練。妳既能管人，又能贏得人心。妳聽到自己突然變富有的消息，心情十分平靜，——錢財對妳沒有過分的影響力。妳毫不猶豫地把自己的財產分成四份，自己只留一份，爲了道義上的公正，把其餘三份都給了別人，從中我看到了一個以熱情興奮地甘作犧牲爲樂的靈魂。妳溫順地按我的意願，放棄了自己深感興趣的課程，只因爲我感興趣而改學了另一門；而且從那以後，妳一直孜孜不倦地刻苦學習——用毫不鬆懈的努力和毫不動搖的堅毅，來對付學習中的種種困難——從上面這些，我確認我所尋求的各種品質都已完全具備。簡，妳溫順、勤奮、無私、忠實、堅定、勇敢，非常文雅，又非常英勇。別再不相信自己了——我就可以毫無保留地相信妳。作爲印度學校裏的一位女管理員，在印度婦女中工作的一位助手，妳對我的幫助將是無比寶貴的。」

裹在我身上的鐵網罩收緊了，說服在慢慢地穩步逼近。不管我怎麼閉眼無視，他最後的一席話，還是把原來似乎已堵塞的道路打通了幾分。他要我做的工作，原先是那麼模糊不清，漫無頭緒，隨著他一句句說下去，漸漸清晰緊湊起來，在他一手塑捏下，明確成形了。

他等著我回答。我要求他給我一刻鐘考慮，然後，我會不顧一切地作出回答。

「我很樂意，」他答道，說著他站起身來，大步朝隘口走了一小段路，倒身在石楠地上一個隆起的小土坡上，一動不動地躺在了那兒。

我朝土坡那兒看去，他還躺在那兒，像根橫放著的柱子一動不動。他的臉朝向我，兩眼閃閃發光，銳利而警覺。他一躍而起，朝我走了過來。

「要是我能保持自由，我可以隨時去印度。」

「妳的回答需要作點說明，」他說，「它不夠清楚。」

「你一直是我的義兄，我是你的義妹，讓我們繼續保持這樣的關係吧，你我還是別結婚的好。」

他搖搖頭。

「在這種情況下，義兄妹關係是不行的，要是妳是我的親妹妹，那就不同了，我會帶妳一起去，用不著找什麼妻子了。但照現在的情況，我們倆要在一起，要不是用結婚來加以保證和神聖化，那就無法實現。任何其他辦法都會碰到種種實際障礙而行不通。妳難道沒有看到這一點嗎，簡？考慮一下吧——妳那堅強的理智會告訴妳怎樣做的。」

我真的考慮了一下。不過，我的理智仍像剛才一樣，只給我指出一個事實：我們並不像夫妻間應有的那樣彼此相愛，因此它的結論是：我們不應該結婚。我也就這麼說。

「聖約翰，」我答覆說，「我把你看作哥哥——你把我看成妹妹，讓我們就這樣繼續下去吧。」

「不能這樣——不能這樣，」他用粗暴嚴厲的斷然口氣答道，「這不行，妳說了，妳要跟我一起去印度。記住——妳說過這話。」

「那是有條件的。」

「妳必須成爲我的一部分，」他堅定地回答，「否則這整個事情就是一句空話。除非嫁給我，要不，我一個還不到三十歲的男人，怎麼能帶著一個十九歲的姑娘上印度去呢？我們不結婚，怎麼能一直待在一起呢——有時只有我們兩人，有時在當地的野蠻部落中？」

「我瞧不起你的愛情觀，」我忍不住說道，我站起身來，背靠著岩石，站在他面前，「瞧不起你表達的這種虛假的感情。是的，聖約翰，你這麼做時，我瞧不起你。」

他目不轉睛地盯著我，與此同時，還緊抿起他那輪廓俊美的嘴唇。很難說清，他是激怒了，驚呆了，還是別的什麼，因爲他能完全控制自己而不露聲色。

「我簡直沒料到會從妳嘴裏聽到這樣的話，」他說，「我覺得我並沒有做出什麼和說出什麼讓人瞧不起呀。」

我爲他那溫和的語調所感動，他高尙、坦然的神情把我給鎭住了。

「原諒我說了這樣的話，聖約翰。不過，我所以會這麼冒失地說話，是你的過錯。你提出了一個按我們倆的本性無法一致的話題——一個我們本來不該談論的話題。光是愛情這個字眼就會在我們之間引起爭端——如果我們要實事求是的話，我們該怎麼辦呢？我們該怎麼來看呢？親愛的表哥，放棄你的結婚計劃吧——把它忘了。」

「不，」他說，「這個計劃我已經等很久了，而且這是唯一能實現我的偉大目標的計劃。不過現在我不想再勸妳了。明天我要離家去劍橋，那兒有我的不少朋友，我想去和他們告別一聲。我要離家兩個星期——妳要利用這段時間好好考慮一下我的建議。」

三十五　「簡！簡！簡！」

第二天，他並沒有像他說的那樣去劍橋，他把去的日子整整推遲了一個星期。在這段時間裏，他讓我體會到，一個善良而苛刻、耿直而無情的人，對冒犯了他的人，會給予多麼嚴厲的懲罰。沒有一個公開的敵對行動，沒有一句責備的話，他卻能使我時刻感到，我已經不再受到他的喜愛了。

這一切對我是一種折磨——細細的、慢慢的折磨。它不斷激起一種隱約的怒火和令人顫抖的煩惱，弄得我心緒不寧、垂頭喪氣。

我體會到了，要是我做了他的妻子，這位像不見陽光的深泉般純潔的好人，不用從我血管中抽一滴血，便會把我殺死，而他那水晶般的良心絕不會沾上一點犯罪的污點。每次當我試著要跟他和解時，尤其使我感到這一點。

沒有悔恨來回報我的悔恨，他並沒有覺得疏遠是痛苦的——也沒有急於想和解。儘管不止一次，我簌簌滴下的淚珠沾濕了我們一起低頭看著的書頁，可是這對他毫無作用，彷彿他的心真是鐵石做成。可與此同時，他對他的兩個妹妹卻比往常更加親熱，他彷彿生怕只用冷淡還不足以讓我相信我已被完全排斥和放逐，還要用對比來增強力量。而他所以這樣做，我確信不是出於惡意，而是爲了信仰。

他離家的前一天晚上，我碰巧看見他日落時獨自一人在花園裏散步。我望著他，想起這個人儘管現在和我疏遠了，但他畢竟曾經救過我的命，而且我們又是近親，我心裏一陣衝動，想做最後一次努力，以求重新得到他的友誼。

我走出屋子，朝他走去，他正靠小門站著，我馬上直接了當地對他說：「聖約翰，我很不高興，因爲你還在生我的氣。讓我們依舊做朋友吧。」

「我相信我們是朋友。」他毫不動容地回答說，眼睛仍舊看著冉冉上升的月亮。剛才我朝他走過去時，他就一直在看著。

「不，聖約翰，我們已經不像以前那樣是朋友了，這你知道。」

「現在不是了?這就錯了。在我來說，我並不希望妳壞，只希望妳一切都好。」

「這我相信，聖約翰，因爲我相信你對任何人都不會希望他壞。不過，既然我是你的親戚，我總希望能稍微多得到一點愛，超過你對陌生人的一般善心。」

「當然，」他說，「妳的希望是合理的；可我遠沒有把妳當作陌生人。」

「我們一定要像這樣分手嗎，聖約翰?你去印度時，也就這樣離開我，除了你剛才說的，就再沒有一句親切一點的話了嗎?」

這時，他才轉過臉來完全不看月亮，面對著我。

「我去印度時，簡，我會離開妳?怎麼!妳不去印度了?」

「你說過，除非我嫁給你，要不就不能去。」

「這麼說，妳不願意嫁給我！妳還是堅持那個決定？」

讀者啊，你也像我一樣，知道冷酷的人能在他們冰塊般的問話中放進怎樣的恐怖嗎？也知道他們發怒時多麼像雪崩，不高興時，多麼像冰海迸裂嗎？

「是的，聖約翰，我不願嫁給你，我堅持我的決定。」

冰雪搖搖欲墜，滑下來一點，但還沒有崩塌下來。

「再問一遍，妳爲什麼要拒絕？」他問。

「先前，」我回答說，「是因爲你並不愛我；現在，我可以回答你，是因爲你幾乎恨死我。要是我嫁給你，你會害死我的。你現在就在害死我。」

他的嘴唇和臉頰都發白了──白得厲害。

「我會害死妳──我在害死妳？妳不該說這樣的話。這話太兇暴了，不像女人說的，也不符合事實。這暴露出一種令人遺憾的心理狀態，應該受到嚴厲的譴責。本來這簡直是不可饒恕的。不過，寬恕同伴是做人的責任，哪怕寬恕它七十七次。」

「你完全誤解了我的話。」我一下抓住了他的手說，「我沒有想要你難受或痛苦──真的，一點也沒有。」

「我知道妳的心向著哪兒，牽掛著什麼。妳的這種關心是不合法的，也是不神聖的。妳早就該把它打消了。現在妳應該爲提起它感到臉紅。妳是在想羅切斯特先生？」

他說得對，我默認了。

「妳要去找羅切斯特先生？」

「我一定得弄清他現在怎麼樣了。」

「那麼，」他說，「我只能在禱告時想起妳了，我真誠地祈求上帝，別讓妳真的成了一個棄兒。我原以爲我看出妳是一名上帝的選民。但是上帝所見和人不同，應該按祂的意旨行事。」

他打開門走了出去，沿著幽谷信步走著，不一會兒就看不見了。

他第二天一早就要動身了。黛安娜和瑪麗吻過他之後就走出房間——我想是聽了他悄聲的暗示才匆匆離開的。我向他伸出手去，祝他旅途愉快。

「謝謝妳，簡。我說過了，我要過兩個星期才從劍橋回來。所以這段時間，還可以讓妳再考慮考慮。要是我聽從了人類的自尊心，就不會再向妳提和我結婚的事了，但是我聽從了我的職責，眼睛一直堅定不移地看著我的首要目標——爲了上帝的榮耀，去做一切事情。」

說到最後幾句話時，他把手放到我的頭上。他說得誠摯而溫和，說實在的，他的神情可不像是情人望著自己心愛的姑娘，倒像是一個牧師在召喚迷途的羔羊——或者更確切地說，像是一位保護天使在望著他負責照看的靈魂。

在我的聖師的觸摸下，我一動不動地站在那兒。我的拒絕被遺忘了——我的畏懼被克服了——我的抗爭已經癱瘓了。不可能的事——即我和聖約翰結婚——迅速變成可能了。一切都在頃刻之間完全變了樣。宗教在召喚——天使在招手——上帝在命令——生命像畫卷般捲了起來——死亡的大門敞開著，顯示出門那邊的永生。好像在說，爲了那邊的平安幸福，這兒的一切都可以立即犧牲。昏暗的房間裏充滿了種種幻象。

「妳現在可以決定了嗎？」那位傳教士問。問話的語氣很溫柔，他還同樣溫柔地把我拉到身邊。哦，那份溫柔！它比起強迫來，不知要有力多少啊！

「只要我能肯定，我就能決定，」我答道，「只要我確信是上帝的意旨要我嫁給你，我此時此刻就能立誓嫁給你——不管以後會怎麼樣！」

「我的祈禱感應了！」聖約翰喊了起來。他的手在我頭上按得更緊了，彷彿認定我是他的了。他伸出胳臂摟住了我，幾乎像愛我似的**（我說的是幾乎——我知道其中的差別——因為我曾體驗過被愛是怎麼回事；不過，也像他一樣，我現在已把愛置之度外，想到的只是職責了。）**我跟內心的猶豫不決搏鬥著，它面前依舊翻騰著疑雲。

整幢房子寂靜無聲，我相信，除了我和聖約翰外，都已上床休息了。僅有的一枝蠟燭正在漸漸熄滅，房間裏灑滿了明亮的月光。

我的心急速而劇烈地跳動著，我聽到了它的搏動聲。突然間，它在一種說不出的感覺的震顫下驟然停止了，這種感覺緊接著又從心臟傳到大腦，傳到四肢。它不像電擊，但像電擊一樣銳利、奇特、嚇人。它對我的感官的作用是如此強烈，彷彿在這以前它們最活躍時也只不過是在昏睡，只有這時候它們才受到呼喚，被迫驚醒過來。它們起而期待著，眼睛和耳朵佇候著，骨頭上的肌肉也興奮得在顫抖。

「妳聽見什麼了？妳看見什麼了？」聖約翰問。

我沒看見什麼，但是我聽見什麼地方有個聲音在呼喚：「簡！簡！簡！」——再沒有別的了。

「哦，上帝！這是什麼？」我喘著粗氣。

我本來還可以問：「它在哪兒？」因爲它不像在房間裏，不像在屋子裏，也不像在花園裏；它不是來自空中，不是來自地下，也不是來自頭頂。我聽見了它——它究竟在哪兒，從哪兒來，就永遠也沒法知道了！但這是人的聲音——一個熟悉的、親愛的、銘記在心的聲音——是愛德華・費爾法克斯・羅切斯特的聲音；這是從痛苦和悲哀中，狂野、淒慘而急迫地喊出的聲音。

「我來了！」我喊了起來。「等著我！哦，我就來！」

我飛奔到門口，朝過道裏望望，那兒一片漆黑。我跑到屋外的花園裏，那兒空無一人。

「你在哪兒呀？」我喊道。

澤谷那邊的群山迸來了隱約的回聲——「你在哪兒呀？」我傾聽著。風在樹欉間低聲嘆息，四周只有沼澤地的荒涼和午夜的寂靜。

「去你的吧，迷信！」當那幽靈黑魆魆地在大門外黑沈沈的紫杉樹旁出現時，我心裏議論說，「這不是你的騙局，也不是你的巫術，這是大自然的功績。她被喚醒了，做出了——雖非奇蹟但卻是最大的大好事。」

我掙脫了一直跟著我、一直想阻攔我的聖約翰。現在輪到我佔上風了。我的力量開始起作用，並且發揮威力了。我叫他什麼也別再問，什麼也別再說。我要求他離開我。我要一個人待著，我只想獨自一人待著。他立即聽從了。只要有魄力斷然下命令，別人總是會服從的。

我上樓回到臥室，把自己鎖在了裏面。我跪了下來，用自己的方式祈禱起來——和聖約翰的方式不同，但自有它自己的效用。我彷彿一直來到一個強大的神靈跟前，把我滿懷感激的心靈和盤托出在祂的腳下。感恩之後，我站起身來——決心已下——接著就睡下了，這時已心明眼亮，毫無畏懼——一心只盼著黎明的到來。

三十六　焦黑的廢墟

黎明終於到來了。天剛破曉我就起了床。我忙了兩個小時，把我房裏、抽屜裏和衣櫥裏的東西都收拾了一下，整理得就像我要短期外出的那種樣子。

在這中間，我聽到聖約翰走出自己的房間，來到我的房門口停了下來。我擔心他會敲門——可是沒有，只是從門底下塞進來一張紙條。我撿起紙條。上面寫著這樣一些話：

> 昨晚妳離開得太突然。要是妳再多待一會兒，妳就會把手放在基督的十字架和天使的冠冕上了。等我兩星期後回來時，希望妳能做出明確的決定。在此期間，妳要多加小心並多作祈禱，不要陷入誘惑。我相信，妳的靈是願意的，可我看出，肉是軟弱的。我將時刻爲妳祈禱。
>
> 你的聖約翰

「我的靈，」我在心裏回答，「願意去做任何一件正當的事；而我的肉，我希望一旦讓我清楚地知道上帝的意旨後，也能堅強得足以去執行這個意旨。不管怎樣，它都堅強得能夠去搜尋——探問——摸索出一條出路，衝出這團疑雲，找到確然無疑的晴空。」

那天是六月一日，但早晨卻烏雲密佈，涼氣襲人，雨點密密地敲打著我的窗子。我聽見前門打開了，聖約翰走了出來。透過窗戶，我望見他逕直穿過花園，踏上了霧濛濛的荒原，朝惠特克勞斯的方向走去——他將在那兒搭乘馬車。

「再過幾小時，我就要在你之後走上那條路了，表哥，」我心裏想，「我也想去惠特克勞斯搭乘馬車。在我永遠離開英國之前，我也有幾個人要去探訪和問候。」

離早飯時間還有兩小時。爲了打發這段時間，我輕輕地在房間裏來回踱步，思考著促使我採取目前這個計劃的那件怪事。我回想著當時所經歷的內心感覺，我還能回想起它，回想起那說不出的奇怪滋味。我回想起我聽到的聲音，再一次問自己，那聲音是從哪兒來的，但和前次一樣，依然找不到答案。看來它來自我內心——不是來自外部世界。我問自己，那只是一種神經質的印象——一種幻覺嗎？我既無法想像，也不相信。這倒更像是一種啓示。

「要不了幾天，」我從沈思中回過神來後說，「我就可以知道一些有關他的情況了，昨晚似乎就是他的聲音在呼喚我。寫信已經被證明沒有用處——那就讓我親自去查訪一番吧。」

吃早飯時，我告訴黛安娜和瑪麗，我要出門去一趟，至少要去四天。

「一個人去嗎，簡？」她們問。

「是的，我是去看望一個朋友或者打聽一下他的消息，我已經掛念他一些日子了。」

我在下午三點鐘離開沼澤山莊，四點剛過，我就站在惠特克勞斯的路標底下，等著那輛要載我去遙遠的桑菲爾德府的馬車到來。

在荒山僻路的寂靜之中，我老遠就聽到了馬車逐漸駛近的聲音。正好又是一年前的那輛車，在那個夏日的傍晚，我就是在這兒從它上面下來的——當時我是多麼孤單、絕望和無所適從啊！我招呼了一聲，馬車停下了：我上了車——這次用不著拿我的全部家當來付車費了。

重又踏上去桑菲爾德的路，我覺得自己就像是一隻飛上歸途的信鴿。

路上走了三十六個小時。我是星期二下午從惠特克勞斯出發的，星期四一大早，馬車在路邊一家客店門口停了下來，給馬飲水。客店周圍風景如畫，綠色的樹籬，大片的田野，長滿牧草的山丘（**比起莫爾頓那嚴峻的北方中部荒原，它的面貌多麼柔和，它的色澤多麼青翠啊**），像一張熟悉的面孔似的撲入了我的眼簾。

是啊，我熟悉這種景色，我確信我離目的地已經不遠了。

「從這兒到桑菲爾德府還有多遠？」我問客店裏的馬伕。

「只有兩英哩了，小姐，穿過那片田野就是。」

「我的旅程結束了。」我暗自思忖。

我下了馬車，把隨身帶的一隻箱子交託給客店馬伕，讓他替我保管著，等我來取。我付過車費，使馬車伕滿意後，正準備上路，抬眼看到了被曙光照亮的客店招牌，那上面寫著「羅切斯特紋章」幾個金色大字。我的心劇跳起來，我已經來到我主人的地界了。

可是接著，我的心又沈下去了，我突然想到：「妳不知道，也許妳的主人自己都遠在英吉利海峽那邊哩。再說，即使他仍在妳匆忙趕去的桑菲爾德府，可除他之外，那兒還有誰呢？他的瘋妻子。而妳跟他又毫不相干，妳既不敢去跟他說話，也不敢去跟他見面。妳會白費精力的——還是別再往前走的好。」

我心裏那告誡的聲音竭力規勸道：「還是先向客店裏的人打聽一下消息吧，他們會把妳想知道的事全告訴妳的，他們能馬上解開妳的疑團。到那個男人那兒去，問問羅切斯特先生是否在家。」

這主意是很明智的，可我怎麼也沒法強迫自己去這麼做。我生怕得到一個使我失望得垮了的回答。延長疑慮也就延長了希望，而且還可以在希望之星的照耀下再看一眼那座宅子。眼前就是那階梯——就是那片田野，我偷偷溜出桑菲爾德府的那天早晨，在仇恨的怒火驅使下，不顧一切、漫無目的、心煩意亂地匆匆走過的就是這片田野。

此刻，在我還沒有想好究竟該怎麼辦時，我就已經來到田野中間了。

我走得多快啊！有時候簡直是在奔跑！我多麼盼望能一眼就看到那座熟悉的林子啊！我是懷著怎樣的感情來迎接那一棵棵熟悉的樹木，以及樹林間的草地和小山啊！

我沿著果園的矮牆走著——拐過一個牆角，那兒正好有一扇門開著，通向宅前草地。門兩旁有兩根石柱，上面頂著石球。站在一根石柱後面，我可以把宅子的整個正面悄悄地看個一清二楚。

我小心翼翼地探出頭去，急於想弄清是否有哪間臥室的窗簾已經拉起。短牆、窗戶、長長的宅子正面——從這個隱蔽的角落我全都能看到。

我懷著怯生生的喜悅指望看到一座宏偉的宅子，結果卻看見了一片焦黑的廢墟。

沒有必要再縮在門柱後面了，真的！——沒有必要再仰頭窺視臥室的窗格，生怕裏面已經有人在走動了！也沒有必要去傾聽開門的響聲——想像著鋪石路和沙礫小徑上有腳步聲傳來！草坪給踐踏了，庭園已經荒蕪；大門空空地大張著嘴。宅子正面就像有次我在夢裏見過的那樣，只剩下一堵薄殼似的牆，看上去又亮又脆，上面敞開著一個個沒有玻璃的窗洞；沒有屋頂，沒有短牆，也沒有煙囱——一切全都倒塌在裏面了。

周圍是一片死一般的寂靜，還有荒漠僻野的淒涼。難怪寫信給這兒的人永遠收不到回信了，就像把信寄到教堂側廊的墓穴裏一樣。石塊上那陰森森的焦黑色，說明這座宅子是遭到什麼厄運倒塌的——它遭了火災。

可是大火是怎麼燒起來的呢？這場災禍的背後有著怎樣的故事呢？除了灰泥、大理石和木頭等等之外，還有沒有其他的損失？是不是有生命和財產一起遭到劫難？如果有的話，會是誰？可是這個可怕的問題，這兒沒有一個人回答——就連無聲的跡象，不會說話的標記也沒有。

繞過斷垣殘壁，穿過遭受浩劫的宅子內部，我見到了一些痕跡，看出這場災難並非新近發生。我覺得一場場冬雪曾飄過那空洞洞的拱門，一陣陣冬雨曾打進那空蕩蕩的窗櫺，因爲春天已經從那些濕漉漉的成堆垃圾中孕育出了植物；在石塊和落下的椽木間到處雜草叢生。

哦，這期間，那位遭受這場災難的不幸主人又在哪兒呢？在哪片土地上？靠什麼支持著？我的目光不由得移向大門旁那座灰色的教堂塔樓，自問道：「難道他已跟戴默爾・德・羅切斯特一樣，躺進那狹窄的大理石住所了嗎？」

一定得讓這些問題找到答案。

除了客店，哪兒也不可能找到答案。因此我很快就趕回到那裏，店老闆親自把早飯送到了我的客廳。我請他關上門，坐下來，告訴他我想問他幾個問題。可是待他遵命照辦了，我卻又幾乎不知該怎麼開口才好。

我是那麼害怕聽到可能得到的回答。好在我剛剛離開那荒涼的景象，已使我對聽一個悲慘的故事有了一定的心理準備，而且店老闆是個樣子可敬的中年人。

「你一定知道桑菲爾德府吧？」我終於斟酌著問了這麼一句。

「是的，小姐，我以前在那兒待過。」

「是嗎？」一定不是我在的那段時間吧，我心裏想，我不認識你。

「我當過已故的羅切斯特先生的管事。」他補了一句。

已故的！我感到受到了我竭力想躲避的那重重一擊。

「已故的！」我喘不過氣來了，「他死了？」

「我說的是現在這位紳士愛德華先生的父親。」他解釋說。

我又喘過氣來了，我的血液重新開始流動。聽了這話使我完全放心了，愛德華先生——我的羅切斯特先生（不管他在哪兒，願上帝保佑他！）至少還活著。總之，「是現在這位紳士」這話真讓人高興！這一來，下面所有的話——不管說出來的是什麼——我都能平靜地聽下去了。只要他不在墳墓裏，我想，哪怕聽說他現在在安蒂波德斯群島①，我也受得了。

「羅切斯特先生現在還住在桑菲爾德府嗎？」我問，當然知道他的回答是什麼，我只是想盡量拖延一下，不急於直接探問他羅切斯特先生究竟在哪兒。

「不，小姐——哦，不！沒人住在那兒了。我想妳不是這一帶的人吧，要不，妳準聽說過去年秋天發生的那場火災——桑菲爾德府全都成了一片廢墟了；大約正好是秋收的時候，它給燒毀了。一場可怕的災難！那麼多值錢的東西全被燒毀了！幾乎沒有搶出一件家具。火是深更半夜燒起來的，沒等救火車從米爾科特趕到，宅子就已燒成一片火海。那景象真是太可怕了，我親眼看到的。」

「深更半夜！」我喃喃說著。是啊，那一向是桑菲爾德府出事的時刻。

「知道火是怎麼燒起來的嗎？」我問。

「大家猜測，小姐，人們只是猜測。不過，說真的，我倒認爲那是千真萬確的事，沒什麼可懷疑的。妳也許不知道吧，」他把椅子往我桌前挪了挪，悄聲地接著說，「有一位太太……有一個……一個瘋子，養在宅子裏。」

「我聽說過一點。」

「她給非常嚴密地禁閉在宅子裏，小姐，多年來，大家一點都不知道有這麼個人。沒人看見過她，人們只是聽到傳說府裏有這麼個人。至於她到底是誰，什麼模樣，就很難猜測了。有人說她是愛德華先生從國外帶回來的，也有人認爲她準是他的情婦。可是一年前發生了一件奇怪的事——一件非常奇怪的事。」

我擔心現在我要聽我自己的故事了，我竭力提醒他，想把他引回到正題上來。

「這位太太是怎麼回事？」

「這位太太，小姐，」他回答說，「原來是羅切斯特先生的妻子！這件事是在非常奇怪的情況下給發現的。府裏有一位年輕小姐，是位家庭教師，羅切斯特先生愛……」

「那火災又是怎麼回事？」我提醒他。

「我馬上就要說到了，小姐——愛德華先生愛上那位小姐。僕人們說，從來沒見過有誰愛得他那麼深的。他不斷地追求她。他們老是偷偷注意著他——小姐，妳知道，僕人們總是這樣的——他把她看得比什麼都重，儘管除了他之外，沒有人認爲她長得有多麼漂亮。他們說她是個挺小的小個子，幾乎像個孩子。我自己從沒見過她，不過，我聽府裏的女僕莉亞說起過她。莉亞很喜歡她。羅切斯特先生快四十歲了，而這位家庭教師還不到二十歲。妳知道，像他那樣年紀的先生們愛上了年輕的姑娘，往往會像中了魔似的。嗯，他要娶她。」

「這段故事，你另外時間再給我說吧。」我說，「眼下我有特殊的原因想先聽聽有關火災的全部情況。是不是懷疑那個瘋子，羅切斯特太太，和這場火有關？」

「妳猜著了，小姐，可以肯定是她，除了她，沒有人會放火的。有個女人專門負責照管她，她叫普爾太太——在做她們那一行的人中，她稱得上是個能幹的女人，也很可靠，她只有一個毛病——不少像她那樣做護士和看守的人都有這種毛病——她老給自己藏著一瓶杜松子酒，而且不時地要多喝那麼一口。這本是可原諒的，因爲她做這種工作，日子實在不大好過，但這總歸是件危險的事。因爲普爾太太喝了酒以後，馬上就會倒頭呼呼大睡。那位瘋太太狡猾得像巫婆，趁機會就掏走她口袋裏的鑰匙，逃出房間，在屋子裏到處轉悠，腦子想到什麼瘋念頭就幹什麼。據說，有一次她險些把她的丈夫燒死在床上，這件事我不太清楚。但這天夜裏，她是先把自己隔壁房間的帳幔點著了，然後來到下面一層樓裏，摸進那個家庭教師住過的房間——（她不知怎的好像有點知道近來發生的事，所以對她心懷怨恨似的）——點著了那兒的床，幸好沒有人睡在裏面。女教師兩個月前就逃走了；儘管羅切斯特先生千方百計尋找她，彷彿她是他世上最心愛的寶貝似的，但一直打聽不到她的消息。他變得脾氣暴躁了——由於失望變得異常兇暴。他一向不是個兇暴的人，可自從失去了那位小姐，他的脾氣變得很可怕了。他還堅持要獨自一人待著。他把管家費爾法克斯太太打發到遠方她的一個朋友家去住，不過，這事他做得很慷慨，給了她一筆終身年金，這在她是受之無愧的——她是個很好的人。還有個受他監護的女孩，阿黛爾小姐，給送進了學校。他斷絕了跟一切鄉紳的往來，像個隱士似的把自己關在宅子裏。」

「什麼？他沒離開英國？」

「離開英國？哎喲，沒有！他連門檻都不願跨出一步。只有在半夜時，他經常會像個鬼魂似的在院子裏和果園裏轉悠——就像神智錯亂了似的——我看他真的有點不正常了。在那個小個子女教師弄得他神魂顛倒之前，小姐，妳從沒見過有哪位紳士比他更有生氣、更有膽識、更有頭腦的了。他不像有些人那樣整天沈溺於喝酒、打牌、騎馬；他雖然貌不驚人，可是，他有一個男人應有的勇氣和意志。妳知道，他還是個孩子的時候，我就熟悉他了。就我來說，我真希望那位愛小姐在來桑菲爾德府以前就淹死在海裏。」

「這麼說，起火時，羅切斯特先生正在家裏？」

「是的，他確實在家裏，上上下下全都燒著時，他還奔上頂樓，把僕人們從床上叫起來，親自扶他們下樓；然後他又返回樓上，要把他的瘋妻子從小房間裏救出來。這時他們叫喊著告訴他，她已爬上屋頂；她站在那兒，在短牆上揮舞著胳臂，還大聲叫嚷著，那聲音一英哩外都聽得見。我這是親眼所見，親耳所聞。她是個大個子女人，頭髮又長又黑；她站在那兒時，我們可以看見她的頭髮在火光中飄動。我和另外幾個人親眼目睹，羅切斯特先生從天窗爬上屋頂，我們還聽見他喊著「伯莎！」看見他朝她走過去。可緊接著，小姐，她卻大叫一聲，縱身跳了下來，剎那間就躺在了鋪石路上，摔得血肉模糊。」

「死了？」

「死了！唉，死了，就像濺滿她的腦漿和鮮血的石頭一樣！」

「天哪！」

「妳說得不錯，小姐，真是太可怕了！」

他打了個寒噤。

「那後來呢？」

「唔，小姐，後來宅子就燒成一片平地，現在只剩下幾堵斷垣殘壁在那兒了。」

「還死了別的人嗎？」

「沒有——說不定有的話反倒好一些。」

「你這是什麼意思？」

「可憐的愛德華先生！」他突然感歎道，「我從沒料到還會看到這樣的事！有人說這對他是個公正的報應，因爲他隱瞞了第一次婚姻，還有個妻子活著就想再娶另一個。可拿我來說，我可憐他。」

「你不是說他還活著嗎？」我喊了起來。

「是的，是的，他還活著，但許多人覺得他還是死了的好。」

「爲什麼？他怎麼了？」我的血又變得冰涼。「他在哪兒？」我問道，「他在英國嗎？」

「對——對——他是在英國。他沒法離開英國了，我想——他現在是動不了啦。」

這有多折磨人啊！這人好像是決心要拖延說出真情似的。

「他完全瞎了，」他終於說了出來，「是的——他全瞎了——愛德華先生全瞎了。」

我原來擔心的比這更糟，我擔心他瘋了。我竭力定下心來，問他這不幸是怎麼造成的。

「這全怪他自己的勇氣，也可以說，怪他自己的好心腸，小姐。他一定要在所有的人全都離開宅子後才肯離開。直到羅切斯特太太從短牆上跳下之後，他最後才從主樓梯上下來，可是就在這時，轟隆一聲——房子整個兒塌下來了。他被人從廢墟裏拖了出來，人還活著，但傷得可慘了。一根大樑掉下來，正好護住了他一部分，可是一隻眼珠給砸了出來，一隻手也給壓爛了，外科醫生卡特先生不得不馬上把它截掉。另一隻眼睛也跟著發炎了，最後也沒能保住視力。他現在真是毫無指望了——瞎了眼睛，手也殘廢了。」

「他在哪兒？他現在住在哪兒？」

「在芬丁，他的農莊的一幢莊園住宅裏，離這兒大約有三十英哩，是個很荒僻的地方。」

「誰跟他在一起呢？」

「老約翰和他的妻子，別的人他全不要，聽說，他完全垮了。」

「你有車嗎？不管什麼樣的。」

「我們有輛輕便馬車，小姐，一輛挺漂亮的車。」

「讓他們馬上把車備好，要是你的車伕能在今天天黑以前把我送到芬丁，我就付給你和他比平常多一倍的錢。」

---

①位於紐西蘭南端南太平洋中，鄰近南極洲。

三十七　我最愛的人

芬丁莊園裏的住宅是座中等大小、相當古老的建築，結構上樸實無華，深深地隱藏在一座林子裏。那地方我以前就聽說過，羅切斯特先生經常說起它，有時候他還上那裏去。他父親買下這處產業是為了狩獵。他本想把房子出租，但因為地點不好，對健康不利，找不到租戶，因而芬丁莊園的房子就一直空著，也沒有陳設家具，只有兩、三個房間佈置過一下，供主人在狩獵季節居住。

就在天快要黑下來的時候，我來到了這座莊園。這是個天色陰沈、冷風襲人、細雨透骨的傍晚。我按原先的許諾，付了雙倍的車錢，把車子和車伕打發走了，最後一英哩路我是步行走完的。甚至到了離住宅很近的地方，我還見不到房子的影子，它四周陰森森的林子中的樹木，長得實在太茂密了。

兩根花崗岩柱子之間的鐵門告訴了我該往哪兒進去。一進了門，我立刻就發現自己已經置身在密林籠罩的蒼茫暮色之中。在蒼老多節的樹幹之間和枝葉交錯形成的拱門底下，一條雜草叢生的小徑沿著林間通道蜿蜒向前。

我順著它走去，滿以為很快就能走到住宅跟前，不料小徑不斷向前延伸，蜿蜒曲折，越伸越遠，始終看不到一點住宅和庭園的影子。

我以爲自己走錯了方向，迷了路，蒼茫的暮色和林間的幽暗愈來愈濃地籠罩著我。我四處張望，想再找出一條路來，可什麼路也沒找到。到處都是縱橫交織的枝椏，柱子似的樹幹和夏日濃密的綠蔭——哪兒也不見通道。

我繼續往前走。前面的路終於開闊起來，樹木也比較稀疏了。過不多久，我就看到了一道欄杆，接著就看到了房子——在這樣昏暗的光線下，它幾乎跟樹木很難區別開來，它那破敗的牆壁是那麼潮濕，長滿了青苔。踏進一道只插著門閂的門，我站在一塊圍起來的空地中間，樹木呈半圓形從這兒伸展開去，沒有花，沒有花壇，只有一條寬寬的礫石路環繞著一小片草地，周圍則全是濃密的樹林。

房子的正面露出兩堵尖尖的山牆，窗子很窄，安有格子，前門也很狹窄，登上一級台階就到門口。總的看來，正像羅切斯特紋章客店的老闆說的，這兒「是個很荒僻的地方」。它靜得就像平常日子裏的教堂一樣，周圍能聽到的只有雨點打在樹葉上的沙沙聲。

「這兒會有人嗎？」我心裏想。

是的，是有一點生命的跡象，因爲我聽到了響動——那扇狹窄的前門正在打開，有個人影剛要從房子裏出來。

門慢慢地打開了，一個人影出現在暮色中，站在台階上，那是一個沒戴帽子的男人。他往前伸出一隻手，似乎想試試天有沒有下雨。儘管暮色昏暗，我還是認出了他——那不是別人，正是我的主人，愛德華・費爾法克斯・羅切斯特！

我停下腳步，幾乎摒住呼吸，站在那兒看著他——細細打量著他，他沒有看到我，哦，他看不見啊！這是一次突然的會面，一次痛苦完全壓倒欣喜的會面。我沒有費多大勁就迫使自己沒喚出聲來，也沒有奔向前去。

他的身子仍和以前一樣強健、壯實，他的體態仍舊筆挺，頭髮依然烏黑，他的容貌也沒有改變或憔悴。不管有多憂傷，一年時間還不足以消蝕他那運動員般的強壯體魄，或者摧毀他那朝氣蓬勃的青春活力。但在他的面部表情上、我還是看出了變化。他看上去絕望而心事重重——他使我想起了一隻受到虐待而且身處籠中的野獸或者鳥兒，在牠惱怒痛苦之際，走近牠是危險的。

啊，讀者，你以爲失明後處於兇暴狀態的他會使我感到害怕嗎？——要是你這麼想，那就太不瞭解我了。我在傷心之中還夾雜著一種溫柔的願望，即過不了多久，我就要大膽地吻一吻他那岩石般的額頭，吻一吻他額頭下面如此嚴峻地緊閉著的雙唇，但不是現在。現在我還不想招呼他。

他走下那一級台階，慢慢摸索著朝那塊草地走去。他那雄赳赳的大步如今哪兒去了啊？緊接著，他就停了下來，好像是不知道該往哪兒拐才是。他抬起一隻手，睜開眼瞼，費了很大的勁，茫然地瞪著天空，瞪著那半圓形階梯狀的樹林。可以看出，一切景物對他來說，都只是黑洞洞的一片。他伸出右手（被截過的左臂他一直藏在懷裏），似乎想憑觸摸弄清周圍有些什麼，然而他摸到的，依然是一片空虛，因爲那些樹木離他站著的地方還有好幾碼遠哩。

他放棄了這番嘗試，抱著胳臂，安靜地默默站在雨中，任憑這會兒開始下大的雨點打在他沒戴帽子的頭上。正在這時，約翰不知從哪兒走了出來，走到他的跟前。

「要我扶您一下嗎，先生？」他說，「大雨就要來了，您還是進屋去吧。」

「別管我。」他回答。

約翰退回去了，他沒有看見我。羅切斯特先生這時想試著走動走動，可是不成——對周圍的一切都太沒有把握了。他一路摸索著往回朝屋子走去，進屋後，關上了門。

這時我才走上前去，敲了敲門。來給我開門的是約翰的妻子。

「瑪麗，」我說，「妳好嗎？」

她嚇了一大跳，就像看見一個鬼似的。我極力讓她平靜下來。

「真的是妳嗎，小姐？這麼晚了還到這個荒僻的地方來？」對她的問話，我握了一下她的手作爲回答。然後我跟著她走進廚房，約翰這時正坐在熊熊的爐火旁。我用簡單幾句話向他們說明，我離開桑菲爾德後這兒發生的情況我已經聽說了，我是來看望羅切斯特先生的。

我請約翰到我打發走馬車的那個路口去一趟，把我留在那兒的箱子取來。然後，我脫下帽子和披巾，並問瑪麗能不能讓我在莊園裏過夜。等問明顯然安排有點困難但還不是辦不到後，我就告訴她我要在這兒住下來。就在這時，客廳裏的鈴響了。

「妳進去的時候，」我說，「告訴妳的主人，有個人想跟他談談，但別說出我的名字。」

「我想他不會見你的，」她回答說，「他誰也不肯見。」

她回來的時候，我問她他怎麼說。

「要妳報出妳的姓名和來意。」她回答，然後她倒了一杯水，把它和幾枝蠟燭一起放在一隻托盤裏。

「他打鈴就是要這個嗎？」我問。

「是的，他雖然瞎了，可天一黑，總是要叫人送蠟燭進去。」

「把托盤給我，我來送進去。」

我從她手裏接過托盤，她給我指明客廳的門。我端著托盤，托盤不住地晃動，玻璃杯裏的水都潑出來了。我的心又響又急地撞擊著肋骨。瑪麗給我開了門，等我進去後又把門關上了。

客廳裏顯得很陰暗，一小堆乏人撥弄的火在爐子裏微弱地燃燒著。屋子的瞎主人頭靠在高高的老式壁爐架上，俯身對著爐火。他那條老狗派洛特躺在一邊，沒擋著他的路，牠蜷縮著身子，彷彿生怕無意間被踩著似的。

我一進去，派洛特就豎起耳朵，接著一躍而起，吠叫著，嗚咽著，朝我直蹦過來，差一點把我手裏的托盤都撞翻了。我把托盤放在桌子上，拍拍派洛特，輕聲說：「躺下！」羅切斯特先生機械地轉過身來，想看看這陣騷亂是怎麼回事。可是由於什麼也沒看見，便又轉過身去，歎息了一聲。

「把水給我吧，瑪麗。」他說。

我端著潑得只剩半杯的水朝他走去，派洛特跟著我，仍然興奮不已。

「怎麼回事？」他問。

「躺下，派洛特！」我又說了一遍。他剛把水端近嘴邊，就停了下來，似乎在傾聽。他喝完水，放下杯子。「是妳嗎，瑪麗？是不是妳？」

「瑪麗在廚房裏。」我回答道。

「是誰？是什麼？誰在說話？」

「派洛特認識我，約翰和瑪麗都知道我來了。我今天晚上剛到。」我回答道。

「天啊！——我產生什麼樣的幻覺了？什麼甜蜜的瘋狂迷住我了啊？」

他摸索著。我抓住他那隻胡亂摸著的手，雙手緊緊地握住了它。

「正是她的手指！」他喊了起來，「她又細又小的手指！要是這樣，一定還有別的。」

那隻強有力的手掙脫了我的束縛，我的胳臂給抓住了，我的肩膀——脖子——腰——我給整個兒摟住了，緊緊貼在他的身上。

「這真是簡嗎？這是什麼？這是她的身子——這是她的小個子……」

「還有她的聲音，」我補充說，「她整個兒都在這兒，她的心也在這兒。上帝保佑你，先生！我真高興，又能這樣靠近你了。」

「簡・愛！——簡・愛！」他只知道這麼叫喚著。

「我親愛的主人，」我回答說，「我是簡・愛，我終於找到你了……我回到你身邊來了。」

「真是嗎？——真的是有血有肉的簡？我那活生生的簡？」

「從今天起，先生，我永遠不會離開你了。」

「永遠不會，這是幻覺在說話嗎？可是我一覺醒來，總是發現這只不過是一場空歡喜。我孤獨、淒涼——我的生活一片黑暗、寂寞，毫無指望——我的靈魂飢渴，卻被禁止喝水，我的心飢餓，卻得不到食物。溫柔迷人的夢啊，這會兒妳偎依在我的懷裏，可妳也會飛走的，就像妳那些姐妹在妳以前全都飛走一樣。在妳離去以前，吻吻我吧——擁抱我吧，簡。」

「啊，先生——啊！」

我把嘴唇緊貼在他那一度炯炯有神而今黯淡無光的眼睛上——我還撩開他額上的頭髮，吻了吻他的額頭。他彷彿突然驚醒過來，頓時相信這一切都是真的了。

「這真是妳——是嗎，簡？這麼說，妳回到我身邊來了？」

「是的。」

「那妳並沒有死在哪個溝壑裏，淹沒在哪條溪流中？妳也沒有面黃肌瘦地流落在異鄉人中間？」

「沒有，先生，我現在是個獨立自主的人了。」

「獨立自主！妳這話是什麼意思，簡？」

「我在馬德拉的叔叔去世了，他留給我五千英鎊的遺產。」

「啊，這可是實實在在的——這是真的！」他大聲說道，「我真是做夢也沒有想到。而且，還有她那特有的聲音，既溫柔，又那麼活潑、風趣，它使我這個枯萎的心重又有了生氣——什麼，簡妮特！妳是個獨立自主的人？妳是個有錢人了？」

「很有錢了，先生。要是你不讓我跟你住在一起，我可以緊靠你家大門自己蓋一幢房子，晚上你需要人做伴時，就可以過來，上我的客廳裏來坐坐。」

「可是，既然妳有錢了，簡，不用說，妳現在一定有了許多朋友，他們會關心妳，不會讓妳獻身給我這樣一個瞎眼的殘疾人吧？」

「我對你說過，我不但有錢，先生，還是個獨立自主的人。我自己的事由我自己做主。」

「那妳要跟我待在一起？」

「當然——除非你反對。我要做你的鄰居，你的護士，你的管家。我發覺你很孤獨，我要跟你做伴——給你唸書，陪你散步，坐在你身邊，侍候你，做你的眼睛和雙手。別再那麼一副愁眉苦臉的樣子了，我親愛的主人，只要我活著，就不會撇下你孤孤單單一個人。」

「不——不——簡！妳千萬不能走。不——我摸到了妳，聽到了妳的聲音，感到了妳在我身邊的歡樂——妳安慰我時的愉快。我不能放棄這些歡快。我已經沒有多少自己的東西了——可我必須有妳。世人可以嘲笑我——可以說我荒唐、自私——這都無關緊要。我的心靈需要妳，它必須得到滿足，否則它會對它的軀殼狠狠地進行報復。」

「好吧，先生，我會留在你的身邊，我已經說過了。」

「是啊——可是妳說的留在我的身邊，妳理解的是一回事，而我理解的是另一回事。妳也許可以下個決定，待在我的手邊，我的椅子旁邊──像個好心的小護士那樣侍候我（因為妳有一顆仁慈的心和慷慨大肚的精神，促使妳為妳同情的人作出犧牲），毫無疑問，這應該使我感到心滿意足了。我想，我現在對妳只該抱著父親般的感情了，妳是這樣想的嗎？來──告訴我。」

「你要我怎麼想，我就怎麼想，先生。我願意只做你的護士，如果你認為這樣更好的話。」

「可是妳總不能老當我的護士啊，簡妮特，妳還年輕──妳總有一天要結婚的。」

「我並不關心結婚不結婚。」

「妳應該關心，簡妮特，如果我還像以前一樣，我就要想法子叫妳關心……可是……我是一段什麼也看不見的木頭！」

他重又陷入憂鬱之中。

「我的這條胳臂上，既沒有手也沒有指甲，」說著，他從懷裏抽出那條截過的斷臂，伸給我看，「只剩下一截殘臂了──看上去挺可怕！妳看是不是，簡？」

「見了這真為你惋惜，見了你的眼睛也一樣──還有你前額上燒壞的傷疤。不過最糟糕的還是，有人會為這一切過分愛你，過分看重你的危險哩。」

「我認為，看到我的手和疤痕累累的臉，簡，妳會感到噁心的。」

「你這樣想嗎？別再跟我這麼說了──要不，我可要對你的判斷力說出一些貶低的話來了。好了，讓我離開你一會兒，我去把爐火燒得旺一點，把爐邊掃掃乾淨。火燒旺時，你能辨得出來嗎？」

「能，我用右眼可以看到一點亮光——模模糊糊的紅光。」

「看得見蠟燭嗎？」

「非常模糊——每一枝就像一小團發亮的雲霧。」

「你能看見我嗎？」

「不能，我的仙女；不過，能摸到妳和聽到妳的聲音，我就已經感激不盡了。」

「你什麼時候吃晚飯？」

「我從不吃晚飯。」

「可是今晚你得吃一點。我餓了，我敢說你也一定餓了，你只是忘了餓罷了。」

吃過晚飯，他開始問我許多問題，問我一直在哪兒，我都做了些什麼，我是怎麼找到他的。但我只是很簡略地回答了幾句，那天夜裏時間太晚了，已來不及一一細談。再說，我也不想去觸動那根會強烈震顫的心弦——在他的心田打開新的感情之泉。

第二天一大早，我就聽見他已經起床走動，從這間屋走到另一間屋。

瑪麗一下樓，我就聽見他問：「愛小姐還在這兒嗎？」接著又問：「妳把她安排在哪間屋子？那屋子乾燥嗎？她起來了沒有？去問問她需要什麼？什麼時候下來？」

那天上午，大部分時間都是在戶外度過的。我帶他走出潮濕荒蕪的林子，來到景色怡人的田野上。我給他描述那田野是多麼鮮明青翠，花草和樹籬顯得多麼清新，天空是多麼蔚藍明亮。我在一個隱蔽可愛的地方給他找了一個坐處，那是一截乾樹樁。

他坐定以後，拉我坐在他的膝頭，我沒有拒絕，既然他和我都覺得靠近比分開快活，那又爲什麼要拒絕呢？派洛特躺在我們身邊，四周一片寂靜。他把我緊緊抱在懷裏，突然發作了起來：「妳這狠心的、狠心的逃跑者啊！哦，簡，我發現妳從桑菲爾德逃走了，到處找不到妳，查看了我的房間後，斷定妳沒帶錢，也沒帶任何能抵錢用的東西，我心裏有多難受啊！我給妳的一條珍珠項鍊還原封不動地放在盒子裏，妳的箱子仍像準備結婚旅行時那樣捆好鎖著。我問，窮得身無分文，我的寶貝該怎麼辦啊？她是怎麼辦的呢？現在說給我聽聽吧。」

經他這樣催問，我就開始講起我這一年的遭遇來。我輕描淡寫地講了講那三天流浪和挨餓的情景，因爲告訴他全部真相，只會給他帶來不必要的痛苦。但就是我說出的這一丁點，也已刺痛了他那顆忠誠的心，遠比我預料的要刺得深。

「那麼，這個聖約翰是妳的表哥了？」

「是啊。」

「妳老是提到他，妳喜歡他嗎？」

「他是一個很好的人，先生，我不能不喜歡他。」

「一個好人？那是不是說，這是個五十來歲的品行端正、值得尊敬的男人？要不那是什麼意思？」

「聖約翰只有二十九歲，先生。」

「是個很有教養的人？」

「聖約翰是個博學多才的學者。」

「我記得妳說過，他的舉止不合妳的口味——古板自負，一副牧師腔。」

「我從來沒說起過他的舉止；不過，除非我的口味太糟，要不，他的舉止應該是很對我的口味的，他文雅、安靜，有紳士風度。」

「他的相貌呢——我忘了妳是怎樣形容他的外貌的——是個粗魯的教士，差點讓白領帶勒死，踩著一雙厚底高跟皮靴是不是？」

「聖約翰穿著講究。他長得很英俊，高高的個兒，有一雙藍眼睛和希臘式的臉龐。」

他自言自語了一聲：「這該死的！」然後問我：「妳喜歡他嗎，簡？」

「是的，羅切斯特先生，我喜歡他；可是，你已經問過我了。」

我自然看出了和我對話的人的用意，嫉妒攫住了他，刺痛著他，但這種刺痛是有益的，可以使他暫時從啃嚙著他的憂鬱的毒牙下擺脫出來。因此，我不想馬上去降服嫉妒這條毒蛇。

「妳說妳在學校附近有所小房子，他上那兒去看過妳嗎？」

「有時也去。」

「晚上去嗎？」

「去過一、兩次。」

停頓了一下。

「從發現你們是表兄妹以後，妳跟他和他的妹妹一起住了多久？」

「五個月。」

「里弗斯和他家裏的女眷待在一起的時間多嗎？」

「多的，後面那間客廳既是他的書房，也是我們的書房。他坐在窗前，我們坐在桌邊。」

「他看書的時候，妳做什麼？」

「開始時我學德語。」

「他教妳嗎？」

「他不懂德語。」

「他什麼也沒有教妳嗎？」

「教過一點印度斯坦語。」

「里弗斯教妳印度斯坦語？」

「是的，先生。」

「也教他妹妹嗎？」

「不教。」

「只教妳？」

「只教我。」

「是妳要學的？」

「不是。」

「是他要教妳？」

「是的。」

又一次停頓。

「他爲什麼要教妳？印度斯坦語對妳有什麼用？」

「他要我跟他一起去印度。」

「啊！現在我找到事情的根源了。他要妳嫁給他？」

「他曾求我嫁給他。」

「這全是虛構的——是瞎編出來氣我的。」

「對不起，這是千真萬確的事實。他曾不止一次地求我，而且也像你以前一樣，不屈不撓地堅持自己的要求。」

「走妳自己的路吧——上妳選中的丈夫那兒去。」

「他是誰呀？」

「妳知道的——就是那位聖約翰・里弗斯嘛。」

「他不是我的丈夫，永遠也不會是。他不愛我。我也不愛他。他愛的是一位叫羅莎蒙德的漂亮小姐（像他所能愛的那樣，而不是像你那樣的愛）。他要想娶我，僅僅是因爲他認爲我適合做一個教士的妻子，而那位小姐卻不行。聖約翰善良、偉大，但很嚴厲；而且對我來說，簡直就冷若冰霜。他不像你，先生，在他身邊，無論是在他身旁，或者跟他在一起，我都不感到快活。他對我既不寵愛，也沒有柔情。他在我身上看不到有什麼迷人的地方。甚至看不到青春，只看到有幾個有用的心靈上的特點罷了。──既然如此，先生，我還應該離開你，上他那兒去嗎？」

我不由自主地顫抖起來，本能地更加緊緊依偎著我那失明然而可愛的主人。他笑了。

「什麼，簡！這是真的嗎？妳跟里弗斯之間真是這種情況？」

「絕對是的，先生！哦，你不必嫉妒，我是想故意逗你一下，好讓你不要那麼悲傷。我認爲憤怒要比悲哀好。不過，要是你希望我愛你，那你只要看看我確實多麼愛你，你就會感到心滿意足了。我這顆心整個兒都是你的，先生──它屬於你，即使命運把我身體的其餘部分全都從你那兒奪走，我的心也依然會留在你的身邊。」

他吻著我。但一些痛苦的念頭又使他的面容陰鬱了起來。

「我這燒壞的視力！我這傷殘的肢體！」他抱憾地喃喃說著。

我用愛撫安慰著他。我知道他在想些什麼，想替他說出來，但又不敢。他把臉轉過去了一會兒，我看到他緊閉的眼皮下湧出一顆淚珠，沿著他那男子氣概的臉頰滾下，我的心一陣難受。

「我如今不比桑菲爾德果園裏那棵遭過雷劈的老七葉樹強了。」過了一會兒，他說，「那幾個殘柱，有什麼權利要求一棵正在綻放新芽的忍冬，用青翠來掩蓋它的腐朽呢？」

「你並不是殘椿朽木，先生──也不是棵遭過雷劈的樹，你長得青翠茁壯。不管你願不願意，花草樹木都會在根部周圍生長，因爲它們喜歡你的濃蔭。它們生長的時候，喜歡偎依著你，圍繞著你，因爲你的強大，使它們有了安全的保障。」

他又笑了，我使他得到了安慰。

「妳說的是朋友吧，簡？」他問道。

「是的，是說朋友。」我有些遲疑地回答說。因爲我說的不僅是朋友，可我又不知道該用別的什麼詞兒來表達。

他幫我解了圍。「哦！簡。可我需要一個妻子啊。」

「是嗎，先生？」

「是啊，難道妳覺得這是新聞嗎？」

「當然，你以前沒有說起過呀。」

「這是個不受歡迎的新聞嗎？」

「那得看情況了，先生——看你怎麼選擇了。」

「這得由妳來給我選了，簡，我堅決服從妳的決定。」

「那就挑選，先生——最愛你的人。」

「我是要挑選——我最愛的人。簡，妳願意嫁給我嗎？」

「是的，先生。」

「一個到哪兒都得要妳攙扶的可憐的瞎子？」

「是的，先生。」

「一個比妳大二十歲、得要妳侍候的殘疾人？」

「是的，先生。」

「當真嗎，簡？」

「完全當真，先生。」

「哦！我親愛的！願上帝保佑妳，酬報妳！」

「羅切斯特先生，如果我這輩子做過什麼好事——起過什麼善念——作過什麼真誠無邪的祈禱——有過什麼正當的願望——那我現在已經得到酬報了。對我來說，做你的妻子，就是我在世上所能得到的最大幸福。」

「幾天以前，不，我能說出天數來——四天以前，是星期一的晚上，一種奇特的心情襲上我的心頭，悲哀代替了狂亂，憂傷代替了惱怒。我早就有一種想法，既然我哪兒也找不到妳，那妳一定是死了。那一天深夜——大概在十一、二點之間——在我淒淒涼涼地去睡覺以前，我祈求上帝，如果祂認爲合適，還是儘早讓我離開人世，讓我去到那個世界，在那兒我還有希望和簡重逢。

當時我在自己的房間裏，坐在敞開的窗子旁邊，夜晚沁人的空氣使我感到快慰，雖然我看不見星星，而且，也只憑著一團朦朧發亮的霧氣才知道月亮的存在。我渴望著，簡妮特！哦，我的靈魂和肉體都渴望著妳！我在既痛苦又謙卑的心情中詢問上帝，我經受的寂寞淒涼和苦難折磨是不是還不夠長久，是不是還不能馬上讓我再品嘗一次幸福的安寧。我承認，我是罪有應得——但是我申辯，我再也受不了啦。我內心的全部希望，都不由自主地化作這幾個字衝口而出——『簡！簡！簡！』」

「你是大聲說出這幾個字的嗎？」

「是的，簡，要是當時有人聽見，他準以爲我瘋了呢。我是用那麼瘋狂的勁兒喊出來的。」

「是星期一晚上將近午夜的時候嗎？」

「是的，不過時間倒無關緊要，接下來發生的事才叫奇怪呢。妳會認爲我迷信——我的血液中是有一些迷信的成分，一向就有。不過，這件事是千真萬確的——至少我真的聽到了我現在要告訴妳的話。就在我喊了『簡！簡！簡！』以後，突然有個聲音——我說不出這聲音從哪兒來，但是我知道這是誰的聲音——回答說：『我來了！等著我！』過了一會兒，風兒又送來了這樣的低語聲——『你在哪兒呀？』」

讀者啊，正是在星期一夜裏——將近午夜時分——我也聽到了那個神秘的召喚，這幾句話正是我對這一召喚的回答。

我傾聽著羅切斯特先生的敘述，但並沒有反過來向他洩露真相。我覺得，這種巧合未免太讓人敬畏，太讓人費解了，還是不要說出和不作議論爲好。要是我告訴了他什麼，我的這個故事肯定會在聽的人心靈上留下深刻的印象，而他那顆因飽受折磨變得太容易陰鬱的心，實在不應該再增添更加陰暗的超自然陰影了。於是我把這事藏在了心底，獨自思量。

三十八　尾聲

讀者啊，我和他結了婚。我們悄悄地舉行了一個婚禮。到場的只有他和我、牧師和教堂執事。我們從教堂回來後，我走進莊園的廚房，瑪麗正在做飯，約翰在擦拭餐刀。

我說：「瑪麗，今天早上我已跟羅切斯特先生結了婚。」

瑪麗抬起頭來，睜大眼睛看著我，她正給火上烤著的兩隻雞淋油的那把勺子，確曾在空中停了足有三分鐘，而約翰的那些餐刀，也確曾有同樣長的時間停止了擦拭。

可是當瑪麗重又低下頭去烤雞時，卻只是說：「是嗎，小姐？喔，當然了！」

稍過一會兒，她才又接著說：「我瞧見妳跟主人出去，可我不知道你們是去教堂結婚的。」說罷又給雞去淋油了。我回過頭去看看約翰，他正咧嘴笑著。

「我跟瑪麗說過，事情會怎麼樣，」他說，「我知道愛德華先生——」（約翰是個老僕人，早在他主人還是這家的小兒子時就熟悉他，所以常用教名來稱呼他）——「我知道愛德華先生會怎麼做，我也料到他不會等太久。依我看來，他做得對。我祝妳快樂，小姐！」說著，他有禮貌地拉了拉額髮，表示敬意。

「謝謝你，約翰。羅切斯特先生要我把這個給你和瑪麗。」我把一張五鎊的鈔票放在他手裏。

後來，我偶爾聽到了這樣的話：「對他來說，她也許比哪個闊小姐都要好。」還說，「雖說她算不上頂漂亮，可她不是個傻瓜，脾氣又挺好的。而且在他眼裏，她是個大美人，這誰都看得出。」

我立刻給沼澤山莊和劍橋寫了信，把我的事情告訴他們，還詳盡地解釋了我爲什麼這樣做。黛安娜和瑪麗毫無保留地贊成我走這一步。黛安娜還說，她只給我度蜜月的時間，等蜜月過去她就要來看我。

「她最好還是別等到那個時候，簡。」我把信讀給羅切斯特先生聽時，他說，「那樣的話，她就會太晚了，因爲我們的蜜月將照耀我們一輩子，它的光輝只有在妳我的墳墓上才會黯淡下去。」

聖約翰得到這個消息後怎麼樣，我不知道，我通知他這個消息的那封信，他一直沒有回。六個月後，他給我來了封信，但隻字未提羅切斯特先生的名字，也沒提我的婚事。

你還沒有完全忘記阿黛爾，對吧，讀者？我可沒有忘記。沒過多久，我就提出要求並經羅切斯特先生同意，到他送她去的那所學校去看她。她重又見到我時那種欣喜若狂的情景，著實令我感動。她看上去既蒼白又消瘦，她說她在那兒不快活。我發現，對她那樣年齡的孩子來說，這所學校的校規未免太嚴了，功課也太緊，於是便把她帶回家來。我打算再當她的家庭教師，可是不久就發現這不切實際。現在已有另一個人——我的丈夫——需要我用全部時間和精力去照顧他。因此，我找了一所制度較爲寬鬆的學校，離家也較近，我可以經常去看她，而且有時還可以把她帶回家來。

我留心不讓她缺少任何東西，使她能過得舒適愉快。我發現她已成了一個討人喜歡、熱心體貼的伴侶，溫順、和善、品行端正。

我的故事已接近尾聲。只要再說幾句有關我婚後生活的經歷，簡要提一下這篇故事中常提到的那幾個人的命運，就可以結束了。

到現在，我結婚已有十年了。我知道一心跟我在世上最愛的人在一起生活，爲他而生活是怎麼回事。我認爲自己無比幸福——幸福到難以用語言形容，因爲我完全是我丈夫的生命，正像他完全是我的生命一樣。沒有哪個女人比我更親近丈夫，更完完全全是他的骨中的骨、肉中的肉了①。

我跟我的愛德華在一起，永遠不會感到厭倦，正像我們倆各自對自己胸膛中那顆心的跳動永遠不會厭倦一樣，因而我們總是厮守在一起。對我們來說，守在一起既像獨處時一樣自由，又像在夥伴們中間一樣歡樂。我想我們整天都在交談，而互相交談只不過是一種更加生動活躍、可以聽見的思考罷了。我把全部信賴都交給了他，他把全部信賴都獻給了我。我們的性情正好相投——結果自然是完美的和諧。

我們婚後的頭兩年，羅切斯特先生的眼睛一直是瞎的。也許正因爲這樣，我們才如此親近——才結合得如此緊密。因爲那時我就是他的眼睛，正如現在依然還是他的右手一樣。說實在的，我（像他常叫我的那樣）就是他的眼珠②。

他通過我看大自然、看書，我也從來不知厭倦地替他仔細察看，用語言來描述田野、樹木、城鎮、河流、雲彩、陽光——描摹我們面前的景色、周圍的天氣——還用聲音向他的耳朵傳達了光線已無法向他的眼睛傳達的印象。

我永不厭倦地唸書給他聽，領他到他想去的地方，替他做他想做的事。在這種效勞中，我儘管感到有點悲哀，但卻獲得一種最爲充分、最爲強烈的樂趣——因爲他要求我爲他做事時，並沒有感到痛苦羞慚，也沒有感到沮喪屈辱。

他是如此真心地愛我，因而他知道，在接受我的照料時，根本用不著勉強。他也感到我是如此深情地愛著他，我這樣照料他就是滿足我自己最愉快的願望。

兩年將盡時，一天早上，我正根據他的口授在寫一封信，他走過來朝我俯下身子，說：「簡，妳脖子上戴著亮晶晶的首飾嗎？」

我戴著一條金項鍊。我回答說：「是的。」

「妳穿的是件淺藍色的衣服嗎？」

我是穿著這麼一件衣服，於是他告訴我，最近一段時間來，他好像覺得蒙在他一隻眼睛前面的霧障變得不那麼濃了。現在他確信這是真的了。

他和我一起去了倫敦。經過一位著名眼科醫生的診治，他的那隻眼睛終於恢復了視力。他現在看東西還不很清楚，還不能多看書，多寫字，但已不需人攙扶就能自己走路了。對他來說，天空不再是茫然一片——大地也不再是空無所有。

當他把我們的第一個孩子抱在懷裏時，他能看出那男孩繼承了他曾有過的那雙眼睛——又大、又亮、又黑。這時，他懷著激動的心情再一次承認，上帝已仁慈地減輕了對他的懲罰。

因此，我的愛德華和我都很幸福。尤其使我們感到幸福的是，我們最親愛的那些人也同樣幸福：黛安娜・里弗斯和瑪麗・里弗斯都結了婚，她們每年一次互相輪流來看望我們，我們也去看望她們。

黛安娜的丈夫是一位海軍上校，是個英武的軍官，也是個善良的人。瑪麗的丈夫是一位牧師，是她哥哥在大學裏的朋友，從他的造詣和品行來說，完全配得上這門親事。菲茨・詹姆士上校和華頓先生，都很愛他們的妻子，她們也很愛他們。

至於聖約翰・里弗斯，他離開英國，去了印度。他終於踏上了他爲自己選定的道路，至今仍在這條路上走著。他在危岩和險境中埋頭苦幹著，再也沒有比他更不屈不撓、更不知疲倦的先驅者了。他堅定、忠實、虔誠，精力充沛、熱情洋溢、無限真誠地爲他的同類勤奮地工作著。他爲他們開闢艱難的前進之路，他像巨人般——砍倒阻塞在這條路上的信仰上和種姓上的偏見。

聖約翰沒有結婚，他現在再也不會結婚了。他自己一人已經足以勝任這辛勞的工作，而這一工作很快就要結束了，他那光輝的太陽正匆匆地趨向沈落。我收到的他的最後一封信，使我眼裏流下了世俗的淚水，也使我心中充滿了神聖的歡樂。他正等待著他肯定能得到的報酬，他那不朽的桂冠。我知道，下一次將會由一個陌生人寫信給我，告訴我，這個善良、忠實的僕人終於被召喚去享受他的主的歡樂了。

①源出《聖經》，上帝造了一個男人後，「就用那人身上所取的肋骨，造成一個女人，領他到那人眼前。那人說，這是我骨中的骨，肉中的肉，可以稱他為女人。」詳見《聖經·舊約·創世記》第二章第二十二至二十三節。

②英語中，這個詞還可作「寶貝」、「掌上明珠」解。

⊙現代版⊙世界名著

簡・愛

作　者　夏綠蒂・勃朗特
譯　者　宋兆霖
出版者　風雲時代出版股份有限公司
出版所　風雲時代出版股份有限公司
地　址　105台北市民生東路五段一七八號七樓之三
網　址　http://www.books.com.tw
電子信箱　h7560949@ms15.hinet.net
服務專線　（〇二）二七五六—〇九四九
傳　真　（〇二）二七六五—三七九九
郵撥帳號　一二〇四三二九一
執行主編　朱墨菲
封面設計　蕭麗恩
法律顧問　永然法律事務所　李永然律師
　　　　　北辰著作權事務所　蕭雄淋律師
版權授權　宋兆霖
出版日期　二〇〇七年八月初版
定　價　新台幣一九九元
總經銷　成信文化事業股份有限公司
地　址　新店市中正路四維巷二弄二號四樓
電　話　（〇二）二二一九—二〇八〇
行政院新聞局局版台業字第三五九五號
營利事業統一編號二二七五九九三五

國家圖書館出版品預行編目資料

簡・愛／夏綠蒂・勃朗特 作 ； 宋兆霖 譯.　-- 初版.
-- 臺北市 ：風雲時代, 2007〔民96〕
面；公分. --　(世界名著)
現代版
譯自 : Jane Eyre
ISBN-13:　978-986-146-311-7 (平裝)

873.57　　95017962

Jane Eyre

Printed in Taiwan